比较文学与世界文学 研究丛书

主编 曹顺庆

二编 第 5 册

跨文明视野中的生态批评与
生态文学研究（下）

胡志红、何新、胡湉湉 著

花木兰文化事业有限公司

国家图书馆出版品预行编目资料

跨文明视野中的生态批评与生态文学研究（下）／胡志红、何新、胡湉湉 著 —— 初版 —— 新北市:花木兰文化事业有限公司，2023〔民 112〕
目 4+178 面；19×26 公分
（比较文学与世界文学研究丛书 二编 第 5 册）
ISBN 978-626-344-316-7（精装）
1.CST：生态文学 2.CST：文学评论
810.8 111022109

ISBN-978-626-344-316-7

比较文学与世界文学研究丛书
二编 第五册 ISBN：978-626-344-316-7

跨文明视野中的生态批评与
生态文学研究（下）

作 者 胡志红、何新、胡湉湉
主 编 曹顺庆
企 划 四川大学双一流学科暨比较文学研究基地
总 编 辑 杜洁祥
副总编辑 杨嘉乐
编辑主任 许郁翎
编 辑 张雅淋、潘玟静 美术编辑 陈逸婷
出 版 花木兰文化事业有限公司
发 行 人 高小娟
联络地址 台湾 235 新北市中和区中安街七二号十三楼
电话：02-2923-1455／传真：02-2923-1452
网 址 http://www.huamulan.tw 信箱 service@huamulans.com
印 刷 普罗文化出版广告事业
初 版 2023 年 3 月
定 价 二编 28 册（精装）新台币 76,000 元

跨文明视野中的生态批评与生态文学研究（下）

胡志红、何新、胡湉湉 著

目次

第四章 跨文明视域下的生态批评研究

　　20世纪90年代中期以前，也即生态批评第一波，其攻击的主要目标是人类中心主义及其在人类文化中的种种表现形式，这种批评传统是林恩·怀特在其影响深远且极富挑战性与煽动性的文章《我们生态危机的历史根源》一文中所开创的。在该文中怀特将生态危机的文化根源归咎于浸透了人类中心主义的犹太-基督教，尽管如此，他也将解决生态危机的文化使命寄托于基督教。具体来说，怀特主张通过复兴阿西西的圣·弗朗西斯（St. Francis of Assisi）所开创的具有生态中心主平等思想的基督教少数派传统来绿化基督教，进而绿化西方文化的策略。[1]到了20世纪90年代，生态批评学者们开始认识到了生态中心主义\人类中心主义这种二元对立模式对于阐释生态危机文化根源的局限性，便主张突破基督教文化圈的窠臼，走跨文化、跨文明生态对话之路。其中美国神学学者托马斯·贝利（Thomas Berry）、塔克（Mary Evelyn Tucker）及著名美籍华裔学者杜维明等都是倡导跨文明生态对话与协商的主要倡导者。杜维明的《超越启蒙心态》一文成了跨文明宗教与生态学对话的重要文献。笔者认为，该文可被称之为生态批评跨文明对话的宣言书。在他看来，解决全球生态问题、建构全球共同体的根本出路在于：一方面要超越启蒙心态，另一方面要深挖三种传统精神文化的生态资源，即：第一种精神资源是以希腊哲学、犹太教和基督教为主体的西方伦理宗教传统；第二种精神资源来自非西方

1　Cheryll Glotfelty and Harold Fromm, Eds. *The Ecocriticism Reade: Landmarks in Literary Ecology*. Athens: University of Georgia Press, 1996, pp.3-14.

的轴心时代的文明，包括印度教、耆那教、南亚和东南亚佛教、东亚儒学和道教以及伊斯兰教；第三种精神资源包括一些原初传统：美国土著人的、夏威夷人的、毛利人的，以及大量的部落本土宗教。美国环境哲学家 J.B.科里考特（J.Baird.Callicott）主张建构一种全球共享的国际环境伦理与植根本土传统文化的多种环境伦理相互激荡的生态型人类文化，以便能"立足本地，放眼全球"，从而更有效地应对全球生态危机。90 年代以来，尤其是在 1996-98 三年间以哈佛大学世界宗教研究中心为代表的宗教研究团体组织西方生态批评学者、环境学者、宗教界人士及科学家召开了多次国际性学术会议，就宗教与生态问题广泛地开展文明对话，并陆续出版了多部探讨世界诸宗教或土著文化与生态学关系的专著或文集。

生态批评学者与宗教界人士大多赞成这样的观点，"没有一种宗教传统或哲学视野可以提供一种解决环境危机的理想办法，生态批评强调观点的多元性，这与生态的多元和宇宙观的多元是一致的"[2]，为此，生态批评就应该进行跨文明生态对话，发掘不同文化或文明的生态智慧，注重生态模式的异质性、多元性、互补性，拒绝消除差异的齐一化和均质化，探索生态多元与文化多元互动共存的模式，在多元的基础上重拾人与自然的和谐共生。

本章首先简述了生态批评与跨文明研究的必要性，其次探讨了中国文学文化经典《道德经》与《蜀道难》在跨文明传播中的接受、误读与变异，再次本章也简析了西方生态批评与道家、儒家、佛家及伊斯兰教等之间就生态议题所开展的跨文明对话，其旨在挖掘不同文明所蕴含的独特生态智慧与丰富生态内涵，借此极大地拓宽了第一波甚至第二波生态批评的研究疆界，丰富生态批评的研究范式，最后本章也梳理了中国生态批评 30 余年来的发展、困境及前景，以期对国内生态批评发展提供有益的鉴照。

第一节　生态批评与跨文明研究

随着全球生态形式的日益恶化和生态运动的蓬勃发展，西方生态批评也在向国际多元化运动的趋势发展，正如上一章所述，这也是生态文化多元性的必然要求，其目的是发掘不同文明，尤其是异质文明的生态智慧，从外部促使

---

2 Mary Evelyn Tucker and John A.Grim, Eds. *Worldviews and Ecology: Religion, Philosophy, and the Environment*. New York: Orbis Books, 1994. pp.19-28, 30-38,11, 150-60.

西方文化文明的变革。跨文明生态对话是西方生态批评日益凸显的重要特征，也是西方文化自救的必然趋势。

一、跨文明生态对话的必要性

生态危机所反映的是西方文化传统"主宰地位的危机"，是西方文明中占统治地位并指导公共生活的价值观、信念和意义的危机，价值和信念来源于文化传统，从这个意义上说，生态危机本质上是西方文化危机的客观对应物或物理表现，因此，"凡不能从根本上改变他们的价值和意义以便适应新形势的社会，也不可能作为一个整体发生变化。这意味着他们不可能结束他们正在造成的毁灭。相反，他们所造成的对自然环境的破坏反过来又对社会本身造成破坏性的反作用，造成价值的丧失和意义危机"[3]。美国宗教学者塔克（Mary Evelyn Tucker）认为，"就环境危机广度和深度来看，它不只是某种经济、政治及社会因素造成的恶果，也是一场道德和精神危机，要应对这场危机，需要对作为自然生物的人进行广泛的哲学、宗教的理解，因为我们不仅沉浸与生命周期之中，而且也依靠生态系统而生存"[4]。也就是说，环境危机之根源在文化，它无非就是文化顽疾的终极表现形式，它即使不是为西方文化敲响了丧钟，也是为它敲响了警钟，从而迫使西方学者采取两种文化策略以摆脱危机。一方面是对自己文化的核心部分进行全面、彻底的清理，痛苦的反思与检讨，涤除自己文化中反生态的价值观和信念，并对文化中核心的部分作出根本性的变革，同时也深入挖掘自身文化的生态资源，希望借此绿化其文化生态。一些有见识的生态思想家，尤其是深层生态学学者，走得更远，他们认为，要从根本上摆脱生态危机，必须拒斥主导现代社会发展的机械论世界观、二元论和还原论，以生态中心主义平等的观念取代西方文化传统中的人类中心主义观念。

另一方面，他们跳出西方中心主义的怪圈，转向曾经边缘化、受压制的非西方文化寻求生态资源。从对"他者"的边缘化、压制、甚至妖魔化转而向他者求助，其目的是发掘或借鉴他种文化别样的生态智慧、生态模型以关照自己的文化，或从其他文化中寻求生态思想武器，以对抗导致生态危机的思想基

3 莫尔特曼：《创造中的上帝》，隗仁莲等译，上海：生活.读书.新知三联书店，2002年，第35-36页。
4 Mary Evelyn Tucker and John Berthrong, Eds. *Confucianism and Ecology*. Cambridge, MA: Harvard University Press, 1998, p.xvi.

础，即西方文化中的人类中心主义思想、机械论、二元论和还原论等。通过与他种文化的对话，了解与自己的生活习惯、思维定势完全不同，甚至是截然对立的他种文化，这就大大拓宽了他们的视野。比照中更深入地了解自己，以便建构自己的生态文化，探寻走出危机的对策，可谓借"他山之石"，攻自己的"玉"。

20 世纪 90 年代中期以后，西方生态批评学者开始试探着进行跨文化、跨文明研究，世纪之交，以著名美国生态批评学者默菲为代表的美国生态批评学者极力倡导跨文化、跨文明生态批评研究，并提出了"三个位置"的理论构想以指导跨文化、跨文明生态批评实践。"三个位置"指"地理位置"、"历史位置"、"自我位置"。具而言之，首先，"地理位置"主要涉及英语世界生态主题的复杂多样性。由于作品所处地理位置的多样性，生态文学作品在风格、主题、文类等方面必然呈现多样性特征。当今的生态文集和生态批评研究文本绝大多数是英美的，但是，读者应该不断提醒自己这些文集仅涉及几个民族文学传统，甚至忽略了土著民族作家和少数民族作家大量关于生态的作品。其次，"历史位置"强调历史文化背景、文化传统对自然文学的影响。另一方面，文学史中的普世化和经典建构的倾向压制了一些凸显文化——自然冲突的警示性生态文本，我们要做的是恢复"文学中的反主流文化"，也即是让那些曾在文学史上受压制的大地取向的文学重见天日，甚至大放光彩。最后，"自我位置"指的是某个具体的读者或批评家的自我意识，这与接受理论中的个人"期待视野"内涵近似，因为二者都强调接受主体在阐释作品意义过程中的积极作用，不同的是，默菲提醒读者应该尽量避免"误读"生态文本，作为读者或者批评家应该随时意识到自己的位置，不要以自己的立场格式化他人的文本，实行批评的帝国主义。默菲在其编著《自然文学：一部国际性的资料汇编》(*Literature of Nature: An International Sourcebook*, 1998) 和专著《自然取向的文学研究之广阔天地》(*Farther Afield in the Study of Nature-Oriented Literature*, 2000) 两部著作中践行其跨文化跨文明生态批评主张。在默菲看来，文化的多元性是生态多样性的物理表现，生态文化多元性（ecological multiculturality）必然要求生态批评从跨文化，甚至跨文明的视角探讨生态问题的复杂多样性及其相关对策，它不仅跨越西方各国的民族文化，而且还走出西方文明圈，走向曾经受压制的、被边缘化的中国文化、日本文化、伊斯兰文化、印度文化、美洲土著文化、非洲土著文化探寻生态智慧，倾听"边缘的声音"，以改造西方人眼中的上帝。西方学者也深刻认识到，近现代西方工业文明及其引领下的世界发展模式是导致当今全球生态危机的主要罪魁祸首，因而他们走向非西方文化就不能再充当 18-19 世纪及其以后的西方文化的"传教士"了，恰恰相反，是为了向其他"弱势文化"、"弱小民族"学习生态智慧，所以，默菲指出，西方生态批评国际化应该拒斥生态霸权、生态东方主义、"批评的帝国主义"[5]，应该注重生态智慧的异质性、多元性、互补性，拒绝消除差异的齐一化和均质化。

生态批评学者戈特利布（Roger S. Gottlieb）的生态批评著作《神圣的地球：宗教、自然、环境》（*This Sacred Earth: Religion, Nature, Environment*, 1996）跨越了东西方古老文明以探寻生态多元和文明多元的互动，挖掘不同民族、不同文明的生态智慧，力求古老人类文明与现代文明的对话，企图在连续与超越之间走出人类面对的共同生存困境。戈特利布从不同文化、不同文明、不同宗教派别中精选了蕴含丰富生态智慧的代表性经典篇章，显示了他宽广的胸怀和视野，并将它们与反生态的、人类中心主义的、自杀性的西方主流文学并置对照，凸显其他异质文明生态智慧的光芒。该著内容极其丰富，时空跨度颇大，不仅涵盖犹太教、基督教和伊斯兰教，而且还涉及佛教、道教、印度教、非洲宗教、土著人的精神信仰以及新异教，它还将当今深层生态哲学、生态女性主义、当代神学和激进的生态观点也囊括进来，从而构成了跨文明、跨时代、跨学科的多种睿智的声音的大合唱，成了多元文化、不同文明间的生态对话与交流，敦促人类努力得到基于生态智慧的"道"。总体而言，该著收录了不少非主流文化，甚至是边缘的声音，承认这些少数传统的主体性，让这些不同的声音参与对话，凸显其生态智慧，同时也将反生态的特征加以放大，凸显其危害性，让它们在重塑可持续的生态文化、生态范式、发展模式以及生态的生活方式中发挥作用。

西方生态批评学者转向非西方文明，是因为它们在处理人与自然的关系上与当代生态学，尤其是当代生态中心主义哲学中的激进派别深层生态学有不少契合之处。传统西方哲学、伦理学的思想基础是人类中心主义，其凸显人与自然的区别，倡导科学与价值的分离，在事实与价值之间存在不可逾越的界限，尤其是西方文化经过文艺复兴的人文主义思潮的洗礼，走出中世纪进入现

5　Patrick D.Murphy. *Farther Afield in the Study of Nature-Oriented Literature.* Charlottesville: University Press of Virginia, 2000, p.63.

代社会以后，人成了"宇宙之精华，万物之灵长"（莎士比亚语），笛卡尔-牛顿的机械自然观将人与自然的区别推向极致，世界不仅仅被进一步被客体化了，而且成了一部无生命的大机器，任人拆卸、重组，自然也完全成了供人享用、争夺的资源，因此，现代西方人要突破人与自然之间的鸿沟在观念上存在很大的困难。与此相反，不少非西方的文化，比如印第安文化、东方文化中却不存在人与自然、科学与价值之间的不可逾越的界限，它们的尊重自然、敬畏生命的思想可能对突破这种思想有所帮助。他们意识到东西方文化在建构深层生态学理论的过程中具有互补性。他们十分推崇中国的道家思想，印度的佛教、其日本的变体禅宗及伊斯兰教，把它们称为东方的智慧，在他们看来，东方智慧明确地表达了一种整体主义思想，它的本质特征是"天人合一"，以一种主客交融的、有机的、灵活的和人性的方式来看待自然和环境，所追求的最高目标是人与自然一切存在的和谐统一，与传统基督教的二元论和人类中心主义是截然独立的。古老的东方思想与当代生态学的观点有不少契合之处，二者都主张人与自然之间不存在伦理和生物的鸿沟，人应该将自我融入大的有机统一整体之中，庄子《齐物论》中说的"天地与我并生，而万物与我为一" [6]讲的就是这个道理。他们看重印第安等部落的"原始文化"，因为这些文化信奉在大的生命网之中跨物种间交往的谦卑和对生命共同体的热爱与敬重，这有助于确保生态系统的完整与延续，恰好与生态中心主义观念与生态情怀不谋而合。这样看来，自然是不能够被客体化、去神性的，或用 20 世纪 60 年代西方反主流文化的流行语来说，自然是"不能被使用的"。这些都成了生态哲学家、生态批评学者责难基督教的思想基础。

另外，古代东方思想家们往往认为自然具有神性，而不是西方环境伦理学所强调的所谓的权利，他们反对将自然客体化和祛神化（desacralization of nature）。客体化与祛神化是基督教对自然所犯下的严重罪刑，对此，美国的科学史家林恩·怀特于 1967 年在其影响深远的文章《我们生态危机的历史根源》予以猛烈抨击。怀特看来，基督教通过自然的祛神化，通过摧毁异教的万物有灵论，可以肆无忌惮地掠夺自然，而不再顾及自然的情感 [7]。著名的英国历史学家汤因比（Arnold Toynbee, 1889-1975）也认为，自然的祛魅是导致生态危

6　Roderick F.Nash. *The Rights of Nature*. Madison: The University of Wisconsin Press, 1989, p.113.

7　Roger S.Gottlieb, Ed. *This Sacred Earth: Religion, Nature, Environment*. New York: Routledge, 1996, p.189.

机的重要原因。正如他指出："人与剥去了昔日神性光环的自然环境分离，人获准掠夺不再神圣的环境的权利。人类曾经怀着敬畏之情看自然，而这种情感遭到了犹太—神教的排斥"[8]。西方文化中权利观的一个重要来源是犹太-基督教，它认为所有人，而且只有人，是按照上帝的形象造的，因此，每个人是神圣的，其灵魂是可救赎的，拥有内在价值，约翰·洛克（John Locke, 1632-1704）和托马斯·斐逊（Thomas Jefferson, 1743-1826）的天赋权利哲学将基督教的这种观念世俗化，强调人的天赋权利，透过生态中心主义的视野来看，实际上强化了人掠夺自然的权利。

　　总之，在生态问题上，西方学者表现出了少有的开放与宽容，往往有意识地克服西方学者常有的咄咄逼人的文化霸权心态，对待其他文化的态度也添了几分谦卑，故他们将目光投向佛教、道教、伊斯兰教、印度教、非洲宗教、美洲土著人的精神信仰以及新异教等边缘化的声音，承认这些少数文化传统（minority tradition）主体性，并将它们与反生态的、人类中心主义的、自杀性的西方主流文学并置对照，参与对话，凸显其它文明生态智慧的光芒。企图在连续与超越之间走出人类面对的共同困境。这就大大拓展了生态批评的领域，丰富其内容，还可对话、质疑、纠正、甚至颠覆西方主流生态话语，以构建多元开放的学术话语，为全球生态对话创生极大空间，进而形成更为广泛的环境联盟。

二、跨文明研究与生态批评文类的拓展

　　生态批评跨文化跨文明延伸让第一波生态中心主义型生态批评研究文类范围单一的缺陷暴露无遗[9]，在阐明生态理念及探寻应对环境危机的对策时往往因文类范围的局限而显得捉襟见肘，力不从心，得出的结论常常天真幼稚，甚至偏激狭隘，难以自圆其说。为此，部分有见识的生态批评学者疾呼走跨文化、跨文明之路，超越以非小说自然书写作为核心研究文类的藩篱，尤其要打破以梭罗所开创的自然书写传统作为其研究重心、以其《瓦尔登湖》为该书写传统典范文本的做法，倡导大力修正第一波生态批评环境经典的尺度，接纳生态文类的多样性，甚至认为任何文本都具有"环境特性"，即便是传统生态经典，也可以透过环境公正的视野重新阐释，从而极大扩大生态批评视野，丰富

8　Roger S.Gottlieb, Ed. *This Sacred Earth: Religion, Nature, Environment*. New York: Routledge, 1996, p.105.

9　参见胡志红：《西方生态批评史》，北京：人民出版社，2015年，第68-69页。

其内容，深化对生态议题的探讨。劳伦斯·布伊尔在其专著《环境想象：梭罗、自然书写和美国文化的形成》[10]中试图以《瓦尔登湖》为基础文本构建生态诗学体系。然而，在现实世界中，由于种族／族裔、性别及阶级等文化范畴的介入，导致人与自然之间的关系及环境退化的历史文化根源异常复杂，因而试图以人类中心主义／生态中心主义的二元模式揭示环境危机的根源及探寻克服危机的文化路径显然幼稚可笑，在不同的文化语境中甚至"环境"或"自然"这两个如此习以为常的术语都需要重新界定，它们决不是一成不变的自然给定，而是"文化建构的产物"，因为常常有太多的利益、观点、冲突聚集在它们周围，为了制定出切实可行的解决方案，需要认可、协调、妥协。[11]在此，举例给予说明。如果我们要将乌克兰文学中与1986年发生的切尔诺贝利核灾难有关的文学纳入生态视野进行考察，就会发现生态文类的复杂性与多样性。这类文学被统称为"切尔诺贝利文类"。在该伞状文类下包括语言杂多、题材多样、表现手法繁多的文艺作品，连接它们的中心就是这场史无前例的核灾难，这些异常庞杂的文学作品采取多视点、多声音的形式以反映文学对"切尔诺贝利事故综合征"的超乎寻常回应，将现实的核灾难与虚幻之想象、传统生态智慧与当代生态转型及对肆无忌惮的现代性和人之贪得无厌的批判与审美鉴赏和文本的多义性融为一体，以揭示灾难的"终极真实"。简言之，切尔诺贝利灾难及其文学在重塑乌克兰文化的生态观及其人民的生态意识中发挥了重要作用。用乌克兰生态批评家苏霍科（Inna Sukhenko）的话说，"乌克兰人远非仅让灾难压垮或辐射，相反，他们借此激发文化自觉，唤醒生态意识。从某种角度看，切尔诺贝利核事故发展成了生态文化资源，我们的文学已经证明文化身份与环境意识如影随形"。[12]

不仅如此，我们在生态阐释曾被西方殖民的国家和地区的文学作品时，也应从跨文化跨文明的角度将殖民地的殖民遗产也纳入考查范围，也就是说，走出西方同质文化圈，从异质文明的视域中对人与自然之间关系层面和人与人

10 Lawrence Buell. *The Environmental Imagination: Thoreau, Nature Writing, and the Formation of American Culture*. Cambridge: Harvard University Press, 1995.

11 David Mazel. "American Literary Environmentalism as Domestic Orientalism." In *The Ecocriticism Reader: Landmarks in Literary Ecology*. Eds. Cheryll Glotfelty and Harold Fromm. Athens: University of Georgia Press, 1996, pp.137-146.

12 Inna Sukhenko. "Reconsidering the Imperatives of Ukrainian Consciousness: An Introduction to Ukrainian Environmental Literature." In *Ecoambiguity, Community, and Development*. Eds. Scott Slovic et al. New York: Lexington Books, 2014, pp.127-28.

之间关系层面及二者间相互作用进行综合分析考察环境问题及探寻对策，即要立足生态视野和环境公正视野两个角度进行审查，还要考量两个角度之间的相互作用。萨义德曾经谈到反帝抵抗运动文学时指出："如果有什么东西突出了反帝想象力的话，那就是地理因素的首要性。帝国主义毕竟是一种地理暴力的行为。通过这一行为，世界上几乎每一块空间都被勘察、划定、最后被控制。对土著来说，殖民地附属奴役的历史是从失去底盘开始的，所以必须寻找殖民地的地理属性然后加以恢复。由于外来殖民者的存在，领土的恢复最初只有通过想象来完成……欧洲人无论走到哪里，都立即改变当地的住所。他们自觉的目的是，把领地改变成我们家乡的那个样子。这个过程是无尽无休的。许许多多植物、动物和庄稼以及建筑方式逐渐把殖民地改变成一个新的地方，包括新的疾病、环境的不平衡和被压服的土著悲惨的流离失所。生态的改变也带来了政治制度的改变"[13]，简言之，生态环境的改变使殖民地人民脱离了他们地道的文化传统、生活方式和政治组织，成立有家难归、有体无魂的浪子。由此可见，再现殖民地土地被奴役的历史是殖民地文学应有议题，拯救土地的路径探寻最早是从想象开始的，为此，在探究前殖民地环境危机的历史文化根源及探寻走出危机的文化路径时，以考究殖民地环境想象文学为内容的生态批评是不可或缺的理论武器，但单用西方文化视野对其进观照还远远不够，还必须与殖民地特有的文化、文明等相结合，以揭示土地殖民与文化殖民、人的殖民之间的关联性、交互性，因为这些殖民过程绝非孤立展开而是交错进行，并且还相互强化。在此，仅以南非小说家泽克斯·姆德（Zakes Mda）的小说《死亡之路》（Ways of Dying，1995）的生态阐释为例给予说明。美国生态学者劳拉·A.怀特（Laura A. White）在分析该著时指出，尽管批评家们已对该著再现城市的手法进行了探讨，并提出了新的方法理解人在城市空间中的创造性潜能，但学界基本忽视了其生态维度，更不用说在后殖民语境中进行阐释它了。怀特在《超越生态漫步者的脚步》（Beyond the Eco-flaneur's Footsteps）[14]一文中运用生态后殖民的观点分析该作，并对西方主流生态文化中"环境"（environment）概念进行了矫正。在她看来，"环境"不是无人的"纯"自然

---

13 萨义德：《文化与帝国主义》，李琨译，上海：生活·读书·新知三联书店，2003年，第320-21页。

14 Laura A. White. "Beyond the Eco-flaneur's Footsteps: Perambulatory Narration in Zakes Mda's Ways of Dying." In *Ecoambiguity, Community, and Development*. Ed. Scott Slovic et al. New York: Lexington Books, 2014, pp.99-111.

或荒野而是人们"生活、工作及娱乐"之地，这样就将城市也纳入生态批评的考查范围，城市小说也顺理成章成了生态批评研究的对象，城市小说集中所涉的城市问题，诸如贫困、居高不下的暴力犯罪、吸毒、失业、疾病、垃圾管理、住房及城市开发等，这些也都是全球南方所面临的共同问题。另外，这些问题与殖民历史及全球现代性也存在着千丝万缕的联系。根据怀特的分析，在南非，将动植物命名、归类的分类思维生物学原则也运用到人身上，他们不得已带上身份卡，依据种族分类原则强制住在被指定的地方，这种分类和排他性的殖民逻辑也延伸到当今的城市规划，城市病集中的贫民窟由此而产生。这些殖民历史的遗产和这些分类和隔离的种族主义政策对南非的环境话语和环境实践产生了深刻、持久的影响，进而导致本土居民南非黑人的生存环境形势每况愈下。为了建狩猎场，许多黑人被赶出祖祖辈辈居住的家园，大量的财力物力用来保护野生动植物，然而，生活在城市的黑人和穷人却没有基本的生活保障，诸如足够的生物、住所和清洁饮用水。以保护环境之名，他们被上层环境主义者剥夺了基本的环境权，即平等享用自然资源的权利，环境保护与环境不公、甚至环境种族主义结伴而行。

甚至可以这样说，歧视性的环境话语和环境实践不仅适用于南非，也适用于全球南方的其它国家和地区，不管该地区是否曾经被西方强国殖民与否，殖民遗产在今天依然或隐或显、或强或弱地存在着，有时甚为猖獗，其集中表现形式是环境种族主义和环境殖民主义，所以要生态阐释像南非这样的南方国家文学时，就不应该忽视它的殖民过去，这样单从西方文化视野进行考察远远不够，还必须进行跨文化跨文明探究。由此可见，生态批评的跨文明不仅极大地拓展了生态文类的种类，而且还极大地深化了其内容。

三、经典重释：跨文明生态契合与变异

随着生态批评国际化趋势迅猛发展，经典作家、经典作品的跨文化、跨文明生态重释也因此成了重要研究议题。中国生态学者也敏锐地捕捉到这一学术动向，并已做出了引人注目的成就，中国生态批评之先行者鲁枢元教授于2012年出版的《陶渊明的幽灵》[15]可谓跨文明生态重释经典之典范之作，笔者认为，该著也可被看成一部比较文学的佳作，因其思想深邃和视野宽广荣获2015年鲁迅文学奖。该作不仅跨越多学科揭示中国古代大诗人陶渊明深刻生

---

15 鲁枢元：《陶渊明的幽灵》，上海：上海文艺出版社，2012年。

态思想的内涵，而且还彰明了陶渊明思想在多文化、多文明之间的共鸣。然而，让笔者略遗憾的是，该著主要探求陶渊明其人其作与众多国外作家、哲人及其作品在生态上契合，鲜有谈及他们之间的生态差异或生态变异现象。具体而言，鲁枢元教授主要谈及陶渊明的自然取向思想与国外作家、哲人的生态中心主义思想取向之间的契合。

然而，从比较文学变异学的角度看[16]，由于中外文化、尤其中西文明间文化模子在根上就存在差异，从而导致两个文明间生态模子、生态范式及生态理念等方面必然存在差异，再由于陶渊明与西方文学家或哲人之间存在巨大的时空、文化传统落差，那么陶渊明与他们之间在生态思想上必然存在相异之处，也就说，他们在"生态"范畴及其相关论述上存在变异现象。在此仅简要谈及《陶渊明的幽灵》一著中所涉及的陶渊明（公元 365-427）与三位 19 世纪西方文学家、哲人卢梭（Jean-Jacques Rousseau, 1717-78）、华兹华斯（William Wordsworth,1770-1850）及梭罗之间在生态上的契合与差异。

在《陶渊明的幽灵》中，鲁教授赞同这样的说法，东方古代自然浪漫主义诗人陶渊明是 19 世纪英国自然浪漫主义诗人华兹华斯的"精神祖先"。[17]在阐明陶渊明与卢梭之间契合关系问题时，鲁教授将之归结为："文明人向自然人的回归"，在面对人类的"元问题"，即"人与自然的问题"，他们是"知音与同道"。[18]至于陶渊明与梭罗之间的关系，鲁教授用诗意的语言概括：他们都"在诗意中营造自然与自由的梦想"，"在对待人与自然的关系上，这两个人差不多都达到了先知先觉的'圣人'境界"。[19]由此可见，陶渊明在生态问题上与这些被当今西方世界高度尊重的著名自然作家或自然诗人存在着惊人的契合。

尽管陶渊明与以上三位西方自然诗人或作家在生态思想的表述上有"异曲同工"之妙，他们之间的主要契合表现在面对难以克服的社会痼疾，都主张"回归自然"并身体力行，践行自己的主张，将"回归自然"看成是批判、改良社会，获得身心解放之路径。当然，他们回归的"自然"绝非不受人操控的"荒野"或"纯自然"，而是人化的自然。对陶渊明而言，就回到田园乡村，

16　"比较文学变异学"内涵参见曹顺庆主编《比较文学教程》，北京：高等教育出版社，2013 年，第 48-52 页。

17　鲁枢元：《陶渊明的幽灵》，上海：上海文艺出版社，2012 年，第 97-102 页。

18　鲁枢元：《陶渊明的幽灵》，上海：上海文艺出版社，2012 年，第 112-122 页。

19　鲁枢元：《陶渊明的幽灵》，上海：上海文艺出版社，2012 年，第 123-134 页。

回到"桃花源",能日出而作,日落而息,悠然自得地生活;对卢梭而言,要回到人与人及人与自然间和谐的"自然状态",以重拾美好的人之自然天性,做个"高贵的野人";对华兹华斯来说,就是去伦敦市郊的大湖区,做个吟风弄月的湖畔诗人。对梭罗来说,就是去离家不远的瓦尔登湖畔,做个自给自足、清心寡欲、精神丰富的"智慧野人"。

然而,毕竟巨大的时空距离、文化落差又将他们分开。他们之间差异主要表现在以下两方面。首先,他们所面对的社会语境迥异,所面对的"痼疾"是不同的。陶渊明其人其作集中体现中国文化"天人合一"[20]之精髓,当他的个人自由或曰自然天性受到昏庸腐败、等级森严的官僚体制的严重制约时,他选择回归自然,"少无适俗韵,性本爱山丘。误落尘网中,一去三十年。羁鸟恋旧林,池鱼思故渊"[21](《归田园居》一)的诗句既揭示了他的现实困境,又指明了他可能的解脱之道。他的自然实际上是田园乡村或曰艺术升华后的"桃花源",所谓"采菊东篱下,悠然见南山"[22](《饮酒》五)刻画的就是一种悠然自得的田园生活,他将象征淳朴自然、欢乐和谐、美丽祥和的乡村田园生活看成是批判社会、恢复个性自由的工具。而卢梭、华兹华斯及梭罗所面临的是18世纪西方启蒙理性主导下的西方文明,尤其工业技术文明在沿着"人天二元对立"的道路一路狂奔,启蒙理性及其衍生物技术理性和其现实应用——工业技术,对自然世界与人施以理性暴力,压制人之精神中不可量化的创造性成分,诸如想象、灵感、直觉、自发性及情感等,而且还威胁、破坏自然之完整,囚禁人之身体。导致"世界的祛魅"、人与人之间及人与自然间关系的全面扭曲变异、物化异化。[23]

其次,陶渊明缺乏浪漫主义作家们自觉的生态意识和生态危机紧迫感。因为陶渊明没有直接面对科技理性对自然和对人的自然天性的宰制,因而其思想中就没有我们今天所说的自觉的现代生态学意义上的生态意识,更没有生态危机紧迫感,尽管其思想理路存在自然取向,但在笔者看来,他还是不能尊享"生态哲学家"或"自然诗人"等之美誉。然而,卢梭、华兹华斯及梭罗等浪漫主义作家面临被扭曲甚至被撕裂曾经尚能接受的人与自然间和谐的关

---

20 鲁枢元:《陶渊明的幽灵》,上海:上海文艺出版社,2012年,第32-36页。

21 郭建平解析《陶渊明集》,太原:山西古籍出版社,2004年,第43-45页。

22 郭建平解析《陶渊明集》,太原:山西古籍出版社,2004年,第123-24页。

23 Marvin Perry. *An Intellectual History of Modern Europe*. Boston: Houghton Mifflin Company, 1993, pp.173-80, 30.

系、技术理性严重威胁人之自然天性或曰人性自然（human nature）的危机时刻发出强烈的生态抗议之声，表现出严重的生态焦虑，有一种强烈的扭转危机的"生态冲动"[24]，这种"冲动"也是西方文化第一次对启蒙运动及其催生的工业技术革命所发起广泛、明确的、最为激烈、令人震惊的绿色批判，具有一种浓烈的生态救赎情怀，他们思想与当代生态学紧密契合，因而他们被尊称为自然诗人、生态诗人、生态作家，用美国环境史学家唐纳德·沃斯特（Donald Worster）的话说，"浪漫主义自然观基本上是生态学意义上的，也即是说，它涉及关系、相互依存、和整体"，这种生态内涵在梭罗身上表现得更为突出，从而将梭罗与陶渊明拉开很大的距离，梭罗也因此被美国著名环境史学家沃斯特（Donaod Worster）尊为"田野生态学家"、现代生态学意义上的"哲学家"或"生态哲学家"，而陶渊明显然也不能尊享此殊荣。[25]

由此可见，在跨文化、跨文明生态重释经典作家、经典作品时，生态批评学者，尤其像中国这样的第三世界生态批评学者必须考量文学经典的文化语境、历史语境及不同文化间尤其异质文化或文明间的异质性问题，为此，就应该还原经典的历史语境，联系当下社会文化语境，进行生态诠释，从而有可能实现经典的当代生态转型，让经典进入鲜活的当下生活现实，发挥其独特的作用，推动不同文化、不同文明间深度的生态对话、交流与合作，否则，可能导致对经典的粗暴歪曲与误读，甚至东方主义式的占有。

根据以上分析可见，生态批评的国际化延伸必然引发不同文化、不同文明间的文化"遭遇"，这种遭遇无论对西方文化还是非西方文化来说既是机遇也是挑战，因为跨文化、跨文明的生态研究可发现与西方主流文化迥然不同的生态范式、生态理念，进而对话、修正、甚至颠覆抑或拓宽了西方生态批评固有的思想基础——生态中心主义哲学，扩大其研究文类范围，推动其吸纳环境公正理论，为生态批评的发展提供了更为宽广的学术空间。然而，要在跨文化、跨文明的语境下合法有效地进行生态研究，绝非易事，这就需要与比较文学进行学术合作。比较文学的跨文化、跨文明研究中对"求同"与"求异"的理念及方法论能提供有益的帮助，它不仅能深化生态批评的内容，彰显不同文化、不同文明别样生态智慧，而且还能帮助西方生态批评学者克服根深蒂固的西

---

24 Peter Hay. *Main Currents in Western Environmental Thought*. Bloomington: Indiana University Press, 2002, p.6.

25 Donaod Worster. *Nature's Economy: A History of Ecological Ideas*. 2nd edition. Cambridge: Cambridge University Press, 1994, pp.58, 78, 110.

方生态中心主义思维惯性，涤除西方生态批评跨文化、跨文明研究中对待其他文化所采取的或隐或显的生态东方主义态度，与此同时，还能增强非西方国家学者的文化自信，把握各自文化经典生态阐释的主动权，积极平等地参与全球生态文化的构建，从而为克服全球生态危机开辟新的文化路径。简言之，生态批评的跨文化、跨文明研究定会让它变得更加"跨学科化、跨文化化、国际化"[26]，并成为全球生态文化建构的重要力量。

第二节 《道德经》西方生态旅行的得与失

作为对中国乃至世界文化产生深远影响的中华经典《道德经》[27]因具有强烈的自然主义取向理所当然成了中西方生态学者热评的著作，他们将其解读为绿色经典，并从多角度、多层面对其进行生态阐释，发掘其生态智慧，以消解其主流文化中主导性的人类中心主义思维惯性，绿化其文化生态，以期实现生态自救。然而，如果我们从人类-文化-自然整体合一的立场生态审视《道德经》，就会发现他们对《道德经》的生态阐释却失之偏颇，因为他们采用二元论的观点阐释《道德经》，偏重其生态维度，而淡化、甚至忽视其社会维度——社会公正诉求，而后者恰好是推动西方第一波生态中心主义型生态批评转型的基本动因，并成为其第二波环境公正生态批评的基本立场[28]。有鉴于此，我们应该立足整体的立场全面考究《道德经》的生态内涵，以构建能兼容社会公正议题与生态公正议题的可行性现实道家生态伦理。

一、《道德经》生态阐释的跨文明契合

西方生态学者推崇《道德经》，主要是因为其思想内涵与第一波生态批评的主要思想基础深层生态学之间存在重要的契合，具体来说，其与深层生态学的两个最高原则，即"自我实现"和"生物中心主义平等"在精神上大体是一致的。"自我实现"强调在"大写的生态自我（Ecological Self）中实现自我（self）"，这里的"生态自我"指的是"生态整体"，借此实现人与自然的一体化构建，人类-文化-自然的整体合一。自我的充分实现过程可用以下一句

---

26 Cheryll Glotfelty and Harold Fromm, Eds. *The Ecocriticism Reader: Landmarks in Literary Ecology*. Athens: University of Georgia Press, 1996, p.xxv.

27 该部分有关《道德经》的引文参见饶尚宽译注《老子》，北京：中华书局，2006 年。

28 胡志红、周姗：《试论西方生态批评的学术转型及其意义》，《社会科学战线》2013 年第 6 期，第 149 页。

话来概括，"谁都不可能单个得救，除非我们都得救"，这里的"我们"指包括人类个体在内的自然界一切有生命的和非生命的存在物，诸如山川河流、飞禽走兽、花鸟虫鱼及森林湖泊等。而"生物中心主义平等"则强调生物圈中一切自然存在物之间的生态平等，也就是，包括人在内的一切自然存在物个体都有不受任何外在因素的干扰、照自己的本性生存、发展、充分展开和在大写自我中实现自我的平等权利，从而确保"自我实现"原则的具体落实。[29]

当代美国著名人文学物理学家卡普拉（F. Capra）在其影响广泛的著作《转折点》（*The Turning Point*）中曾这样说道：在这些伟大的精神传统中，道家对生态智慧的阐释是最为深刻、最为完美的表述之一，它强调一切自然现象和社会现象的基本合一，并且都充满生机与活力。[30]这种自然和社会的整体合一集中体现在道家之"道"中，"道"（Tao）[31]指"不可界定的终极现实"，是"统一万事万物之基础"，是"宇宙之路径或过程，是自然秩序"[32]，因而他认为，"当代生态学是道家有机统一整体观的西方版本"[33]。在此，卡普拉所涉的生态智慧主要指的是深层生态学视野。在他看来，这种深层生态学智慧绝非无源之水，无本之木，其中回荡着历史悠久的世界多种文化的生态之声，因而深层生态学的哲学与精神框架绝非全是新品，而在人类历史上曾多次浮现，一直就蕴藏在古老中国的道家、古希腊文化、美洲土著文化、基督教少数派神秘主义者圣·弗朗西斯的著述以及后来的哲学家斯宾诺莎、当代的海德格尔等哲学家的著作中。当然，深层生态学也绝非老调重弹，其除了复活人类文化遗产中的生态意识以外，其最新亮点是将生态视野延及到整个星球。[34]也就是说，深层生态学是一个整合性的文化工程，其综合了从古至今的东西方文化、土著文化的生态智慧，具有极大的包容性，因而具有普世性和普适性，完全可作为一种引领当今全球生态文化运动的新范式，这样看来，西方似乎就占据了世界

---

29 Bill Devall and George Sessions. *Deep Ecology*. Salt Lake City: Peregrine Smith Books, 1985, pp.65-67.

30 F.Capra. *The Turning Point: Science, Society, and the Rising Culture*. New York: Bantam, 1982, p.412.

31 中西学者在英译《道德经》时，有不同有的译法，诸如 Daode jing, Tao Te Ching, 等，因而"道"也随之被译成 Dao 或 Tao，本文尊重原作者的译法。

32 F.Capra. *The Tao of Physics*. Boulder: Shambhala Publications, 1975, p.104.

33 Roger S.Gottlieb. *This Sacred Earth: Religion, Nature, Environment*. New York: Routledge, 1996, p.218.

34 F.Capra. *The Turning Point: Science, Society, and the Rising Culture*. New York: Bantam, 1982, pp.411-12.

生态文化的制高点且具有垄断生态话语的学理依据和生态道义优势。

美国宗教学者塔克在探讨道家和儒家的生态主题时指出，它们都具有一个可称为"有机的、鲜活的、整体主义的世界观"，道家可被界定为"自然主义生态学，与当代深层生态学间存在诸多契合"，道家明显是"自然中心的"，"道家的自然是养育个体生命的基础"，"道是多重世界的多样性统一"，"道家思想强调自然为自己而不是为人类功利目的而存在"，"与自然保持和谐而不是操纵自然是道家的终极目标"。[35]塔克还认为道家已构建了可确保人类个体与自然之间保持深层一致的成熟的仪式规则。[36]美国宗教学者拉查普尔（Dolores LaChapelle）对道家这样评价道："我完全可以这样说，我们西方世界新近寻找拯救地球'新思想'的所有疯狂的尝试完全是多此一举，因为几千年前道家早已为我们准备好了，因此，我们应该放弃所有的疯狂举动，开始遵从老庄之道"[37]。环境哲学学者西尔万（Richard Sylvan）和贝内特（David Bennett）将道家之"道"界定为"不能分割的、素朴的大一或曰多样性的统一……道是前命名的，也许是无名的，当然，它肯定不是个具体的存在之物"[38]。深层生态学的创始人奈斯（Arne Naess）则明确地说："我所说的'大我'就是中国人所说的'道'"[39]。美国生态神学学者埃姆斯（Roger T.Ames）甚至将"道生一，一生二，二生三，三生万物"（《道德经》第4章），改写为"道生同，同生异，异生多，多生无数"，这种改写不仅揭示了"道"生"一与多"，而且还生"连续（或相同）与差异"，差异是创生之源。换句话说，世间万物由"道"而生，万物相生相克，多元共生、相互激荡，从而产生了一个生生不息、和谐统一的世界。因此，"道"的创生过程揭示了"一与多是相互依存，相互激活"的原则[40]，这与现代生态学所揭示的相生相克、多元共生

35　Mary Evelyn Tucker. "Ecological Themes in Taoism and Confucianism." In *Worldviews and Ecology: Religion, Philosophy, and the Environment*. Eds. Mary Evelyn Tucker and John A.Grim. New York: Orbis Books,1994, pp.150-57.

36　Stephen R.Kellert and Timothy J.Farnham, Eds. *The Good in Nature and Humanity: Connecting Science, Religion, and Spirituality with the Natural World*. Washington: Island Press, 2002, pp.73-74.

37　Jordan Paper. "'Daoism' and 'Deep Ecology': Fantasy and Potentiality." In *Daoism and Ecology: Ways within a Cosmic Landscape*. Eds. N.J.Girardot, James Miller, et al. Cambridge: Harvard University Press, 2001, p.10.

38　Peter Hay. *Main Currents in Western Environmental Thought*. Bloomington: Indiana University Press, 2002, p.96.

39　雷毅：《深层生态学思想研究》，北京：清华大学出版社，2001年，第76页。

40　Roger T Ames. "The Local and Focal in Realizing a Daoist World." In *Daoism and Ecology:*

的生态原则遥相呼应。

西方生态批评家们特别看重《道德经》中"无为"（wu-wei 或 Non-Action）的立身处世之策，这不仅因为"无为"是践行老子"道法自然"的指导思想，更是确保老子哲学核心价值和最高理想"自然"变为实现的可行性路径，与此同时，"无为"也在自然价值中体现出自己的意义。在此，"自然"指"人类社会和整个宇宙之自然和谐的原则与状态"，这种"自然的"和谐与人为强加的暂时的和谐抑或混乱有着根本的区别。[41]由此看来，"无为"是实现人与自然间永续和谐共生的可行性必由之路与保证，更重要的是"无为"之"为"与深层生态学的生物中心主义平等的原则惊人一致。卡普拉对"无为"的内涵也给予了恰适的阐释。在他看来，"无为绝非无所作为、冷眼旁观，而是任凭万物自然而然行动，以满足其自然本性"[42]。如果我们不违背物之本性而行动，那么就能与道和谐，我们的行动也因此会成功，这就是老子的"无为而无不为"（《道德经》第 48 章）。塔克将"无为"界定为"非自我为中心的行为"、"不干涉的行为"，反对人为干扰万物之自然本性，有鉴于此，道家拒斥"奢靡与傲慢"，倡导"见素抱朴，少私寡欲"（《道德经》第 19 章），以让自然人性与自然物性保持一致。美国宗教学者罗塞尔·柯克兰（Russell Kirkland）认为《道德经》所倡导的是一种"负责人的无为，一种激进的思想实验"，它"要求我们通过开启大胆而澄明的不干涉性活动过程，让世界固有的仁慈力量独立运作，从而在世上做出大胆而有意义的变化"。[43]美国生态哲学家德韦尔（Bill Devall）和塞欣斯（George Sessions）在谈到东方道家的"有机自我形象"（organic self）时曾说："道家告诉我们万物都有其固有的展开方式，在自然社会秩序中，人们不主宰他人或他物。具有讽刺意味的是，人越想操控他人或非人类自然，随之而来的无序与混乱也越大。对道家来说，自然而然不是与秩序对立而是与之一致，因为它源于内在秩序的自发展开"[44]。美

Ways within a Cosmic Landscape. Ed. J.Girardot, James Miller, et al. Cambridge: Harvard University Press, 2001, pp.273-74.

41　Liu Xiaogan. "Non-Action and the Environment Today."In *Daoism and Ecology: Ways within a Cosmic Landscape*. Ed. J.Girardot, James Miller, et al. Cambridge: Harvard University Press, 2001, p.237.

42　F.Capra. *The Tao of Physics*. Boulder: Shambhala Publications, 1975, pp.116-117.

43　Russell Kirkland. "'Responsible Non-Action' in a Natural World."In *Daoism and Ecology: Ways within a Cosmic Landscape*. Ed. J.Girardot, James Miller, et al. Cambridge: Harvard University Press, 2001, pp.287-296.

44　Bill Devall and George Sessions. *Deep Ecology*. Salt Lake City: Peregrine Smith Books, 1985, p.11.

国比较文学学者丽萨·拉芬斯（Lisa Raphals）认为"无为"之思想贯穿整个《道德经》，并从中引用了"圣人处无为之事"（《道德经》第 2 章）、"无为而无不为"（《道德经》第 48 章）、"我无为，而民自化"（《道德经》第 48 章）及"为无为"（《道德经》第 63 章）等名句予以证明，她将"无为"界定为一种"负责的"、"非干涉性的"、"潜移默化的"行动，是圣人影响世界与人的一种"间接策略"，从而能确保人与自然和谐共生、共荣。[45]

当然，人能践行"无为"之策，顺应自然的唯一明智仁慈之举就是谦卑、澄明之自律，这既是对自然美与自然秩序的敬畏，也是对人类中心主义的否定，更是对人类认识能力的健康合理的怀疑，从而能让自己的行为与生命的本质相符，让自然生命过程自由舒展。

罗塞尔·柯克兰认为，"道家表达了一个普世主义的伦理，它不仅延及整个人类，而且还延及广袤的整个生命世界。道家的历史观、人类观及宇宙观也削弱了在其他传统中司空见惯的专制父权制倾向…我们的生活反映了'道'（the Dao）的运行，这与作为创始者、父亲、统治者或法官的西方上帝的形象形成鲜明的对照。因为'道'不是一个外在的权威，也不是一个拥有操控、干涉他人生活伦理权力的存在"。《道德经》推崇诸如"'谦让'之类的'阴'性行为，与争强好胜、干涉操纵的'阳'性行为截然对立……道家鲜有扮演上帝的冲动，无论在医药、政府或法律领域都是如此"[46]。柯克兰还在阐释老子的"我有三宝持而保之：一曰慈，二曰俭，三曰不敢为天下先"（《道德经》第 67 章）时指出，面对自然生命事件的展开，对人类而言，"唯一善行是不采取行动，唯一的好人是足够智慧、足够体贴、足够谦卑、足够勇敢以至于不采取任何干涉性行动之人"，"人能做的唯一明智仁慈之行为是谦下澄明之自律——因为要确保我们不妨碍道的自然活动，人的自律是必要的"，切莫自以为是，轻举妄动，否则，不仅于事无补，反而酿成更大的灾难，在此，老子实际上警示我们，要对人的"理性、智慧"保持适度怀疑。[47]美国道家研究学

45 Lisa Raphals. "Metic Intelligence or Responsible Non-Action?"In *Daoism and Ecology: Ways within a Cosmic Landscape*. Eds. N.J.Girardot, James Miller, et al. Cambridge: Harvard University Press, 2001, pp.308-309.

46 Russell Kirkland. "'Responsible Non-Action'in a Natural World."In *Daoism and Ecology: Ways within a Cosmic Landscape*. Eds. J.Girardot, James Miller, et al. Cambridge: Harvard University Press, 2001, pp.284-285.

47 Russell Kirkland. "'Responsible Non-Action'in a Natural World."In *Daoism and Ecology: Ways within a Cosmic Landscape*. Eds. J.Girardot, James Miller, et al. Cambridge: Harvard University Press, 2001, pp.294-298.

者詹姆斯·米勒（James Miller）指出，《道德经》中"无为"的内涵就是"放弃飞扬跋扈的行为，就是吸纳与倾听"，这种做法与西方思想家粗暴地对复杂多元的人类文化进行简单的分类，科学家运用还原论的方法分析了解自然、改变自然的做法有着本质的区别，了解这一点是建构道家生态学的第一步。[48]塔克（Tucker）在引用"知其雄，守其雌，为天下溪……知其荣，守其辱，为天下谷……为天下谷，常德乃足，复归于朴"《道德经》第28章》之后指出《道德经》充分揭示了一个"对立统一的终极悖论"，也就是说，"谦下"意味着"强大"，"守柔"意味着"力量"，"死亡"意味着"新生"，[49]这个悖论对我们人类一个重要启示：人类在与自然打交道时，切莫狂妄自大地迫使自然适应人类的模式，我们应该学习和理解自然过程，以便更好地与自然合作，从而确保人类事业的成功。

中国著名老庄研究学者刘笑敢在《无为与今天的环境：老子哲学的概念研究与应用研究》（Non-Action and the Environment Today: A Conceptual and Applied Study of Laozi's Philosophy）一文中从多侧面分析了老子"无为"理念的丰富生态内涵，该文也收录在西方世界于 2001 年出版的第一部专门研究道家生态思想的著作《道家与生态学》（Daoism and Ecology, 2001）中。在他看来，"自然"是老子思想体系的核心价值，而"无为"是确保"自然向现实转化"的方法论原则。当然，老子思想体系的核心价值，"无为"绝非消极被动、悲观失望或畏缩不前，而是"对像竞争与战争等诸如此类的外在活动的约束"，"无为"也因此直接否定了导致生态危机的各种人类行为。[50]正如《道德经》第 68 章中写道：

> 善为士者，不武；善战者，不怒；善胜敌者，不与；善用人者，
> 为之下。是谓不争之德，是谓用人之力，是谓配天之极。（《道德经》
> 第 68 章）

"不武、不怒、不与、为之下"等都是"无为"的外在表现，其精神实质

---

48 James Miller. "What Can Daoism Contribute to Ecology."In *Daoism and Ecology: Ways within a Cosmic Landscape*. Ed. N.J.Girardot, James Miller, et al. Cambridge: Harvard University Press, 2001, pp.71-72.

49 Mary Evelyn Tucker. "Ecological Themes in Taoism and Confucianism." In *Worldviews and Ecology: Religion, Philosophy, and the Environment*. Ed. Mary Evelyn Tucker and John A. Grim. New York: Orbis Books,1994, pp.154-155.

50 Liu Xiaogan. "Non-Action and the Environment Today."In *Daoism and Ecology: Ways within a Cosmic Landscape*. Ed. J.Girardot, James Miller, et al. Cambridge: Harvard University Press, 2001, pp.315-335.

就是"不争之德",这才符合天道,是最高准则。

老子还以人们司空见惯、甚至熟视无睹的水为喻,讲解"道"谦下不争的美德。"上善若水。水善利万物而不争,处众人之所恶,故几于道……夫唯不争,故无尤"(《道德经》第8章)。由于水柔静温和,滋养万物,从不争夺,甘于卑下,因而能培育出生机盎然的自然,铸就万古长青的天地。生在大化自然中的人享受到了水的无限滋润,理所当然应该效仿水谦卑、无私、利他之美德,善待他人,成就万物,这样在构建融洽的人际关系,和谐的天人关系就有了希望,人类就不会铸成大错,将永远屹立于天地间。

反观人类文明,尤其是文艺复兴以降的西方文明,可谓傲慢之至,人类自封为"世界之精华,万物之灵长"(莎士比亚语)。美国生态批评学者马内斯(Christopher Manes)在分析生态危机的历史文化根源时指出,由于人文主义者对人性的高扬,对理性的偏执,对智力和直线进步观等的痴迷,遮蔽了鲜活灵动、滔滔不绝的自然过程,并借助理性语言暴力迫使自然沉默,从而使得其成为一个无声无息的黑暗世界,一个失去主体性的不名存在。另一方面,凭借理性,人确立了自己唯一言说主体的中心地位,建构了一个虚构的人类物种,更准确地说,是人类物种的赝品——"大写的人",这个"大写的人"俨然成了自然秩序中唯一的主体、言说者、至高无上的理性统治者,"在一个非理性的沉默世界中自说自话",从此以后,"由世界万物生灵组成的喧闹悠长的游行队伍在人类主体的胁迫下,不得已踏上其带领的无奈征程"[51],任凭人类敲诈勒索。可以这样说,今天的生态危机就是这种极度膨胀的主体性文化危机的物理表现,是人文主义思潮的客观对应物,是人类作为唯一独白主体所产生的恶果。大体上看,当今世界主流文化语境深受西方文化的影响,在这样一种语境下,"为君、为主、为天下先"成了一种主导型思维模式,因而必然导致性别之间、种族之间、天人之间以及人之灵与肉之间的关系紧张;在人与自然之间的关系中,杀戮、牺牲自然存在物不仅可以满足人,尤其是男人,对血腥的病态渴望,而且通过杀戮自然可明证人之伟大与超越,甚至塑造、提升民族品格,为帝国的扩张铺平道路。[52]不经意间,傲慢的人类招致被统治者自然的无

51 Christopher Manes. "Nature and Silence." In *The Ecocriticism Reader: Landmarks in Literary Ecology*. Eds. Cheryll Glotfelty and Harold Fromm. Athens: University of Georgia Press,1996, pp.15-26.

52 Harriet Ritvo. "Destroyers and Preservers: Big Games in the Victorian Empire." In *Western Civilization*. Vol.2. Ed. Robert L.Lembright. Guilford: McGraw-Hill/Dushkin, 2003, pp.123-127.

情报复，并与其尖锐对立，生存处境岌岌可危，自诩为"万物之灵"的人终于感觉到了可能变成"万物之零"的危险[53]，真正应验了恩格斯对人类的警告："我们不要过分陶醉于对自然界的征服，因为对每一次这样的征服，自然都报复了我们。每一次征服，我们在第一步的确都取得了我们预期的结果，但在第二步和第三步却产生了完全不同、出乎预料的结果，常常把第一个结果也化为乌有"[54]。

此外，西方不少深层生态学学者走向道家，还因为他们青睐《道德经》中所描绘的"小国寡民"的社会构想。在这种理想社会中自然与文化良性互动，人与自然和谐共栖，各个社群既能保持自己独特的文化身份，也能确保自己生存的自然基础，人们自给自足，其乐融融。"甘其食，美其服，安其居，乐其俗。邻国相望，鸡犬之声相闻，民至老死，不相往来"（《道德经》第80章）就是描绘的这种乌托邦式的社会图景，这是一种以农业为基础的社会，这种社会能兼顾自然生态原则和人的社会理想原则，从而能实现人与自然的长期共栖共荣，这种道家式的乌托邦社会与西方生态思想界流行的照生物区域主义原则重构社会的思想理路存在诸多契合之处，这是一种生态系统经济模式，人们与自己的生态系统融为一体，依靠自己的生态系统而生存，因而了解深爱自己赖以生存的生态系统。多样的生态系统孕育着多元的文化，因而深层生态主义者则相信，"可持续发展"的真谛是生态系统可持续支撑人及其上无数生灵生存的能力，由此看来，可持续发展的道路是多种多样的，绝非单一的，这是由生态文化多元性的特征决定的，它要求各生态区域照自己的方式繁衍生息，反对全球化借"发展、进步"之美名强行推行单一的反生态的消费主义文化模式，吞噬生态文化多元性，破坏各个社群的独特生存方式。正如奈斯指出："今天的可持续发展意味着沿着各自的文化道路的发展，而不是沿着一条共同的、中心化路线的发展"[55]。在笔者看来，道家所倡导的生态乌托邦理想实际上是一种比深层生态学还"深层"、还"宽广"的"深层公平"理想，因为它追求所有物种和所有社群之间的公平正义、互动共生。从这层意义上说，老子早已为人类提供了一种朴实可行，当然也是可持续发展的多元文化生存模式。尽管这种模式被许多现代人耻笑为乌托邦理想，甚至斥之为反动的、落后

53　胡志红：《西方生态批评研究》，北京：中国社会科学出版社，2006年，第26页。
54　Carolyn Merchant, Ed. *Key Concepts in Critical Theory: Ecology*. New Jersey: Humanities Press International, Inc., 1994, p.41.
55　雷毅：《深层生态学思想研究》，北京：清华大学出版社，2001年，第134页。

的抑或愚昧的社会模式，但它至少为我们洞悉可持续发展的真实内涵提供了一种新的思路，也许还可悟出道家思想的一些后现代价值！

二、西方生态学者对《道德经》的二元切割

由于以深层生态学为其主要思想基础的西方生态批评的第一波缺乏环境公正视野，隐含了性别歧视、种族歧视、阶级歧视及文类歧视等诸多固有缺陷，因而遭到了美国国内及国际环境公正运动的强烈冲击和部分具有环境公正意识的生态批评学者的质疑，在 20 世纪 90 年代中后期发生环境公正转型，将环境公正引入生态批评领域并成为其主要的理论视角。[56]然而，或者是由于西方文化中心主义的二元论和宏大叙事思维作祟，或者是西方生态学者对玄奥幽深、正言若反的《道德经》思想感到茫然，他们在对其进行生态阐释时，仍然采用第一波生态批评学者固守的人类中心主义／生态中心这种简单粗暴的二元论方法论进行切割，偏重其生态维度——人与自然之间关系的论述，而淡化甚至忽视其环境公正维度——社会公正与环境议题之间纠葛的探讨，从而导致对诸如《道德经》之类的中国文学、文化经典的严重误读。当然，如果从更深层的文化意义上来说，在跨文化生态解读非西方文学、文化经典时，西方生态学学者对像《道德经》之类的经典进行二元切割，其旨在企图明证深层生态学是个"整合性生态文化工程"，具有普适性与普世性，这样西方就具有充分的资格来引领世界生态文化思潮，垄断生态话语。在探讨生态议题时，往往不考虑其他弱势民族，尤其是广大第三世界人民的实际生存状况和感受，咄咄逼人，甚至强加于人。

卡普拉在谈到中国思想的两个不同学派儒家和道家时指出，儒家专注于社会组织的构建及其具体的构建路径，而道家专注于观察自然和发现"道"的运行规律。在道家看来，只有道法自然，方能实现人之福祉，而对《道德经》中有关构建和谐社会的关键议题——环境公正——的诸多论述却只字未提。[57]在笔者看来，卡普拉对儒、道两家的这种区分实在过于简单，实际上，儒道两家都共享了"天人合一"的整体主义思想，它们不仅关注社会和谐和自然和谐，而且还特别关注二者之间的关系和谐，因为二者之间相互影响，相互激荡，因此其中任何一种"和谐"决不能孤立地存在，儒道的区别只是

---

56 胡志红、周姗：《试论西方生态批评的学术转型及其意义》，《社会科学战线》2013 年第 6 期，第 144-150 页。

57 F.Capra. *The Tao of Physics*. Boulder: Shambhala Publications, 1975, pp.101-102.

在实现这种普遍和谐的过程中所采取的策略和路径有所不同罢了。塔克在谈到道家的生态主题时，仅谈到其深层生态学取向的生态内涵，却忘却了道家对构建生态型和谐社会的理想及其路径——普遍环境公正诉求[58]，这的确让人感到遗憾。

2015 年，美国生态批评学者安蒙斯（Elizabeth Ammons）和罗伊（Modhumita Roy）合作编辑出版了一部迄今为止最具国际视野的生态批评读本《共享地球：国际环境公正读本》（*Sharing the Earth: An International Environmental Justice Reader*）该著收录了各大文明、还包括不少少数族裔文化不同历史时期有关生态、文化、生存、社会公正等议题的精彩篇章，有一点似乎让人感到欣喜的是，《老子》的第 29 章全文也收录其中，并给予简短的评述。

> 将欲取天下而为之，吾见其不得已。天下神器，不可为也，不可执也。为者败之，执者失之。
>
> 夫物，或行或随，或嘘或吹，或强或羸，或载或隳。是以圣人去甚，去奢，去泰。

二位编者认为，道家的根本伦理信条是："反对将人的意志强加给和谐运行的宇宙"，老子哲学倡导素朴寡欲、仁慈适度、顺应自然，由此，二位编者认为中国古代哲人老子在此的论述与当今世界的环境公正诉求密切相关。[59]笔者认为，他们误读了老子此文，老子在此的论述更多地与深层生态学而不是与环境公正诉求契合。关于老子有关环境公正的相关论述，下文将给予更多探讨。

美籍华裔哲学学者成中英（Chung-Ying Cheng）探较为深入地讨了构建道家环境伦理的几个原则，诸如相互交融、自我转化、自我创生等，这些原则主要还是从形而上探讨了人与自然的关系，也未涉及环境公正议题，因而显得抽象玄乎。[60]

由于中国生态批评是在深受西方绿色思潮的影响下逐渐发展成长起来

58　Mary Evelyn Tucker. "Ecological Themes in Taoism and Confucianism." In *Worldviews and Ecology: Religion, Philosophy, and the Environment*. Ed. Mary Evelyn Tucker and John A. Grim. New York: Orbis Books,1994, pp.150-159.

59　Elizabeth Ammons and Modhumita Roy, Eds. *Sharing the Earth: An International Environmental Justice Reader*. Athens, George: The University of George Press, 2015, p.16.

60　Chung-Ying Cheng. "On the Environmental Ethics of Tao and Ch'i." In *Worldviews, Religion and Environment: A Global Anthology*. Ed. Richard C. Foltz. Belmont: Thomson Learning, 2003, pp.224-236.

的，其发展历程与西方生态批评之间存在较大差距，迄今为止，中国生态学者们大多沿用西方生态批评第一波的理论与方法，依然以人类中心主义／生态中心主义的二元模式阐释文学、文化与环境之间的关系，因而在生态阐释《道德经》时，大多也未超越西方学者的局限，偏重其自然维度的生态价值，鲜有涉及其社会维度的生态内涵，更未探讨生态维度与社会维度之间错综复杂的纠葛。我们从《道家与生态学》（*Daoism and Ecology*, 2001）一著中可以看出。该著旨在"从学术的视野研究道家传统的复杂丰富性，也致力于批判性地发掘该传统理解当前生态问题的潜力"[61]。该著除了收录了作为编者之一的刘笑敢的论文《无为与今天的环境：老子哲学思想的概念与应用研究》[62]，还收录了中国道教协会副会长张继禹道长的文章《中国道教协会的全球生态宣言》（A Declaration of the Chinese Daoist Association on Global Ecology）[63]。从上文中可知，刘笑敢在其文中既有对老子"无为"理念的深刻探讨，也有运用"无为"理论对当代现实环境问题的个案研究。笔者认为，该文是一篇对古代"生态取向"经典进行现代生态转换的精彩范例，很有启发意义。然而，在该文中，刘笑敢未涉及"无为"观念所隐含的环境公正维度的内涵，确让人感到有点遗憾。张继禹在"宣言"全面阐明了中国道家的全球环境主张，并提出了应对危机的道家环境策略。在"宣言"中，张道长深刻阐明了《道德经》中"遵道贵德"、"自然"、"无为"等理念的丰富内涵及其现实生态价值，并指出"自然／无为"的原则是道家基本的训谕，同时也希望世界不同宗教行动起来共同造福人类，致力于建构人类与自然环境之间、人与社会之间及不同族群之间的和谐关系。但是，在"宣言"中，张道长也未提到《道德经》中的环境公正议题。

总之，《道德经》的西方生态之行应该说是不圆满的，因为中西学者依然采取二分的方法，将老子的人类-文化-自然整体的现实劈成两半，忽视了老子对二者的整体考量，忘却了老子对社会公正维度的关注。

---

61 J.Girardot and James Miller et al., Eds. *Daoism and Ecology: Ways within a Cosmic Landscape*. Cambridge: Harvard University Press, 2001, p.xxxviii.

62 Liu Xiaogan. "Non-Action and the Environment Today." In *Daoism and Ecology: Ways within a Cosmic Landscape*. Eds. J.Girardot, James Miller, et al. Cambridge: Harvard University Press, 2001, pp.315-339.

63 Zhang Jiyu. "A Declaration of the Chinese Daoist Association on Global Ecology." In *Daoism and Ecology: Ways within a Cosmic Landscape*. Eds. N.J.Girardot, James Miller, et al. Cambridge, MI: Harvard University Press, 2001, pp.361-372.

三、《道德经》西方生态之旅的缺失

笔者看来，如果要从生态的视角理解《道德经》，将其进行现代生态转换，甚至构建兼具形而上生态崇高理想和形而下现实路径的道家生态伦理，那么我们就应该从人类-文化-自然交融一体的立场整体把握其生态内涵。具体而言，在《道德经》中老子试图引导我们通过道法自然，达到人性或曰人性自然（human nature）与生态自然之间的和谐合一，生态公正与社会公正之间的并行不悖，从而实现人类经济体系与自然经济体系之间的和协共生[64]。从根本上说，今天的环境问题产生的终极根源是长期以来两种"自然"和两种"体系"间出现了裂痕、甚至分裂与对抗所产生的结果。为此，作为生态批评学者，我们必须从生态整体的视角反思文化传统，重审文学、文化经典。照此观点审视《道德经》，我们就会发现它涵盖生态中心主义议题和社会公正议题，且前者是后者的基础，或者说，后者是前者的延伸，二者交相辉映，不能割裂，因而它可被看做环境公正的经典文献，可为多元文化生态批评的构建提供理论与方法论的指导。

在《道德经》中，老子将"自然"作为其崇高理想，以"道法自然"为立身处世之策略，以"无为"为通达"自然价值"的具体路径，从而实现其终极目的——和谐世界的构建。无论从精神层面还是从物理层面，从个体层面还是从社会层面，从自然层面还是从文化层面来看，老子的和谐世界是一种自然而然的自由世界，一种无压迫、无剥削的世界，一种真正普遍公正的世界，一种能让自然人性和自然物性充分舒展的世界。由此看来，公平正义，当然包括环境公正，理所当然应该成为《道德经》的固有议题，下文就此作简要探讨。

首先，在《道德经》中，老子严厉谴责社会剥削与压迫。

> 民之饥，以其上食税之多，是以饥。
>
> 民之难治，以其上之有为，是以难治。
>
> 民之轻死，以其上求生之厚，是以轻死。
>
> 夫唯无以生为者，是贤于贵生。（《道德经》第75章）

在该章中，老子谴责社会剥削与社会压迫等不公正行为，深刻揭示了社会不公、社会剥削、社会压迫及统治者的胡作非为是迫使老百姓冒死犯上，进而导致尖锐社会矛盾、甚至社会冲突等不稳定因素的现实根源。老子认为淡泊名

---

64 胡志红：《生态批评与<道德经>生态思想研究》，《西南民族大学学报》2009年第9期，第179页。

利、清静无为的人要比横征暴敛、骄奢淫逸、残酷镇压的统治者高明得多。

其次，在《道德经》中，老子直接谈到了环境公正议题。"天地相合，以降甘露，民莫之令而自均"（《道德经》第 32 章）用今天的话来说，天地不专为某人或某一部分人或某个物种施以甘露或自然福祉，而是为了一切自然存在物，在分配甘露时，也毫不偏心，一律按照自然法则——"均"来进行。正所谓"天地不仁"、"圣人不仁"（《道德经》第 5 章）、"天道无亲"（《道德经》第 79 章），这样包括所有人在内的一切自然存在物都能平等地分享自然福祉。反过来，我们也可以这样推断，老子也一定会赞同所有人共同承担人为造成的环境负担或自然灾难的做法，笔者认为，这就是老子环境公正思想的精髓，也是当今环境了公正运动孜孜以求的目标，其核心原则就是公平地分配环境快乐与环境痛苦，不因肤色、性别及贫富等的差异而遭到歧视。由此看来，环境公正的目标实则源于自然。老子倡导"道法自然"，就要求人类社会奉行社会公正、环境公正。

再次，老子还进一步谈到天道是如何调节环境福祉分配的策略，以具体落实环境公正的原则：

> 天之道，其犹张弓与？高者抑之，下者举之；有余者损之，不足者补之。天之道，损有余而补不足；人之道，则不然，损不足以奉有余。孰能有余以奉天下？唯有道者。（《道德经》第 77 章）

天道从来大公无私，因而对"高者、下者、有余者、不足者"等非自然恒态之状况随时照自然法进行调节，以落实"均"的原则，共享天福，均担天祸。"人法地，地法天，天法道，道法自然"（《道德经》第 25 章），人之法则理所当然应该如此。然而，现实世界却逆天道而行，怪象丛生，弱肉强食，当政者横征暴敛，欲壑难填，穷奢极欲，弱势者却穷困潦倒，朝不保夕，因而老子疾呼顺应天道的"有道者"的出现。就全球环境形势而言，总体每况愈下，而西方强国主导的解决环境危机的各种策略，其言辞无论多么的动听，总是碰壁，甚至可以这样说，世界环境主义运动已陷入死胡同，环境主义运动已面临前所未有的危机，实则是违背天道公平所致。

最后，在《道德经》中，老子倡导一种"普遍救赎"的做法，一种彻底的生态中心主义的环境公正，一种融社会公正与生态主义于一体的环境主义新范式，也就是说，我们既要"救物"，又要"救人"，既要探求人与自然间的和谐，还要实现人与人之间的和谐，只有这样方有可能建构一个和谐的宇宙，这才是真正的"大智慧"，否则，即使自以为聪明，实际上是"小智"，也会铸成大错。实际上，今天威胁全人类生存的全球气候变暖等环境问题正是人类"小聪明"、"小智慧"滋生的结果，哲学家称之为"人文主义的傲慢"产生的恶果。正如老子说道：

> 是以圣人常善救人，故无弃人；常善救物，故无弃物。是谓'袭明'。

> 故善人者不善人之师，不善人者善人之资。不贵其师，不爱其资，虽智大迷，是谓'要妙'。（《道德经》第27章）

被誉为环境主义预言家的19世纪美国作家大卫·梭罗在其生态文学经典之作《华尔登湖》（*Walden*, 1854）中也谈到了环境公正议题。他这样写道：在自然状态下，人和动物都从自然中就地取材，每家都有个够好的住所，完全能满足自家人简朴的需要，飞鸟有其窝，狐狸其洞，野人（印第安人）有其棚屋，而在现代文明社会里，"有自己住房的人却没有过半"。在文明程度高的大城镇，只有很少一部分人拥有自己的住房。因而梭罗不无讽刺地说道："享受文明福祉的人真是个贫穷的文明人，而没有这些的野人却富得像野人"。[65]梭罗对印第安民族和动物们贴近自然、简朴富足、悠然自得的生活表现出极大的羡慕，对社会剥削与压迫所导致的贫穷表示谴责。从生物学的角度来看，在自然状态下，物种之间及动物个体之间为争夺基本的生存空间而竞争，但大都能拥有自己的地盘，共享生态福祉。由此看来，梭罗的公正是一种彻底的生态中心主义式的公正，包括生态公正和社会公正，后者源于前者。然而，人类从自然状态"进步"到文明社会后，多数人反而不能拥有自己的基本生存空间——住房，何以产生这种悲惨结局的呢？因为人类文明创制各种制度阻止了人类照自然秩序的原则来分配物质财富或自然福祉，保护私有财产，使得少数人抢占了过多的自然财富，从而剥夺了其他人和非人类居民平等分享自然福祉的权利，由此看来，在跨时代、跨文化的语境中，老子和梭罗在环境公正议题上存在诸多契合。

根据上文对《道德经》西方生态之旅的得失分析可看出，当今中西生态学者都将其看成一部生态内涵丰富的文化经典，并透过深层生态学的视野多角度阐发其生态价值，试图构建道家生态伦理，但他们对《道德经》的理解是片

---

65 Henry David Thoreau. "Walden." In *Walden and Other Writings*. Ed. Joseph Wood Krutch. New York: Bantam Dell, 2004, pp.134-135.

面的。其原因在于西方学者在阐释像《道德经》这样的东方文化经典时，没有检讨以深层生态学为主要基础并据此进行生态学术探讨的第一波生态批评所潜藏的学术危机，更不可能消除其因缺乏环境公正立场而生发的种族偏见、性别偏见、阶级偏见及文类偏见等，依然沿用第一波生态批评的理论与方法，简单地就将《道德经》界定为深层生态学的先驱之作，并将"像老子这样的哲人看成深层生态学的先驱"。如果从更为深层的文化视角来看，西方生态学者片面解读《道德经》的根本原因是由于西方文化中心主义思维惯性作祟所致，其目的是为在当今学界、甚至在实践上产生深远影响的深层生态学构建一种精神上宽广的"真实关联性"，企图证明"深层生态学是一个普适性的哲学"。在印度生态学家古哈（Ramachandra Guha）看来，他们"这样解读东方经典简直是对历史记录的粗暴歪曲"[66]。笔者看来，西方生态学者对《道德经》等非西方经典这种带有浓厚的生态东方主义式色彩的占有方式，学术上是为了证明深层生态学的普适性与普世性，本质上企图在生态议题上牵强附会地将非西方绿色文化经典当作西方构建的生态哲学的注脚，为西方文化垄断生态议题提供学理上的依据。实践上，排斥放逐、甚至压制非西方的生态话语，消解解决生态议题的多元文化路径，让西方强国垄断生态议题，凸显西方文化的生态霸权的正当性，其恶果是形形色色、或隐或显的生态殖民行径大行其道，进而使得人类走出生态泥潭的可能也因此更加渺茫。

有鉴于此，作为中国生态批评学者，我们应有足够的文化自信，把握生态重释中国文学、文化经典的话语权，积极主动地推动富有自然取向的中国文学、文化经典的当代生态转型，在生态阐发像《道德经》这样的经典时，我们必须透过生态整体的视角，既要考量《道德经》关于人与自然之间关系的形而上探求，也要关注其形而下的社会公正议题，更要深刻领会其关于二者之间关系的深刻论述，不可偏废，只有这样，方有可能构建既具崇高生态理想也具坚实现实基础的可行性、可持续道家生态伦理。

概而言之，《道德经》的西方生态之旅尽管有助于开启中西文明的生态对话与交流，但从另一方面看，其旅行是不完美的，因为生态学者们没有从整体主义的立场全面把握其思想内涵，在习惯于宏大叙事和求同思维的西方生

---

66 Ramachandra Guha. "Radical American Environmentalism and Wilderness Preservation: A Third World Critique."In *Contemporary Moral Problem*. Ed. James E.White. Belmont: Wadsworth/Thomas Learning, 2003, p.557.

态学者面前，它被"肢解"了，其重要的，也许是异质的内容被遮蔽了，所以作为生态批评学者，我们在跨文明解读生态作品，尤其是生态经典时，不仅要探寻与自己文化相契合的一面，更应深挖与自己文化相异的一面。惟其如此，方有可能兑现文明互鉴的真正内涵："各美其美，美人之美，美美与共，天下大同"。

第三节 《蜀道难》中的野性自然在英美世界的接受与变异

　　"诗仙"李白在多首诗歌中都对极具"野性"特质的自然进行了细致书写，《蜀道难》可被看作这类诗歌的典范。全诗描绘了蜀道险峻的山势、湍急的河流、高耸的山峰，人烟罕至、空山峻岭、气势巍峨，呈现了一幅极具野性生命力的大自然图景。贺知章未读完此诗便连连称赞，殷璠惊叹此诗"可谓奇之又奇，然自骚人以还，鲜有此体调也。"[67]正因如此，《蜀道难》作为李白的代表诗作被多位西方著名汉学家研究和翻译。国内对于《蜀道难》海外传播的研究通常从不同翻译理论的维度探究译本中的翻译策略及误译、漏译现象，鲜有从生态批评的视角对诗中非人类自然世界的书写进行考察。有鉴于此，笔者站在生态批评的立场，跨文明探究《蜀道难》中彰显自然"野性"特征的地理意象与动物意象在英美世界具有代表性的七个英译本中的变异，以期深入挖掘《蜀道难》独特的生态内涵和审美特征。

一、《蜀道难》中的"野性美"

　　《蜀道难》最早收录于唐人殷璠编著的《河岳英灵集》，诗的艺术成就有口皆碑，但其主题却众说纷纭。认为《蜀道难》寓在讽时任蜀地军政长官章仇兼琼及时任剑南节度使严武的说法，已被学界驳斥，因为据史料考辩，章仇兼琼与严武并非为人暴虐，飞扬跋扈。认为此诗旨在讽安史之乱后唐玄宗幸蜀的说法也已被证伪，因《河岳英灵集》编成于玄宗天宝十二载（753 年），而唐玄宗幸蜀在天宝十四载（755 年）爆发的安史之乱之后，二者时间先后顺序不符。在论证《蜀道难》主题的各种声音之中，不乏有学者认为《蜀道难》着力描述

---

67 〔唐〕殷璠撰，王克让注：《河岳英灵集注》，成都：巴蜀书社，2006 年，第 36 页。

了蜀地自然景观, 其主题旨在赞叹蜀地山水。明代胡震亨曰: "愚谓《蜀道难》, 自是古相和歌曲, 梁陈间拟者不乏, 讵必尽有为而作! 白, 蜀人, 自为蜀咏耳" (《李诗通》)。清朝顾炎武曰: "李白《蜀道难》之作, 当在开元天宝间。时人共言锦城之乐, 而不知畏途之险, 异地之虞。即事成篇, 别无寓意" (《日知录》卷二十六)。现存最早的李白诗歌注本《李诗选注》也指出 "乐府诸篇, 不必——一求所指; 其有所指者, 辞义明白, 自有不可掩之实, 亦不必待强为之说"。由此可见, 以上论述皆认为李白的《蜀道难》属于咏物之作。在笔者看来, 李白用如椽之笔, 在诗中通过多个自然意象, 从视觉、听觉、感觉等多个维度书写蜀道的艰险, 令人身临其境, 叹为观止。故把《蜀道难》作为赞叹蜀地山水的诗歌合乎情理。

全诗开篇、中间和结尾部分, 李白反复感叹 "蜀道之难, 难于上青天", 把穿越蜀道的难与登天相比较, 三次强调主题, 凸显蜀道的山势险峻、峥嵘巍峨。随后, 诗人将关于蜀道的传说、神话、历史和自己的环境经验交融在一起, 通过呈现多个自然意象, 共同描绘蜀道之难。"蚕丛及鱼凫" 到 "然后天梯石栈相勾连" 八句通过历史传说和神话传说道出古蜀国自建国以来与秦塞长期相阻隔, 不通有无, 直到 "五丁开山" 开凿了蜀道, 才通过 "天梯石栈" 与外界有了联系。即便如此, 要通过蜀道, 绝非易事, "只有高险的山路和石头栈道相连才能勉强通过"[68], 让人具身体验 "畏途"、"巉岩"、"不可攀"、"百步九折萦岩峦"。蜀道如此艰险正是由于曲折盘旋、险恶陡峭的山势: 山峰高耸入云似乎距离天空不到一尺, 驾着六龙的羲和见到如此高的山峰都要绕回, 善高飞的黄鹄与善攀援的猿猱都欲度蜀道而无计可施。"古木"、"空山"、"枯松" 的自然意象表征了人类的缺席, 体现人类对如此崇高的自然世界叹为观止、望而却步。蜀道不仅山高, 而且水险。"冲波逆折"、"飞湍瀑流"、"冰崖转石" 等意象都描述了水势湍急、波浪回旋的景象, 浪花击打在岩石上发出如雷鸣般的声音响彻山谷, 不禁让人惊心动魄。诗中 "黄鹤"、"猿猱"、"狼"、"豺"、"猛虎"、"长蛇" 等动物意象无论是指代人的隐喻意义, 还是其本体含义, 都可以从侧面凸显蜀道的地势险峻, 人迹罕至, 所以才有多种野兽出没。诗中多种自然意象的呈现论证并阐释了 "蜀道之难, 难以上青天" 的事实, 彰显了蜀道山水充满了生命力量的 "野性" 之美。

---

68 郁贤皓:《李太白全集校注》, 南京: 凤凰出版社,2015 年, 第 206 页。

　　由此可见，《蜀道难》中所描绘的蜀道崇山峻岭、虎豹出没、渺无人迹、气势磅礴、巍峨峥嵘，无不彰显了大自然不受人类干预和控制之下表现出的固有特征和价值，整个自然俨然是一个充满了野趣和生机的审美世界，呈现了荒野的物理特征和"野性美"的内在属性。在中国古代语境中，"荒""野"这两个字为互文的同义词，意思都是未经人的影响、未打上人的烙印的自然。《古汉语常用字字典》[69]对"荒"的第4条解释为：僻远的地方。对"野"的解释中，既包含其地理意义上的所指："田野；又郊外"，也指代某种特征或性质："野蛮，不驯顺"。在现代语境中，"荒野"一词在《现代汉语词典》（第7版）[70]中的解释为："荒凉的野外，指几乎不受人干预、未经驯化的地区"，表示一种纯粹的、野性的自然状态，体现了原始自然的在场和人类痕迹的缺席。荒野，并非只是一个地理所指，一片空间，一个自然的客体，它与中国文化史上的"自然"概念一样，是一种精神的象征，是一个美学的范畴。这样的审美特征在《蜀道难》中体现为书写蜀道山水的各类自然意象所呈现出的"野性美"。一方面，"野性美"表现为未经人工雕琢和驯化的自然，物皆自得，美在自美，呈现其本来的面貌和固有价值，不以人的利益作为其审美和价值尺度。"野性是一种自然、原始和社会性的力量，而社会、经济和政治的能力试图将其消除"[71]。人类不在场，自然就具有了肆意生长的野性精神，有了生命的蛮荒境界，有了原始的野蛮苍劲。蜀道的自然充满力量，气势磅礴，长势强劲，野兽重生，具有原生之美、纯粹之美、蓬勃之美、野蛮之美。另一方面，"野性美"体现在非人类中心主义的人与自然的关系之上，人与自然万物和谐共运，浑然一体。具有"野性美"的自然似乎是一个残酷无情有着巨大威胁的物理世界，具有不随人类意志转移的物质性与客观性，具有"不可用人之范畴加以限定的狂傲与霸气"，故而拥有了"传统美学赋予给大海和高山的崇高"[72]。在这样的自然之中，人与自然的态度不是对立的，人并非处于山水之上，无法对"野性"自然进行改造，而是处于自然之中，甚至在自然的险峻巍峨面前感到自身的渺小，感到恐惧，

69　《古汉语常用字字典》，北京：商务印书馆，2020年。

70　《现代汉语词典》（第7版），北京：商务印书馆，2021年。

71　马费索利：《"生态哲学"：野性的力量》，许轶冰、于贝尔译，《江南大学学报（人文社会科学版）》，2013年第4期，第27页。

72　胡志红：《崇高、自然、种族：崇高美学范畴的生态困局、重构及其意义——少数族裔生态批评视野》，《外语与外语教学》2020年第2期，第129页。

从而对自然产生了敬畏之心。《蜀道难》中"仰胁息"、"坐长叹"、"凋朱颜"、"长咨嗟"皆表现了在奇峰险峻的野性自然面前，人们无所适从只能叹为观止。正如托马斯·里昂（Thomas J.Lyon）在《地方的伦理》一文中所说，对某一处地方的敬畏之情会使"自我的界限自然而然地变得宽松"，将人与宇宙中各种"存在于流动"联系在一起，最终促成对宏观自然环境的更大关怀[73]。这样的"野性美"反拨了人文主义思想中人作为"万物的灵长"对自然的控制和改造，呈现了人与自然同属生物圈的整体主义和后人文主义思想，对人们的道德情感产生潜移默化的熏陶和影响，具有深刻的生态内涵和生态智慧。

二、英译《蜀道难》中"野性"特征的式微

作为中国传统文化的经典，《蜀道难》被多位西方学者翻译研究并收录在自己的译本之中。1919 年英国汉学家阿瑟·韦利（Arthur David Waley）出版小册子《诗人李白》（*The Poet Li Po*）[74]，介绍了李白生平并翻译了他的 23 首诗歌。1921 年，美国意象派女诗人艾米·洛威尔（Amy Lowell）与汉学家弗洛伦斯·艾思柯（Florence Ayscough）合译出版汉诗英译集《松花笺》（*Fir-Flower Tablets: Poems From the Chinese*）[75]，其中收录了 83 首李白诗歌。1922 年，旅美日裔学者小畑熏良（Shigeyoshi Obata）出版了第一部李白诗歌翻译总集《李白诗集》（*the Works of Li Po: The Chinese Poet*）[76]，收录了李白诗歌 124 首。1929 年美国诗人威特·宾纳（Witter Bynner）与中国学者江亢虎合译出版《群玉山头：唐诗三百首》（*The Jade Mountain: A Chinese Anthology, Being Three Hundred Poems of the T'ang dynasty*, 618-906）[77]，收录李白诗歌 27 首。美国学者阿瑟·库柏（Arthur Cooper）翻译郭沫若专著《李白与杜甫》（*Li Po and Tu*

---

73 马特：《论美国荒野概念的嬗变与后现代建构》，《文史哲》2018 年第 3 期，第 123 页。

74 《蜀道难》在此专著中的全译本，详见 Arthur Waley. *The Poet Li Po*. London: East and West, LTD, 1919, pp.13-15.

75 《蜀道难》在此专著中的全译本，详见 Amy Lowell and Florence Ayscough. *Fir-Flower Tablets: Poems From the Chinese*. Boston: Houghton Mifflin, 1921, pp.7-9.

76 《蜀道难》在此专著中的全译本，详见 Shigeyoshi Obata. *The Works of Li Po: The Chinese Poet*. New York: Paragon Book Reprint Corp, 1965, pp.111-113.

77 《蜀道难》在此专著中的全译本，详见 Witter Bynner and Kiang Kang-Hu. *The Jade Mountain: A Chinese Anthology Being Three Thousand Poems of the T'ang Dynasty, 618-906*. New York: Alfred A. Knopf, 1967, pp.67-68.

Fu）[78]，并于 1973 年将其出版，其中英译了李白多首诗歌。1993 年美国学者维克拉姆·塞斯（Vikram Seth）出版《三位中国诗人》（*Three Chinese Poets*）[79]，对李白、杜甫、王维三位诗人生平进行了简要介绍，并翻译了三人的多首诗歌。进入新世纪之后，美国诗人西顿（J.P.Seaton）翻译并于 2012 年出版包括《蜀道难》在内的英译李白诗歌集《明月白云-李白诗选》（*Bright Moon White Clouds Selected Poems of Li Po*）[80]。由此可见，李白诗歌从未退出西方学者的研究视野，确立了其在海外的经典地位。以上七本著作均包含《蜀道难》的翻译，对其研究颇具代表性。然而，在这些英译本中，蜀道不受人类控制和规训的"野性美"或隐或显地有所消减和削弱，蜀道不再那么"难"，那么"野"，变得"温顺"起来。下文将重点考察并对比原诗与这七个英译本中的地理意象及动物意象，以此探究原诗中自然的"野性"特征在其英译本中如何变化。

1. 地理意象

蜀道地势多变，道路险阻，唐诗中的"蜀道"多指"秦岭巴山的入蜀路线"[81]，长逾数千里，从北向南经过关中盆地、秦巴山地、四川盆地等形态各异的地理区域，沿途以秦岭、巴山山脉为代表的崇山峻岭为主[82]，给人们通行造成了巨大的困难和障碍。故诗人开篇便从宏观上把蜀道之难与上青天之难进行类比，两次使用"难"字强调其难度之大，将蜀道的艰险具象化。但在韦利与宾纳的译本中却并非如此，如下所示：

原诗：蜀道之难，难于上青天。

韦利译本：It would be easier to climb to Heaven than to walk the Szechwan Road.

宾纳译本：Such travelling is harder than scaling the bule sky.

78 《蜀道难》在此专著中的全译本，详见 Arthur Cooper. *Li Po and Tu Fu*. London: Penguin Classics, 1973, pp.165-170.

79 《蜀道难》在此专著中的全译本，详见 Vikram Seth. *Three Chinese Poets: Translations of Poems by Wang Wei, Li Bai, and Du Fu*. New York: Harper Collins Publishers, 1992, pp.30-31.

80 《蜀道难》在此专著中的全译本，详见 J.P.Seaton. *Bright Moon, White Clouds: Selected Poems of Li Po*. London: Shambhala, 2012, pp.134-136.

81 李久昌：《中国蜀道·交通线路》（第一卷），西安：三秦出版社，2015 年，第 6 页。

82 李久昌：《中国蜀道·交通线路》（第一卷），西安：三秦出版社，2015 年，第 18 页。

在韦利的译本中，关键词是"easier"（更简单），将原文凸显的"难"之比较，转换成了"易"之对比。宾纳和江亢虎的译本虽然关键词仍是"harder"（更难），但"travelling"一词的使用消解了原诗暗含的艰险。根据《牛津高阶词典》（第9版）[83]，"travel"意为"to go from one place to another, especially over long distance"（从一个地方到另一个地方，尤其是远距离），词性中立，无法传达跋山涉水的艰险过程。不仅宾纳和江亢虎的译本多次使用"travelling"表达攀登蜀道，其他译本同样如此，例如：

原诗：问君西游何时还？

西顿译本：When will the traveler, heading west, turn back?

原诗：其险也如此，嗟尔远道之人胡为乎来哉？

库柏翻译：Why, oh, why, Travellers from Afar, come ye to suffer them?

原诗：地崩山摧壮士死

小畑熏良译本：　And how those strong men died, traveling over!

原诗：扪参历井仰胁息

小畑熏良译本：The traveler must climb into the very realm of stars, and gasp for breath.

以上译本分别把"君"、"远道之人"、"壮士"都作为游客（traveler）来解读和阐释，传递出一种人们前来蜀道旅游，放松身心的感官体验。实际上，史书上对于穿越蜀道的情形多有记载，例如描述蜀道中的子午道和骆谷道"两路重岗绝涧，危崖乱石"[84]，米仓道"行人止宿，则以縆蔓系腰，萦树而寝。不然，则坠于深涧，若沉黄泉也"。[85]由此可见，顺利穿越蜀道绝非徒步旅行般容易，具有冒着生命危险的可能性，而译诗中将这一复杂艰辛的过程转化成"旅行"这一意象显然是将原诗中人们穿越蜀道的具身体验进行了简化和缩减，与此同时，蜀道险峻危峭的野性地理特征也被削减。

原诗中"不与秦塞通人烟"中"塞"指"山川险阻处"[1]206。"塞"在《古汉语常用字字典》的解释为"边界上的险要地方"，这一意象彰显了蜀道地势的艰险，自然"野性"特质的在场。然而在英译本中，"塞"这一险要地

83　《牛津高阶英汉双解词典》（第9版），北京：商务印书馆，2021年。

84　〔宋〕王象之撰，李勇先校点：《舆地纪胜》卷一百九十《洋州》，成都：四川大学出版社，2005年，第5588页。

85　〔宋〕李昉等：《太平广记》卷三百九十七《大竹路》引《玉堂闲话》，北京：中华书局，1961年，第3182页。

势不复存在，如表所示：

原文	韦利译本	洛威尔译本	小畑熏良译本	宾纳译本	库柏译本	赛斯译本	西顿译本
秦塞	the frontiers of Ch'in	the boundary of Ch'in	the wall of the Middle Kingdom	the Ch'in border	the Ch'in border	the Qin frontiers	the border

根据《牛津高阶词典》（第 9 版）中的解释，"frontier"意为"a line that separate two countries"（区分两个国家的界限）；"border"意为"a line that divides two countries or areas"（区分两个国家或地区的分界线）；"boundary"意为"a real or imagined line that marks the limits or edges of sth and separates it from other things or places"（标出某事物的界限或边缘并将其与其他事物或地方隔开的真实的或想象的线）；"wall"意为"a long vertical solid structure, made of stone, brick or concrete, that surrounds, divides or protects an area of land"（城墙、围墙）。由此可见，英译本中的"塞"仅仅只含有分界线的意思，缺失了其中蕴含的地势险要之意。原诗中蜀地与秦地边界相邻，险阻的地势在译文中只呈现出了平淡无奇的分隔之处，地势的蛮荒野蛮特质故而被弱化。

若要穿越蜀道凹凸陡峭的地势，普通的道路显然无法实现，故需借助"天梯石栈"，其中天梯比喻高险的山路，而石栈指在峭壁上凿石架木筑成的通道，也即是栈道。是依崖架空的道路。"缘坡岭行，有缺处，以木续之成道，如桥然，所谓栈道也"。[86]从建筑材料而言，蜀之栈道主要以岩石和木材构成。然而，小畑熏良和库柏的译本都将"栈"译为"bridge"。如下所示：

原文：天梯石栈

小畑熏良译本：a road of many ladders and bridges hooked together

库柏译本：sky-ladders fixed, bridges across chasms

"bridge"在《牛津高阶词典》（第 9 版）中的解释为"a structure that is built over a road, railway, river, etc. so that people or vehicles can cross from one side to the other"（在公路、铁路、河流等上建造的供人或车辆从一边到另一边通行的建筑物），可见"bridge"所对应的意象应属于水泥建筑物，而非原诗中岩石、竹木这类属性的工具，构成栈道的原材料在这一翻译过程中进行了转

86　〔清〕顾祖禹：《读史方舆纪要》卷五十六《陕西五》，北京：中华书局，2005 年，第 2668 页。

换和变异，同时"栈"所蕴含的摇摇欲坠的感觉经验也被弱化消解。

原诗为了凸显蜀道地势的险峻曲折，诡谲艰难，对"青泥"、"连峰"、"剑阁"等具有代表性的山峰、地势进行了书写，使人从中领略唐时蜀道艰险的意蕴。在"西当太白有鸟道，可以横绝峨眉巅"中，"太白"指太白山，根据慎蒙《名山记》，太白山"在凤翔府郿县东南四十里，钟西方金宿之秀，关中诸山莫高于此"，系关中最高的山脉；"峨眉巅"指峨眉山的顶点，也是最高处。此句表现了从秦到蜀山脉的高耸。"青泥何盘盘"中"青泥"特指由其泥泞曲折的特征而命名的青泥岭。根据《元和郡县志》卷二十二兴州长举县："青泥岭在县西北五十三里，接溪山东，即今通路也。悬崖万仞，山多云雨，行者屡逢泥淖，故号青泥岭"，人们若要徒步翻越青泥岭，定是艰难险阻，步步维艰。原诗"剑阁峥嵘而崔嵬"描述了剑阁山势高峻雄伟。《图书编》中指出："蜀地之险甲于天下，而剑阁之险尤甲于蜀，盖以群峰剑插，两山如门。"蜀地关口不计其数，剑阁是其最险要的关口之一，因气势如剑而得名。可见，位于蜀道的"太白山"、"峨眉山"等山峰，"青泥岭"、"剑阁关"等地势是蜀道野性审美特征的物理客观对应物，蕴含着深刻的文化内涵及地理特征。而在英译本中，译者均采取音译法或直译法对地名进行翻译，并没有对其文化隐喻及地理特性另加注解说明，让其沦为非典型性的普通地方，让缺失中国文化背景的西方读者无法再现蜀道的艰险与野性。如表所示：

原文	韦利译本	洛威尔译本	小畑薰良译本	宾纳译本	库柏译本	赛斯译本	西顿译本
太白	T'ai-po Shan	the Great White Mountain	/	the Great White Mountain	White Star Fell	White Star Peak	the Great White Mountain

原文	韦利译本	洛威尔译本	小畑薰良译本	宾纳译本	库柏译本	赛斯译本	西顿译本
峨眉	O-mi	Omei	the Yo-mei Mountain	O-mêi Peak	Eyebrow Fell	Mount Emei	Omei

原文	韦利译本	洛威尔译本	小畑薰良译本	宾纳译本	库柏译本	赛斯译本	西顿译本
青泥岭	green mud	the Green Mud Pass	the green mud path	mountain of green clay	the green mire way	green mud	Green Mud Mountain

原文	韦利译本	洛威尔译本	小畑熏良译本	宾纳译本	库柏译本	赛斯译本	西顿译本
剑阁	The Sword Gate	the Two-Edged Sword Mountain	the Sword Parapet	Dagger-Tower Pass	Pass of the Sabre	Dagger Peak	Sword Tower

2. 动物意象

蜀道沿途茂密繁芜的群山峻岭为各种野兽毒虫提供了良好的生存空间。如史书记载："谷中多反鼻蛇，青攒蛇一名燋尾蛇，常登于竹木上，能十数步射人。人中此蛇者，即需断肌去毒，不然立死"。[87]此类记载，不绝史书，可见蜀道沿途猛兽出没，毒蛇成群，暴虐为患。为了凸显蜀道这一蛮荒的野性特征，原诗中的动物意象极具典型性，象征着某种动物中最凶猛最具"野性"的一类。"黄鹤之飞尚不得过，猿猱欲度愁攀缘"中"黄鹤"指黄鹄，《商君书·画策》中指出"黄鹄之飞，一举千里"。《楚辞·惜誓》中提到"黄鹄之一举兮，知山川之纡曲；再举兮，睹天地之圆方"，可见黄鹄飞翔，一振翅便知山川地势，再振翅可知天地辽阔，日行千里，极善高飞，固有俗称"天鹅"。"猿猱"指一种猿猴类动物，《兽记》中指出"猿善援"，猿猱便于攀援，非常便捷。元代萧士赟在其著《分类补注李太白诗》中曰："黄鹤飞之至高者，猿猱最便捷者，尚不得度，其险绝可知矣"。可见，"黄鹄"在鸟类中最善飞翔，"猿猱"在猴类最善攀爬。原诗"又闻子规啼月夜"中"子规"指杜鹃鸟，也即布谷鸟。晋朝张华在其《禽经注》中道："望帝修道，处西山而隐，化为杜鹃鸟"，"至春则啼，闻者凄恻"，"声甚哀切"。空山丛林，人迹稀少之地，杜鹃鸟叫声哀婉凄切，令人心怀感伤。它被赋予了特有的文化和象征意义，暗含哀婉或愁绪满怀的情绪。原诗"朝避猛虎，夕避长蛇"中的"长蛇"并非指一般的蛇，根据晋郭璞《山海经图赞》："长蛇百寻，其鬣如彘。飞群走类，靡不吞噬。极物之恶，尽毒之利"。可见诗中的长蛇是蛇中极其凶恶残忍的一类。由此可见，原诗中所书写的动物绝非随意之选，而蕴含了深刻的中国文化内涵，隐喻了蜀道人迹罕至、蛮荒苍劲的野性特征。然而这些动物意象在这七个英译本中泛化成了平淡无奇的普通

---

87 〔唐〕李吉甫撰，贺次君点校：《元和郡县图志》卷二十二《山南道三》，北京：中华书局，1983 年，第 562 页。

物种，如图所示：

原文	韦利译本	洛威尔译本	小畑熏良译本	宾纳译本	库柏译本	赛斯译本	西顿译本
黄鹤	yellow cranes	yellow geese	yellow crane	a yellow crane	yellow crane	yellow cranes	yellow cranes

原文	韦利译本	洛威尔译本	小畑熏良译本	宾纳译本	库柏译本	赛斯译本	西顿译本
猿猱	the monkeys	the gibbons	the monkeys	monkeys	gibbons and monkeys	apes	gibbons and monkeys

原文	韦利译本	洛威尔译本	小畑熏良译本	宾纳译本	库柏译本	赛斯译本	西顿译本
子规	a nightingale	a nightingale	the cuckoos	the cuckoos	cuckoo	the cuckoo	that cuckoo

原文	韦利译本	洛威尔译本	小畑熏良译本	宾纳译本	库柏译本	赛斯译本	西顿译本
长蛇	long serpent	the long snakes	the huge serpent	venomous reptiles	serpent	the serpent	blood-sucking serpent

由以上表格可知，"黄鹤"在英译本中，除了洛威尔的译本译出了黄鹄俗称天鹅（geese）的本体意义，其余译本都译成了"yellow crane"（黄色的鹤），黄鹄已经变异成了另一种鸟类，其善高飞的特征也随之消失。善于攀爬的猿猱在多个译本中被泛化成了普通的猿猴，甚至是更瘦小的猴子（monkey）。"子规"虽被直译成了其本体对象布谷鸟（cuckoo），但无一个译本对其暗含的文化象征意义进行注解，甚至韦利与洛威尔的译本把"子规"译成了可以发出美妙叫声的夜莺（nightingale），杜鹃鸟充满悲凉的啼叫被重构成了夜莺美妙的歌声。原诗中非常凶残的一种蛇类在多数译本当中也被泛化成了普通的长蛇（long\huge serpent）。译本把具有典型性的通常只会出现在人烟罕至地方的"野兽"泛化成了普通的甚至通常可与人类共时性在场的某类动物，那么它们原本所处的环境具有的蛮荒野性特质也随之减弱。

由上文分析可知，西方译者在翻译《蜀道难》中的地理意象与动物意象时所采取的翻译策略均为直译法，即根据拼音或者字面意思进行直接翻译，而未对其中蕴含的深层特征或文化意义进行注解与阐释。这种翻译上的捷径似乎从形式上保持了与原诗的相互对应，但原诗中的地理意象与动物意象在中国文化背景中所特有的野性特征与审美取向在这种符号转换过程中出现了泛化、式微，甚至消失殆尽，导致在异质文化模子中的读者无法感知这些意象所带来的审美体验与感知。

三、"野性"特征衰微的跨文明阐释

在一国文学文本传入异于自身文化模子的文化中，由于接受者语言的差异、文化背景的不同等因素，必然会产生变异。在异质文明的文学交流过程中，以"文字流传物"的形式存在的作品首先要经过语言的转换，在语言的转换过程中，原来的文学文本"不仅与其原初的语言指涉物相脱离，而且还要首先经过译者的理解与译语再表达的过滤处理"[88]，最终导致原文的耗损与变异。作为文化的表征和符号，语言的转换和变异必然是不同文化对话与交流的结果，与译者的现实语境、传统文化、审美特征等因素密切相关。就《蜀道难》而言，原诗所彰显的自然"野性美"在英译过程中的衰微一方面是因为汉英两种完全不同的语言在翻译中，其中的内涵在符号转换过程中不可避免会发生一定变异；另一方面是由于处于异质文明中诗人与译者对于野性自然的不同态度。李白自然观的形成受到了道家思想的深刻影响，李长之认为李白有"老庄的自然无为的宇宙观"[89]。在李白的大量诗歌中，人与自然的界限得以解构，二者和谐共生、互利共存，人类顺应自然，承认自然在本体论上的固有价值，具有自觉的生态审美和生态意识。而在西方主流文化中，自基督教以来的二元论思想就把人与自然划分成相互对立的主体与客体，主体享有更高的地位，故有权控制甚至改造客体，自然成为了人类开发、利用、改造的对象。

中国古代哲学的起点就是亲近自然、趋向山水、尊重自然固有特质与价值的。庄子《齐物论》中道："天地与我并生，而万物与我为一"，指天地与我们都是道心之大用的妙用所生，万物与我们都是一个本体而没有人我万物之别。人与其它物质一样，都由同一基础构成，有着相同的本体论，都是大自然的有机组成部分，而并不是主宰于大自然之上的物种。这充分彰显了道

---

88 曹顺庆：《比较文学教程》（第 2 版），北京：高等教育出版社，2013 年，第 101 页。
89 李长之：《李白传》，北京：新世界出版社，2017 年，第 169 页。

家思想中人与自然万物平等的生态内涵。不仅如此，《老子》中提出"人法地，地法天，天法道，道法自然"，故人应该遵循自然之道来对待万事万物，敬畏自然，与万物和谐相处，浑然一体，做到"天人合一"。"和谐是宇宙间天地自然万物以及人的根本法则，人与自然的相互协调是人处理人与自然关系的根本法则"[90]。道家哲学强调的是"人与外物之间超功利的无为关系"。《庄子·秋水》中指出"无以人灭天，无以故灭命"，强调人不要为了追求利益而毁坏自然，而应该尊重自然，顺应自然，"无为而治"，如果违背自然规律根据人自己的意愿和利益对自然进行改造定会招致自然灾害。道家哲学中人应与自然和谐相处，人应顺应自然、敬畏自然的思想体现在李白对"野性"自然的磅礴气势进行描写和借以抒情的诗歌中，例如"飞流直下三千尺，疑是银河落九天"（《望庐山瀑布》），"天门中断楚江开，碧水东流至此回"（《望天门山》），"西上太白峰，夕阳穷登攀"（《登太白山》）。自然磅礴的"野性"没有被诗人的理性主体所缩减或解构，反而被诗人视为自己的一部分，赞美自然"野性"特征的同时，也借以隐喻其桀骜不羁的性格，不为权贵"摧眉折腰"的特质。

然而西方主流文化自基督教以来，就把人类与自然世界相互对立，人类是万事万物的中心，人类掌管着万物的命运，充满人类中心主义的预设。圣经《创世纪》中写道："让他们（亚当夏娃）管理海中的鱼、空中的鸟、地方的牲畜和地上的所有野生动物以及地球上的每一个爬行动物"（《圣经·创世纪1:26》）。文艺复兴、启蒙运动以来，人类带着对理性和智慧的信仰，变得傲慢至极，自诩为"万物的灵长"，试图对自然进行去魅。随着科技的长足发展，人确立了自己唯一言说的主体地位，为进一步控制自然奠定了坚实的物质和技术基础。现代科学之父的弗朗西斯·培根（Francis Bacon, 1561-1626）认为人类可以被看成是世界的中心，世界上其他物质是因为人类的存在才具有价值。人类在培根这里已经拥有了至高无上的能力，所有的其他存在物都是为人类服务，自然的固有价值被其实用价值所取代。在极度崇尚理性的科学革命时代，西方现代哲学的奠基人笛卡尔（René Descartes, 1596-1650）提出的二元论使得精神（理性）上升为主体，物质（身体）沦为客体，由此同样作为物质世界的非人类自然也被客体化，"所有的精神都被有效地从自然中清除出去。外部的对象只由数量构成：广延，形状，运动及其量值。神秘的特性和性质只存

---

90 乐爱国：《道教生态学》，北京：社会科学文献出版社，2005年，第54页。

在于心灵中，并不在物质对象本身中"[91]。自然世界成为与精神对立的物质世界，没有活力和生气，变成沉默的客体，对于这样的自然，康德坦言"崇高不存在任何自然客体之中，而仅存在于作为评判主体的灵魂之中，以至于我们能意识到我们优于内在自然，因此也优于外在自然"[92]。优于自然的人类有权任意控制、开发、剥削自然。如此二元论思想的指导下，西方主流社会更是把具有"野性"的自然看成是邪恶所在地。欧洲殖民者在征服美洲新大陆过程中，"荒野代表着要克服的困难、要征服的敌人和要控制的威胁，必须驯化荒野才能征服新大陆，清教徒们鼓励的是攻击性和对立性的荒野情感"[93]。荒野在被人类改造之后，其价值才能得到"提升"。清教徒们在建设新的家园时，荒野又成为了他们可以利用的资源库，具有极大地使用价值和生产价值，"一旦被控制，自然就与自然资源等同，荒野就只是未开发的资源库。除非将它转化为资源，它只不过是大量的废地"[94]。在科学实用主义和理性的作用下，自然成为了人类应该去开发利用的资源，否则就失去了存在价值，这样的价值导向和美学经验，使得"驯化"自然几乎成为了西方主流文化的集体无意识。

根据上文分析可知，通过考察《蜀道难》中的地理意象与动物意象等非人类自然意象在七个英译本中的接受与变异，可知原诗中所书写与蕴含的蜀道艰难崎岖、险峻危峭的野性特征发生了泛化与式微。原诗中的具体意象在中国传统文化背景中能够引发读者的文化迁移与联想，让读者不自觉地将这一意象与某些特征形成相互关联的"想象共同体"，从而赋予这一意象特有的文化特征和审美价值，然而在其跨文明的接受中，读者文化的异质性切断了意象与原有文化之间的联系，若在这一接受过程中，仅采用直译或异化的翻译策略，原诗独特的文化意蕴将会变异或消失。归根结底，英译《蜀道难》中自然野性特征的式微不仅是由于汉英语言符号的差异，更重要的是东西方文化的异质性，尤其是东西方野性自然观在文化源头上具有的强烈差异性。中国传统文化，例如"天人合一"、"原天地之美而达万物之理"，等等，都传递着人

91 Carolyn Merchant. *The Death of Nature: Women, Ecology and The Scientific Revolution.* New York: Harper & Row Publishers,1980, p.224.

92 I Kant. "Introduction". In *Critical Theory Since Plato*. 3rd edition. Ed. H. Adams, and L. Searle. London: Thomson Learning, 2006, p.438.

93 戴斯·贾丁斯：《环境伦理学》，林官明,等译，北京：北京大学出版社，2002 年，第 182 页。

94 戴斯·贾丁斯：《环境伦理学》，林官明,等译，北京：北京大学出版社，2002 年，第 179 页。

类顺应自然、敬畏自然的思想，而西方主流文化从源头上就受到暗含人类中心主义思想预设的基督教的深远影响。故西方译者在翻译或接受中国传统文学、文化文本时，通常并未关注甚至直接忽略了其中蕴含的深层生态内涵与生态价值。有鉴于此，作为中国生态批评学者，我们应该有足够的文化自信，立足传统文化，把握生态阐释或重释中国传统文学、文化经典跨文明传播与接受的话语权。唯有如此，中国传统文化在跨文明交流过程中，才能保持其独特的民族特色和审美价值。

第四节 西方生态批评与儒家的对话

人类已跨进了二十一世纪，当我们高度赞赏人类在科技、经济和文化等方面所取得的"伟大成就"和"进步"的同时，不少有识之士向人类发出严重警告，对未来不要盲目乐观，并且指出人类正处于生态危机的尴尬处境。站在中国文化的制高点上，我们发现西方文艺复兴和启蒙运动开创的现代工业文明已越来越成为人类社会和大自然最大的负担，因为它是基于"役自然"、"以物制人"的观念之上的，是"惟用是图"思想的疯狂发挥[95]。现代工业的迅猛发展，现代人过度耗费物质的生活方式已造成自然环境严重污染，物种大量灭绝，气候变暖等问题，严重地破坏了整个地球的生态平衡，直接威胁人类自身的生存。生态危机迫使人类对自己的文化传统、发展模式、生活方式等作全面、深刻、痛苦的反思，对自己的生存方式必须作出根本性的调整，同时，也应积极地从跨文明的阐发中重建全球生态文化。

面对人类如此严重的生存危机，重审中国传统的"天人合一"的自然观，具有重大的现实意义，因为它强调自然是一个有机整体，天和人之间的对立统一，两者之间不断调节，能达到动态平衡，保护人类生存环境。这与"役自然"的现代西方工业文明形成鲜明对比，因此，"天人合一"的自然观对全球话语的生态文明重构具有重要的借鉴意义。

一、人与自然的生态文明重构

在西方的文化传统中人们往往强调二元对立关系：精神与物质，灵魂与肉体，上帝与撒旦，天堂与地狱，天使与魔鬼——都是构成对立面，很少有调和

---

95 叶维廉：《道家美学与西方文化》，北京：北京大学出版社，2002年，第160-62页。

的可能，在逻辑上便构成对立的传统。同理，人与自然关系也是对立的，自然与人都是上帝的造物，并不比人更神圣，而人在征服自然的过程中获得财富与自由。正如《圣经·创世纪》（*Holy Bible · Genesis*）中记载：上帝在造人之后，对人说："让你们在地球上生息繁衍，征服地球，统治飞鸟兽鱼和地球上一切生物"[96]。难怪林恩·怀特在《我们生态危机的历史根源》一文中将人类破坏地球生态环境的根源怪罪于上帝，因为他不仅确立了人与自然的二元对立，而且还赋予了人统治自然的神圣权力，所以，怀特认为西方的基督教是世界上人类中心主义思想最严重的宗教[97]。现代工业文明的二位奠基者笛卡尔和牛顿坚持机械自然观，他们认为世界是一部大的机器，它是由可以相互分割的构件组成的机械系统，因而世界没有目的，没有生命，没有精神。世界自身没有权利，我们人类当然可以毫不犹豫地去操纵、利用它。这样，三百多年以来，笛卡尔-牛顿的机械自然观就成了人类掠夺自然、统治自然的思想基础。

但是，面对人类文明，尤其是以工具理性和机械自然观为思想基础的现代西方工业文明对大自然的大肆掠夺，造成生态环境不断恶化的严峻形式下，西方的自然观也在不断地演化，也可以这样说，西方的一些有识之士意识到工业文明的发展在偏离人类的理想时，已开始质疑他们文化中核心部分的"合理性"和所谓的"普适性"，并且欲借助东方的、原始的生态观念改变西方人眼中的自然，或者说，现代西方工业文明引领下的人类，在面对生存危机时，不得不与自然再一次携手并进。所以，从某种意义上说，西方人的自然观正在渐渐地向"天人合一"的人文倾向靠拢。

当代生态学把世界看成是由"人-社会-自然"共同组成的复合生态系统。它是各种生态因素，包括人工生态系统和自然生态系统的各种因素，普遍联系、相互作用构成的有机整体。生态系统的整体性，是生态系统的最重要的客观性质，反映生态系统整体性的观点，是生态学的基本观点。依据"人-社会-自然"复合生态系统整体性观点，既要从人考察自然，又要从自然考察人，人与自然的动态平衡是衡量社会进步、发展的尺度。这种整体性生态观反对人是自然主人的观念，摈弃人类中心论，而把人类看作是一个精致的由人和环境的网络支撑的系统中的存在。

96　*Holy Bible*. King James Version. New York: American Bible Society, 1867, p.1.

97　Lynn White. "The Historical Roots of Our Ecological Crisis." In *This Sacred Earth: Religion, Nature, Environment*. Ed. Roger S.Gottlieb. New York: Routledge, 1996, pp.184-193.

二、"天人合一"的生态文化重构

天人关系或者说人与自然关系，或者说主体与客体的关系，是人类生存首先碰到的问题，中国传统文化比较重视人与自然和谐统一的关系，因此，"天人合一"的自然观是中国文化传统中重要的生态思想文化资源，这与西方文化传统中强调人的主观能动性，重视人与自然的矛盾、冲突、对立、斗争关系，以及征服自然的文化观念与思维方式有很大不同。

所谓"天人合一"，就是主张天和人是对立统一的，两者之间的关系要不断进行调整以达到和谐协调，自然是个具有普遍联系关系的统一整体，这主要表现为：既要认识、改造自然，又要顺应自然，只有顺应自然才能改造自然，为此，人类必须持有"取之有时、用之有度"的可持续发展观。简言之，只有师法自然，方可彰显人文，具体表现为：

1. 自然的有机整体性

这是中国传统文化中具有特殊价值的一部分，这种观点认为个人、世界、宇宙的诸多部分之间以及部分与整体之间不是孤立、静止、机械的关系，而是相互联系、相互依存、有机的统一整体，牵一发而动全身，因此整个宇宙各个部门或部分与整体互相渗透，互相影响，并且互为因果，这种有机统一性的观点是建立在"同构性"基础之上的，所谓同构性，是指宇宙万物在表象的差异之下潜藏着共同的质素，或运作"文法"（grammar）（所谓"德"或"情"）[98]，因此，宇宙万物可互相感应或类推，正如《周易·系辞下》说：

> 古者包栖氏之王天下也，仰则观天象于天，俯则观法于地，观
> 鸟兽之文与地之宜，近取诸身，远取诸物，于是始作八卦，以通神
> 明之德，以类万物之情。[99]

由于宇宙万物皆存在着共同的质素或运作的法则，万事万物之间是相互依存联系着的，所以诸多存在或现象之间均有其可比性，可见微知著，由近及远，从事物的过去预测事物的未来，从而指导人们的行动，我们就会少走弯路，少犯错误，《周易·系辞下》载：

> 子曰：《乾》《坤》，其《易》之门邪？《乾》阳物也；《坤》阴
> 物也。阴阳合德而刚柔有体，以体天地之撰，以通神明之德，其称

---

98 黄俊杰：《传统中华文化与现代价值的激荡》，北京：社会科学文献出版社，2002
 年，第 21 页。
99 《十三经注疏》（上册），上海：上海古籍出版社，1997 年，第 86 页。

名也，杂而不越。于稽其类，其衰世之意邪？夫《易》，彰往而察来，显微而阐幽。开而当名，辨物正言，断辞则备矣。其称名也小，其取类也大，其旨远，其辞文，其言曲而中，其事肆而隐，因贰以济民，以明失得之报。[100]

由于古代中国人深信宇宙万物有其"同质性"，所以他们多认为宇宙是一个牵一发而动全身的有机整体，在这个有机整体内的部分与部分之间，存在着互相渗透的关系，正如《周易·系辞上》说：

天尊地卑，乾坤定矣。卑高以陈，贵贱位矣。动静有常，刚柔断矣。物以君分，吉凶生矣。在天成象，在地成形，变化见矣。是故刚柔相摩，八卦相荡，鼓之以霆，润之以风雨，日月运行，一寒一暑。乾道成男，坤道成女。乾知大始，坤作成物。乾以易知，坤以简能。[101]

将宇宙万物以"乾"、"坤"两大范畴加以分类，而且万物依"八卦"而通其德，类其性，而且宇宙纷繁复杂的现象变化之间，都因"刚柔相摩，八卦相荡"而交互影响，如果阴阳只对立分离而不交感，结果万物得不到阳光雨露而死气沉沉，正如《否卦·象传》曰："天地不交而万物不通也，上下不交而天下无邦也。内阴而外阳，内柔而外刚，内小人而外君子。小人道长而君子道消也"，简言之："天地不交，否"也就是天地不交感，天下将会有不详之兆。[102]

不仅宇宙之部分与部分互相感应，而且部分与全体之间有类似的关系，《孟子·尽心上》说："万物备于我"[103]这句话的涵义固然是就人的道德修养而言，但这句话也可从另一角度来解读：作为宇宙的"部分"的"我"与作为"全体"的万物有其共同的本质，因此，就一定意义来说，从"我"部分就可掌握万物（全体）的本质；另一方面，则"万物"（全体）的特征也显现在"我"（部分）之中。于是部分与全体就构成交互感应的关系。

总而言之，这种宇宙有机整体性的自然观将宇宙理解为一个大的系统，系统内的各个部分之间与整体之间交互作用而构成一个不可分割的有机整体，这种宇宙有机整体观或"天人合一"的观点，要求人作为自然界分化出来的

---

100 《十三经注疏》（上册），上海：上海古籍出版社，1997 年，第 89 页。
101 《十三经注疏》（上册），上海：上海古籍出版社，1997 年，第 76 页。
102 《十三经注疏》（上册），上海：上海古籍出版社，1997 年，第 29 页。
103 《十三经注疏》（下册），上海：上海古籍出版社，1997 年，第 2764 页。

有思维、有创造性、能动性的成员在介入自然时，必须把"人与自然"的和谐关系放在首位，必须具有一种保护自然和人类自身的一种责任感，因而人类的每一次"大"的行动，科技上每一项新技术、新发明的应用必须预测所引起的长期后果。简言之，我们的一切行动应符合自然规律。

2. 顺应天道，彰显人文

中国传统"天人合一"的自然观要求人效法天。天变，人也效法天而变，以顺应自然。《周易·大象传》的象辞都是天人并论的，即都有天变和人效法天变而使天人协调的两句话。如"天行健，君子以自强不息"，"风行地上，观；先王以省四方，观民设教"。[104]

为了人顺应天，《周易·大传》还提出了"先天而弗违，后天而奉天时"的命题："夫大人者，与天地合其德，与日月合其明，与四时合其序，与鬼神合乎其吉凶。先天而天弗违，后天而奉天时。天且弗违，而况于人乎？况于鬼神乎？"[105]意思是说，作为一个圣人，德行要与天地相结合（如，地势坤，君子以厚德载物）；光明要与日月同辉；作息要与四时有序；赏罚要与鬼神所降吉凶相当。他的作为先于天时而不违天时，后于天时而又能奉顺天时。因此，天尚且不违背他，更何况人和鬼呢？这段话分明说明，人顺应天，求得天人合一，人就能求得生存和发展，达到国泰民安。《周易·系词上》又说，"与天地相似，故不违；知周乎万物，而道济天下，故不过；旁行而不流，乐天知命，故不忧；安土敦乎仁，故爱；范围天地之化而不过，曲成万物而不遗"。[106]这也是说明，只要人顺应自然规律，办事就会成功，就会顺利。

但是，人顺应天道，并不是说，人在天道（自然规律）面前消极被动，无能为力，相反，它肯定人的主观能动性，要求我们积极地认识探索自然规律，目的在于使天人关系调协而为人所用，如《周易·系辞上》说，"范围天地之化而不过，曲成万物而不遗，通乎昼夜之道而知，故神方而《易》无体"[107]。《周易·系辞上》又曰："神农氏没，黄帝、尧舜氏作，通其变，使民不倦，神而化之，使民宜之。"易"穷则变，变则通，通则久。是以自天佑之，吉，无不利"。《周易·象辞》说："天地交，泰；后以财成天之道，辅相天地之

---

104 《十三经注疏》（上册），上海：上海古籍出版社，1997年，第14-18页。

105 《十三经注疏》（上册），上海：上海古籍出版社，1997年，第17页。

106 《十三经注疏》（上册），上海：上海古籍出版社，1997年，第77页。

107 《十三经注疏》（上册），上海：上海古籍出版社，1997年，第77页。

宜，以左右民"[108]意思是说，天地交合象征通泰，君主以此裁节调理而成就天地相交之道，辅助天地生化之宜，以此保佑天下百姓。用今天的话说，就是要有预见性，要与时俱进，开拓进取。《中庸》说得更清楚，"凡事预则立，不预则废。言前定则不跲。事前定则不困，行前定则不疚，道前定则不穷"[109]。这就要求人要充分发挥个人的能动性，认识事物发展规律，让人的行动顺应自然规律，做到胸有成竹。

另外，"天人合一"不仅主张效法自然之道，创建人文，同时也借天地之大彰显人文。自然世界所呈现万物变化的启示是儒家建立人文世界本身及人与自然之间和谐关系的重要伦理资源。人文参赞自然世界以保万物的"中和位育"。是故《礼记·中庸》说，"致中和，天地位焉，万物育焉"，[110]目的是保证万物能各就其位，融洽相处，达到万物共同发展繁荣。"是故君子动而世为天下道，行而世为天下法，言而世为天下则。远之则有望，近之则不厌"[111]，但人积极创建人文参赞自然的同时，人文的施发要中和位育，尽性有节，俾使万物各正性命，保合大和；也就是千万不要违大自然的整体性和稳定的延续和谐。《中庸》曰："万物并育，而不相害，道并行而不相悖，小德川流，大德敦化，此天地之所以为大也"。[112]这样，人文自然两相辉映，充分呈现了"天人合一"中人文世界与自然世界交会相融的"天下"伦理观；也描绘了品物流行，生生无穷，天人和合的理想美丽图式。

当今世界任由科技文明、工业文明破坏生态，但决定让科技文明扶持生态复原的也是人类自己，从儒家的观点来看，当代世界最重要的问题之一是，人类必须重新认识在宇宙秩序中的位置及其意义，体会人在人文与自然交会世界中的角色。儒家提出："唯天下至诚为能尽其性，能尽其性则能尽人之性。能尽人之性，则能尽物之性。能尽物之性，则可以赞天地之化育。可以赞天地之化育，则可以与天地参矣"。简言之，"尽天道之诚——尽人之性——尽物之性——天人合一"[113]的关联主轴，突显人在天地之间沟通两端，合天人于一体。这与现代科技文明的发展偏重于满足人类物质欲望、感官享受，无度掠夺

108 《十三经注疏》（上册），上海：上海古籍出版社，1997 年，第 28 页。
109 《十三经注疏》（下册），上海：上海古籍出版社，1997 年，第 1630 页。
110 《十三经注疏》（下册），上海：上海古籍出版社，1997 年，第 1625 页。
111 《十三经注疏》（下册），上海：上海古籍出版社，1997 年，第 1634 页。
112 《十三经注疏》（下册），上海：上海古籍出版社，1997 年，第 1634 页。
113 《十三经注疏》（下册），上海：上海古籍出版社，1997 年，第 1632 页。

自然资源，不惜破坏自然生态环境，也不讲求人与自然整体利益的情形，以及牺牲人本身的精神生活等，有根本上的不同。

此外，"天人合一"的自然观要求人对物质的创建应具备利他取向，器物典章人伦应求兼备以化成天下的理想，以及防止文明过度扩张，以免失去人文本质的忧患，也可提供适切的价值资源，以平衡现代文明偏重物欲以致人的主体价值衰微的危机。他提醒人们文明创制有其机体的关联性，若偏此失彼，重器物而轻人文，将碍文明永续发展，危及人类基本生存环境。

现代生态学在反省现代文明的困境与危机时，欲研究、解释所有生物和整个环境的关联性。其核心概念为：环境与生物之间是一种相生相克的整体性互动系统，或说是一个纷然杂陈、生机勃勃的关联网。生态系统本身具有整体而稳定的延续性和谐，并依赖生物类种的多样复杂性，形成相生相克的平衡机制；愈杂多丰富的生物种类，就愈能维系生态环境稳定的延续性和谐。而今，工业文明对自然的无度开发，以使大量的物种灭绝，减少了生态稳定延续所需的生物殊异性和多样性，弱化了生机关联网的作用。可以这样说，现代工业的高度发展已使人类从文明的创建者，变成地球生态的杀手，结果出现了傲慢的人类在脆弱的自然界中，一面挥霍生活的资源，一面焦虑生存的尴尬窘境。

有人曾尖锐的指出，基于文艺复兴和启蒙运动开创的现代西方文明早该结束。这个时代突出的中心就是以人为中心，擅理智，役自然。在这样一种观念支配下，三百多年来人类世界发生翻天覆地的变化。人类凭借自己的理智和科学技术大规模地向自然进军，一心一意的要为自己在地球上建造人间天堂。这条道路一直延续到今天，三百多年的历史，同时又被称"世界现代化"的进程，今天世界上还有不少国家为了摆脱贫穷落后的面貌，正沿着西方设计的"现代化"路线一路狂奔，难道世界"发展"与"进步"真的只有一种模式吗？答案是否定的。有识之士早就在一百多年前就尖锐指出，西方工业化、科学技术、物质主义、消费主义会严重损害生态平衡，使人物化、异化，人与自然的关系异化，并进一步威胁人类生存。

要拯救破碎的自然，人类必须再次确认自己在宇宙中的位置，必须认识到生态危机本质上是人性危机的反映，生态失衡归根结底是由于人类的文化生态失衡造成的。为此，人类必须从跨文明的角度构建全球生态文化为此，重新唤起人类的生态意识、重铸人的生态观和价值观，让自然与人再度携手并进。让符合生态规律的生态观和价值观主导人们的生活方式、指导环境科学的社会应用。

第五节　西方生态批评与佛家的对话

佛教不是生态学，但佛教蕴含着深刻的生态思想，在全球生态危机日益深重的今天，佛教徒及佛学专家努力挖掘佛教的生态资源，绿化它，让它积极参与全球生态危机的解决，佛教已成为全球生态运动中的一支重要力量。同时，它也深深地吸引着西方生态批评学者，成为西方生态批评的重要理论资源，那么西方生态批评家从佛教中到底吸取哪些有益的生态启示呢？佛教文化中蕴涵的整体主义意识的缘起论、万物皆有佛性的信仰、普渡众生的理念和尊重生命的思想深深地吸引西方生态主义者。

佛教生态观的哲学基础是缘起论。"缘起"的含义，是指现象界的一切存在，都是由条件和合形成的，不是孤立的存在。基于缘起论的立场，佛教将世界看成是一个整体，整体论是佛教生态思想的基本特征。依据整体论的观点，佛教将人看成是自然不可分割的一部分，因此，当自然遭到毁损时，人最终也遭殃。当文化将自己从自然中分离出去，或当人感到与自然系统疏离，或当入侵自然时，厄运也随之降临。由此可见，我们糟践自然时，我们也伤害自己。佛教的伦理就是基于这种基本的理解。只有我们达成了这个共识，我们才能自救，世界也才能得救。[114]用深层生态学家的话来说，在充分实现生态自我的过程中，"没有谁可以脱离整体而自救，除非我们都得救"[115]，此处的"我们"不仅仅指人，而且还指飞禽走兽、花鸟虫鱼、山川湖泊等生命个体和无生命的自然存在。由此可见，佛家的生态整体主义自然观与当今西方激进的生态哲学派别深层生态学之间在精神上存在诸多契合，而与笛卡尔-牛顿的机械论世界观、人与自然对立的二元论截然对立，因而是西方生态主义可资借鉴的重要思想资源。

早期的佛教群落生活在森林之中，建屋在大树之下，或住在洞穴之中，或住在大山区。因为他们直接依赖于自然，所以他们对周围自然环境的美丽和多样性表现出极大的尊重和爱。大佛鼓励对树木的同情与尊重，因为像朋友一样，树木为人提供天然的庇护，所以，砍伐树木实属忘恩负义的行为。至于对动物，佛教也予以极大的爱。每个健全的森林是野生动植物之家，所以当和尚

---

114 Roger S.Gottlieb, Ed. *This Sacred Earth: Religion, Nature, Environment*. New York: Routledge, 1996, p.147.

115 Bill Devall and George Sessions. *Deep Ecology*. Salt Lake City: Peregrine Smith Books, 1985, p.67.

接受森林作为他的家时，他也尊重生活在森林中的动物。早期的佛教徒对他们的自然环境保持这种友好的态度，反对毁灭森林和野生动植物。

为此，深层生态学的创始人奈斯曾经写过一篇专门论述佛教的论文《格式塔思想与佛教》（Gestalt Thinking and Buddhism），阐明佛家的整体主义思想。深层生态学的主要传播者、美国诗人施奈德（Gary Snyder）专门到西藏和日本学习佛教和禅宗多年。迪恩·柯廷（Deane Curtin）认为，尽管斯宾诺莎和甘地对奈斯影响最大，但在他的工作中佛教为深层生态学的一些关键概念（如自我实现、内在价值）提供了最直接的说明。[116]佛教以"法"为本，与道家的"道"相似，法贯穿于人的生命和宇宙生命之中，为万物之本。佛教看来，宇宙乃由构成它的事物或事件相互渗透而成的一个整体。

佛教认为，万物生灵皆具佛性，这种信仰对西方生态主义者具有非同小可的意义，因为它信奉人与大化自然，包括山川河流、岩石森林、花鸟虫鱼等生命之自然存在物和非生命之存在物之间具有本质的共性——佛性，因而可相亲相通。这不仅揭示了人与自然之间的亲缘关系，而且还揭示了人与自然之间的平等关系。这种"万物皆具佛性"的信仰与基督教的自然观形成鲜明的对照。基督教认为，人优于自然万物，因为人是照上帝的形象造的，具有神性，因而可救赎，并且只有人才可救赎，而自然万物则不具神性，"仅为服务于人的目的而存在"[117]。

既然万物皆有佛性，人类理所当然应秉持慈为善本，不仅要有爱己之心，而且还应该推己及人，推人及物，从而实现人物一体的宏愿。为此，佛教主张以拯救一切生命、"普渡众生"为宗旨，进而寻求解救人生苦难。佛教追求的是"普渡"而不是"别渡"，也就是说，它致力于拯救所有的生命形式，而不仅仅拯救人类一个物种。从这层意义上看，"普渡众生"的生态内涵与生态中心主义平等的思想存在契合之处，佛教徒将这种观念付诸具体的生活实践之中。佛教的生态实践可以分为两类，一是对生命的保护，二是对环境的保护。前者包含不杀生、素食、放生和平运动等行为，后者集中体现为佛化自然、生活环保等。

为了实现"普渡众生"的宗旨，充分落实尊重生命、珍惜生命的根本观

---

116 雷毅：《深层生态学思想研究》，北京：清华大学出版社，2001 年，第 78 页。

117 Cheryll Glotfelty and Harold Fromm, Eds. *The Ecocriticism Reader: Landmarks in Literary Ecology*. Athens: University of Georgia Press,1996, p.9.

念，佛家提出了"不杀生"（Do not kill）的戒律要求，成为约束佛教徒的第一大戒。"不杀生"就是不干扰生命的自然过程，让所有生命个体如其所是地存在、发展、繁荣，这种尊重生命自然过程的理念与深层生态学的生物中心主义平等的原则实际上别无二致[118]。杀生，指杀害人畜等一切有情的生命，是佛教十恶第一、佛教最基本的五戒第一。诸罪当中，杀罪最重；诸功德中，不杀第一。珍惜生命，是佛家的第一要求。"这条戒律不仅仅是教规禁令，也是对享有生命礼物的所有生灵之间（包括人类）的亲缘关系的认识"[119]，慈悲心是此条训律的牢固的基础。

如果触犯此戒，灭绝人畜的生命，不论是自杀，还是让他人杀，都属于同罪，将遭到报应，死后将堕入地狱遭受折磨，即使生于人间，亦要遭受多病、短命两大恶报。

素食是以食用植物为主体的饮食方式，是古老的行为准则，是落实不杀生戒的有力保证。素食的根本目的是从生活中培育人的慈悲佛性种子。"大佛教育他的门徒向动物传达他们渴望祥和的愿望"[120]。

今天，野生动物资源日益受到破坏，动物种类正在以前所未有的速度消亡，其中很重要的一个原因，就是被人类吃掉了，可以毫不犹豫地说，素食对于保护动物的多样性具有直接的积极作用。

佛家对自然美和多样化生命形式的多元化的爱与施韦兹的"敬畏生命"伦理有异曲同工之妙。施韦兹将其价值理论的基础奠定在生命意志（will-to-power）之上，并认为一切生命个体皆具有生命意志。为此。他认为，"有思想的人体验到必须像敬畏自己的生命意志一样敬畏所有的生命意志"。人在自己的生命中体验到其他生命，只有体验到对一切生命负有无限责任的伦理才有思想根据。因此，对人来说，"善是保持生命、促进生命，使可发展的生命实现其最高价值。恶则是毁灭生命、伤害生命，压制生命的发展。这是必然的、普遍的、绝对的伦理原理"。一切精神生命都离不开自然生命。从而，敬畏生命不仅适用于精神的生命，而且也适用于自然的生命。人越是敬畏自然的生命，也就越敬畏精神的生命，进而实现施韦兹生命伦理的终极目的——"人类与其他所有创造物亲如一家，万物都加入共同的大自然大家庭……这一宇

---

118 关于"生态中心主义平等的原则"的内涵，参见 Bill Devall and George Sessions. *Deep Ecology*. Salt Lake City: Peregrine Smith Books, 1985, pp.66-67.

119 Roger S Gottlieb, Ed. *This Sacred Earth: Religion, Nature, Environment*. Ibid., p.148.

120 Roger S Gottlieb, Ed. *This Sacred Earth: Religion, Nature, Environment*. Ibid., p.149.

宙理想"。[121]

但是，佛家不是空洞的说教，而将它付诸实施，成为佛教徒的一条禁令。

此外，佛教的净土理念也深受西方生态批评学者的喜爱。佛教主张保护环境，尤其是对水的保护。"大佛实际上已经制定了禁止佛教徒污染水资源的禁令"[122]，这的确令人感到惊奇。破坏和污染水资源的人将会遭到恶报，这是对保护自然资源、保护环境理念的较早的认识。

佛教对自然怀着深深的敬重和感激之情。自然是带给生活一切喜事之母，在佛教文献的美丽的言语中表达了人与野生动植物之间相互依存的美好认识。并且，很早就认识到某些物种濒临灭绝，且失掉这些物种就会减缩我们的大地。"回来吧，老虎！再回到森林，让它不要被变为平原。没有了你们，斧头将会很快将它铲平，而没有了森林，你们将永远无家可归。"[123]

总之，西方生态批评家看来，仅仅靠科学技术不能解决我们面临的生态危机，我们生态危机的根源主要是宗教造成的，因此，解决问题的办法本质上也应该是宗教的，宗教在帮助人们摆脱生态危机的过程中扮演着举足轻重的角色，正如林恩·怀特所说："我们必须重审我们的自然和我们的命运"，"我们在生态问题方面是否有所作为，取决于我们关于人与自然关系的理念，更多的科学和技术将不会使我们摆脱现在的生态危机，除非我们找到一个新的宗教，或重审旧的宗教"。[124]利奥波德在结束《沙乡年鉴》时提出了他开拓性的大地伦理之后，他对美国二十世纪四十年代的资源保护运动的浅薄深感绝望，因为它依然是经济的而不是伦理的标准决定其政策。正如他写道："试图使资源保护变得轻松，我们已经使它变得很平庸、无聊"，个中缘由是由于人类在精神上还不准备将"社会良知从人拓展到大地"[125]。利奥波德认为，这主要是因为"哲学和宗教"还没有将自然涵盖在拓展的伦理范围之内，二十世纪八十年代，两个领域开始绿色化。宗教的绿色化，即生态神学的诞生，为资源保

121 Roderick F.Nash. *The Rights of Nature: A History of Environmental Ethics*. Madison: The University of Wisconsin Press, 1996, pp.60-62.

122 Roger S Gottlieb, Ed. *This Sacred Earth: Religion, Nature, Environment*. New York: Routledge, 1996, p.149.

123 Roger S Gottlieb, Ed. *This Sacred Earth: Religion, Nature, Environment*. New York: Routledge, 1996, p.149.

124 Roger S.Gottlieb, Ed. *This Sacred Earth: Religion, Nature, Environment*. New York: Routledge, 1996, p.193, p.191.

125 Roger S.Gottlieb, Ed. *This Sacred Earth: Religion, Nature, Environment*. New York: Routledge, 1996, p.194.

护思想的革命化拓展提供了思想基础。也就是说，在利奥波德的眼里，宗教的绿色化在解决生态危机和生态文化的建构中起着至关重要的作用。因此，西方生态批评在向国际化推进的过程中首先关注的还是不同文化、或异质文化的宗教文学。

佛教作为世界上最有影响的宗教传统之一，在应对全球生态问题的危机时刻理应扮演重要角色。它是一个重视"此世、此生、此时"的宗教，而不像过去那样被误解为"重来世、轻今生"的宗教[126]。如果让它关注我们的日常生活和环境，它将会为"顺应自然，融入自然，点燃自然，升华自然"的过程中凸显其伟大永恒的宗教精神。"此有故彼有，此无故彼无"的缘起说为基础的和合共生理念，将会把全球的人类联系起来，彻底认识宇宙共同体的原理，为济渡众生而净化人心，为消除共同的危机，为保护环境和恢复自然生态，为保持尊重生命的思想和恢复自然伦理道德作出贡献。如果我们不能将一个更好的世界传给我们的后代，那么他们至少应该生活在一个与我们一样绿的世界中，才算是公平的。

第六节　西方生态批评与伊斯兰教的对话

伊斯兰教的经书《古兰经》（*Koran*）里记载："天地的创造肯定比人的创造要伟大，然而多数人并不理解。"[127]从某种角度上看，这一句话大致可以看出人在天地之间的位置，人与天地相比孰重孰轻的问题。这与基督教《圣经·创世纪》中所宣言的人高于自然、人统治自然的人类中心主义思想截然对立。那么，西方生态批评从伊斯兰教中能汲取哪些生态智慧呢？

从西方生态批评文集所收录的伊斯兰教文献可以看出，他们获得的最有价值的启示是伊斯兰教的持续关怀自然的理念和利他主义的思想，它为当今可持续发展理论提供了切实的生态思想资源，也是解决代际生态关系的重要理论资源。

伊斯兰的环境保护是基于这样的原则——环境中所有个体构成是安拉（Allah）创造的，所有生物具有不同的功用，这些功用都是万能的造物主精心

---

126 Roger S.Gottlieb, Ed. *This Sacred Earth: Religion, Nature, Environment*. New York: Routledge, 1996, p.150.

127 Roger S.Gottlieb, Ed. *This Sacred Earth: Religion, Nature, Environment*. New York: Routledge, 1996, p.146.

安排好、相互平衡的，这与当代生态学所共同揭示的相生相克、多元共生的思想不谋而合。虽然自然环境中不同组成成分的一个功用是服务于人，但是，这并不意味着供人使用是创造它们的唯一原因。正如中世纪的穆斯林学者伊本·泰米亚（Ibn Taymiyah）在评论《古兰经》中关于安拉创造环境中不同部分以满足人的需要的诗句时说："通盘考虑所有诗句，必须记住圣明的安拉创造生物不是为了人，在这些诗句中他仅仅解释了生物对人的好处。"[128]伊斯兰教保护环境法和伦理产生的缘由主要源于以下理由：第一，环境是安拉创造的，保护它意味着保存着象征造物主存在的价值。认为仅仅为了人而保护环境必然导致滥用环境或环境破坏。第二，所有自然规律是造物主制定的，是依据存在的绝对连续性，任何违背自然规律的行为是不允许的。第三，《古兰经》认为在世界上人类不是唯一的共同体——"在地球上没有动物，也没有靠两只翅膀的飞禽，他们都是些像你一样的人"。意思是，现在人类也许胜过"其他民族"，这些其他动物是像我们一样的存在，是值得尊重和保护的。先知穆罕默德（Muhammad）认为所有生物值得保护，应受到善待。第四，伊斯兰教的环境伦理是基于一切人类的关系，它是建立在正义和公正的观念之上的。[129]伊斯兰教传统限制人类从动物的痛苦中来获取好处。正如先知穆罕默德教导："安拉对所有事物都是公正的，因此，如果你要屠宰动物，就要很好地宰杀，让刀刃锋利以便减轻动物的痛苦。"第五，造物主赋予的宇宙平衡必须得到维护，因为"每样东西都是权衡过的"。也就是说，在整个系统中每样东西都是有用的，人类无权除掉任何一种生物，这与现代生态学的精神是一致，一个生物或存在是否有用，只有生态系统整体才有权确定，反对以人的尺度来衡量，反对人类对待自然的功利主义态度。对此，卡逊在其生态经典《寂静的春天》里就予以了深刻的批判。卡逊批判"杀虫剂"（pestcides）这个称谓，因为它隐藏着强烈的人类中心主义思想。一个生物是否是害虫（pest），是根据人的视角来判定的，但是，在自然中或生命网中有其合法的位置，所以卡逊不无幽默地说，我们称的"杀虫剂"应该称之为"杀生剂"（biocide）[130]。第六，环境不只是服务于某一代人，它是造物主赠给所有时代的人（包括过去、现在和将来的人）

---

128 Roger S.Gottlieb, Ed. *This Sacred Earth: Religion, Nature, Environment.* New York: Routledge, 1996, p.165.

129 Roger S.Gottlieb, Ed. *This Sacred Earth: Religion, Nature, Environment.* New York: Routledge, 1996, p.165.

130 雷切尔·卡逊：《寂静的春天》，吕瑞兰、李长生译，长春：吉林人民出版社，1997年，第6页。

的礼物。正如《古兰经》中说道，"造物主为地球上的所有人而创造环境"。由此可见，伊斯兰教教义中蕴涵了丰富的环境公正思想，它所倡导的"公正"不仅涉及人与自然万物之间，而且还涉及世界上所有人的"代内环境公正"和"代际环境公正"，这种公正一定不分物种、肤色及性别，因而是一种真正的普世性的环境公正。第七，造物主将保护环境的任务委托给人类，这项任务太繁重了，除了人以外，其他存在物都不胜任。"唉！我们将此重任委托给天、地、山，但因为他们感到害怕，故他们都不愿意承担。这样只好让人来担当此重任。"[131]从此条我们看出，伊斯兰教认为，人类的义务不是掠夺、征服自然，而是保护自然。

　　西方生态批评最感兴趣的是伊斯兰教环境伦理中蕴涵的可持续关怀自然的理念。伊斯兰教允许利用自然资源，但是这种利用决不意味着对自然的无端的破坏、无度的掠夺。安拉拒斥挥霍的生活方式："亚当的孩子们啊！细心照料好祷告的每个地方，你可以吃，可以喝，但是千万不要挥霍。瞧，他（安拉）不爱奢侈浪费的人。"[132]在这一段《古兰经》的经文中，吃喝指的是利用生命资源，但是利用决不是无度的，生命的构成部分必须得到保护，以便我们的利用是可持续的。并且这种保护的方式必须是利他的，完全不只是为了人类自身。正如先知穆罕默德所说："在生活中你做事，好像你要永远地活下去，为来世而做事，好像明天就要去世。"也就是说，一个人要为永远的将来作准备，切忌竭泽而渔。这种简朴的生存方式与深层生态学所倡导的"手段简朴，目的丰富"生存伦理不谋而合。

　　这些不应仅限于可以获得直接好处的行动，即使末日马上来临，人也应该继续善的行为，正如穆罕默德说："即使末日来临，即使自己并不希望从中得到任何好处，如果手中有一株棕榈幼苗，他也应该将它种下。"[133]这句话概括了伊斯兰教环境伦理的精髓。即使没有了希望，种树还是应该继续，因为种树本身就是善，是人的生态情怀、生态良知的觉醒。

　　可持续利用生态系统的理论，源于伊斯兰教的生命得以维护是由于事物中保持了恰当的平衡的观点。《古兰经》中记载："天地的权利全属于他（安

---

131 Roger S.Gottlieb, Ed. *This Sacred Earth: Religion, Nature, Environment*. New York: Routledge, 1996, p.167.

132 Roger S.Gottlieb, Ed. *This Sacred Earth: Religion, Nature, Environment*. New York: Routledge, 1996, p.169.

133 Roger S.Gottlieb, Ed. *This Sacred Earth: Religion, Nature, Environment*. New York: Routledge, 1996, p.169.

拉），在权利上他既没有选定继承人，也没有同盟。他创造了一切，都分配给他们一份工作。"人不是大地的所有者，而是系统恰当平衡的维护者，动物与他们和睦相处，生态系统中一切存在都有其固有的价值，发挥其应有的作用，人无权剥夺任何一个存在的自我发展与展开的权利。《古兰经》中说："接着，他展开大地，然后有了水，接着就有了草原；他造了山，为你和你的牛提供粮食。"[134]通过以上的一些记述，我们可以看出，伊斯兰教的思想中已经蕴涵了可持续发展的概念和生态系统的概念，并且对它们予以比较详细的阐述。安拉在创造世界的时候，每样东西都精心测算，每个创造物的部分都适合大的系统，这个系统显示上帝安拉的存在以及赏罚公平的时日的存在。生态系统是各司其职、相生相克，没有一样是多余的，这与现代生态学所揭示的原理是有多么的相似。

持续关怀环境的方方面面的概念同样也适合伊斯兰教慈善的概念，因为慈善不只是针对当代人的，也是针对后代人的。在伊斯兰教中，法律和伦理构成了一个统一的世界观的两个相互关联的要素。在考虑环境及环境保护时，伊斯兰教的这种态度也许至少成了穆斯林世界制定这项策略的有用基础。绝大多数穆斯林生活在发展中国家，他们的生活习惯、风俗习惯不同，但是他们的信仰和生活态度却表现出惊人的一致，因此伊斯兰教的自然观对维护穆斯林世界的生态平衡、可持续发展战略的制定与实施有着重要的影响，伊斯兰教的生态智慧也成了西方生态批评家研究、学习、借鉴的重要生态资源。

在伊斯兰教的信仰中，个人与环境的关系是由某些道德原则决定的，这些原则源于安拉对人的创造以及赋予他们在地球上的作用。宇宙中所有不同的组成部分都是由造物主创造的，人是他精心安排的平衡的创造物中的一个重要组成部分，人的作用不只是享用自然环境，同时也要求其保护其他存在物。正如先知穆罕默德说的："一切创造物都依靠安拉，谁对安拉的创造物最有帮助，谁就是最杰出的。"[135]由此可以看出，人的作用当然是保护自然，这才合乎安拉的旨意。

由此可见，西方生态批评与伊斯兰教之间跨文明生态对话的内容对学术界来说有着重要启示。

---

134 Roger S.Gottlieb, Ed. *This Sacred Earth: Religion, Nature, Environment*. New York: Routledge, 1996, p.169.

135 Roger S.Gottlieb, Ed. *This Sacred Earth: Religion, Nature, Environment*. New York: Routledge, 1996, p.168.

首先，跨文明生态对话有助于克服西方生态批评界中所存在的固有的西方中心主义思维惯性。生态批评的国际化不应该走向文类标准和审美标准的全球化，也不应该将各种文化中优秀的作品进行等级分类，而应该让类同性和差异性、独特性和共同性并存，这在多元文化共存的时代是非常必要的。如果我们要文学中再现的自然发出声音，如果我们要看到人类摆脱了毁灭自然的自恋情结和狂傲自大的人类中心主义观念，如果我们想看到生物多样化的审美再现，自然在文学中得以凸显，我们必须提升我们的审美情感，必须懂得"文化的多元化是生物多样性的物理表现"，为此，生态批评学者必须不断地界定生态批评以及生态文学或自然取向的文学，使得它们真正成为具有世界性胸怀和眼界的学术活动。

其次，跨文明生态对话对于生态批评和比较文学是一个双赢的学术路径，具有重要的学术意义。一方面，跨文明生态对话可为比较文学开辟新的学术维度，有助于推动比较文学学科的绿色化进程，让比较文学成为建构生态文化的重要力量，参与全球生态危机的解决。绿色化的比较文学研究不仅有助于消除种族歧视、文化霸权，而且还有助于消除物种歧视和物种霸权，以重拾人与人之间及人与与自然之间的和谐。另一方面，生态批评的跨文明生态对话可为生态批评开辟极大的学术空间，矫正西方生态批评的生态东方主义或西方生态中心主义倾向，为构建基于生态公正与环境公正的可持续全球生态多元文化提供重要的学术资源。

西方生态批评突破自己文化的藩篱，走向其他文化，甚至跨文明，发掘这些文化，尤其是道家、儒家、佛家、伊斯兰文化以及印第安土著文化等小传统（minority traditions）的生态资源，其时间跨度之大，文化模子差异之深，可谓奏响一场多元异质文化的生态交响曲，其目的在于：一方面挖掘这些非西方宗教文学中蕴涵的生态智慧，另一方面借助非西方文化的生态智慧推行文化变革、文化自救，也就是帮助西方人克服人类中心主义思想的观念、人天对立的二元论、笛卡尔-牛顿的机械自然观、强行介入自然的科学观、自杀似消费主义的生活方式等等。

从某种角度看，西方生态批评颇具世界的胸怀和眼光，具有一定的生态民主意识，有远见的生态批评家们不愿意让它沦为生态东方主义，竭力克服比较文学中法国学派的欧洲中心主义、美国学派西方中心主义，因为他们早已清楚地认识到，由西方开创、引领的西方工业文明正是当今全球生态危机的罪魁祸首，他们也终于明白了这些似乎鲜为人知的、边缘化的或饱受受压制的异质文化或文明等在处理人与自然的关系时，表现了丰富、闪光的生态智慧，用今天的话来说，这些非主流文化所倡导、实践的生存方式是绿色的、生态的，所以是真正可持续的。因此，他们必须或不得不走出西方主流文化的圈子去探寻生态智慧，以改造西方文化的自然观、生态观，只有这样，自然方有复苏的可能、人类或许有继续生存的希望，人与自然方可和解。否则，"自然之死"[136]的恶梦真的会降临，人类的"终结"也为期不远。

第七节　中国生态批评的演进及其展望

西方生态批评已经在风雨中走了半个世纪之久，已建构了较完善而又开放包容的生态批评理论，具有坚实的哲学基础、宽广的学术视野和丰富的学术实践，其成绩斐然、引人注目，对生态危机根源的诊断全面深入，所提出的问题发人深省。随着全球生态危机的加剧和范围的扩大，西方生态批评正朝着跨学科、跨文化、跨文明的多元文化运动趋势发展。比较而言，中国生态批评依然处于草创时期，主要呈现生态美学和生态文艺学两种理论形态，与西方生态批评相比尚存较大的差距，其主要表现在以下几个方面：缺乏自觉的比较文学学科意识，即跨学科、跨文化甚至跨文明意识；所运用的理论比较单一；对中国传统文化资源的阐释存在简单化的倾向；对女性压迫与环境退化（或从更为广泛的意义上说，对性别压迫与环境退化）之间的纠葛还远未深入展开；理论明显滞后，等等。以上不足严重制约了中国生态批评发展与深化，徘徊于人类中心主义／生态中心主义的二元对立困境中，一直处于学术的边缘，如果这种状不尽快得到改善，中国生态批评将会被淹没在生态文明的"洪流"之中，而失去其独特的学术批判锋芒与文化建构力量，进而不能为生态文明的建设发挥应有的作用，由此引发严峻的生态焦虑之后的生态学术生存危机。在此，笔者试图透过比较文学的视野简要地分析中国生态批评的发展状况，既肯定其成绩，也指出其困境，并展望其未来。

一、中国生态批评的兴起及其意义

在中国文学艺术领域（包括生态文学创作领域），生态意识的觉醒虽然肇

---

136 卡洛琳·麦茜特：《自然之死》，吴国盛译，长春：吉林人民出版社，1997年。

始于 20 世纪 70 年代，80 年代有所发展，但是，作为生态批评的文学理论应该诞生于 20 世纪 90 年代中期，我国学者最早以生态美学为题发表的专文是1994 年李欣复的《论生态美学》与佘正荣的《关于生态美的哲学思考》[137]。近 30 年来我国生态批评学术可谓成绩喜人，其发展历程可简要地概况如下：1999 年 1 月由海南省社会科学规划办与海南大学精神生态研究所创办了我国唯一的生态批评刊物《精神生态通讯》，《精神生态通讯》的印行历时 10 年（1999-2009），共出版发行了 66 期，对我国生态理论的发展起到了很好的促进作用。中国生态批评学者们，像鲁枢元、曾繁仁、曾永成、张皓以及王晓华等教授都曾在该刊或其他刊物上多次撰文，他们的文章或阐明自己的生态立场，或探讨生态批评的理论建构，极大地推动了中国生态批评的发展，扩大了生态批评的影响。2012 年 3 月 20 日，山东大学文艺美学研究中心的内部交流期刊——《生态美学与生态批评通讯》正式创刊。该刊由文艺美学中心所属的"生态美学与生态文学研究中心"主办，曾繁仁教授、鲁枢元教授担任主编，程相占教授担任执行主编，其宗旨是"在国家生态文明建设方针与理论指导下为生态研究搭建交流平台，及时传播国内外生态研究方面最新的学术信息和学术动态，包括生态文明、生态美学、环境美学、生态批评、生态文学和生态教育等方面的内容，致力于推动本中心乃至全国的生态美学及生态批评的学术发展"。《生态美学与生态批评通讯》是对鲁枢元教授创办的《精神生态通讯》的延续。继承了《精神生态通讯》原有的"生态精神"，又以全新的面貌出现，强调内容的国际性、时代性、前沿性和现实关怀，为国内外学界生态理论的对话与交流、为生态理念的传播与发展开辟了一方绿色家园。2007 年中共 17 大把"建设生态文明"作为全面建设小康社会奋斗目标新要求之一，这是第一次将"生态文明"写入党的政治报告之中。2012 年十八大正式将中国特色社会主义建设事业的总体布局从四位一体扩展到五位一体，也即在"经济建设、政治建设、文化建设、社会建设"的基础上增添并突出"生态文明建设"，并将其融入到各项建设的方方面面，贯穿整个建设的全过程，并提出建构"美丽中国"的构想。2017 年，习近平总书记在十九大报告中指出，必须树立和践行绿水青山就是金山银山的理念，坚持节约资源和保护环境的基本国策。这标志着多年以来一直处于以经济建设为中心的主流社会边缘的

---

137 胡志红：《西方生态批评研究》，北京：中国社会科学出版社，2006 年，第 353-54页。

环境问题进入了主流，随之而来的是，多年以来一直处于边缘的绿色文化研究也进入主流文化的视域。这是我们对现有发展模式深刻反思后得出的新认识，也就是，环境问题既是现实问题，也是文化问题，因此，解决环境问题的对策理应包括技术策略和文化策略，其中，文化策略是更具持久性、根本性和全局性的策略。因此，生态文明的提出为生态批评提供了难得的发展契机，创生了广阔的学术空间。

迄今为止，国内已出版的代表性生态批评专著有：曾永成的《文艺的绿色之思》（2000 年），鲁枢元的《生态文艺学》（2000 年）、《自然与人文：生态批评学术资源库》（2006）、《生态批评的空间》（2006）和《走进大林莽：四十位人文学者的生态话语》（2008），曾繁仁的《生态存在论美学论稿》（2003 年）和《人与自然：当代生态文明视野中的美学与文学》，蒙培元的《人与自然——中国哲学生态观》（2004 年）以及盖光的《生态文艺与中国文艺思想的现代转换》）（2007 年），等等。其次，对西方生态文学、生态批评的引介与研究也构成了中国生态批评的重要内容，已出版的专著有王诺的《欧美生态文学》（2003 年），韦清琦 / 李家銮的《生态女性主义》（2019 年）和胡志红的《西方生态批评研究》（2006 年）、《西方生态批评史》（2015 年）、《生态文学讲读》（2021 年），其次，还有一些博士论文题目也选定在生态批评及生态文学研究领域，像刘蓓、宋丽丽、李晓明、朱新福、吴琳等的博士论文。其余则大多是对西方生态批评简略的介绍，泛泛而谈的多，深入研究的少[138]。总的来看，以上这些学术活动较为广泛深入地探讨了生态危机的文化根源、文学艺术与环境的关系以及生态批评的理论建构等议题，极大地推动了中国生态批评学术的发展，扩大了生态批评在中国学界的影响。

纵观这三十几年时间的发展，中国生态批评从无到有，从弱到强，从星星之火到燎原之势，其学术意义是非常重大的。如果仅从文艺学学科自身的发展而言，多数生态批评学者认为，生态文艺学的兴起其意义至少有三：（1）它为我国学者平等参与世界文论的建构提供了一次宝贵的机会。曾几何时，我们一度迷失了自己，只能跟在西方文论的后面，成了西方话语的复印机和投影仪。也是对近代"西学东渐"以来唯西方科学、理论马首是瞻的挑战，尤其是，自"五四"以来，我们的文艺理论一直在不停地追赶西方理论潮流。

---

138 胡志红：《西方生态批评研究》，北京：中国社会科学出版社，2006 年，第 353-354 页。

在浪漫主义、现实主义、唯美主义、象征主义、表现主义等等之后，车尔尼雪夫斯基、别林斯基、必达科夫斯基所代表的苏俄理论又轮番登场。时至今日，我们仍然沉浸在解构主义、后殖民理论、后现代等等西方的各个主义之中，无力自拔。在这个漫长的追赶浪潮中，我们的希望一次又一次地点燃，一次又一次地破灭。其实我们早已迷失了方向，甚至忘掉了自我，因为西方的各种理论、各种主义是根植于西方文化的沃土之中，基于西方的活生生的生存经验，主要是阐释西方的问题，所以生吞活剥地整体移植在中国的文化之中，既不能说明中国的生存经验，当然也不能解决中国人当下面临的问题。以至于国人皆惊呼学界患了"失语症"。生态批评话语的建构，对中国学者而言，是一次大的转变，或许可以称为"东学西渐"的开端。一百多年来，我们一直奉行的"拿来主义"，甚至是盲目地拿来，现在该我们送出去的时候了，这也许是季羡林先生倡导的"送去主义"的开始。现在，生态美学、生态文艺学在中国本土自发地萌生，我们欣喜地看到，我们的思考与西方文艺思潮的时间差正在逐步缩小。这是一次中国学者可以就生态话语问题平等地参与全球对话的机遇，更是以此建构独特的中国生态批评话语的机会。正如曾繁仁教授指出："生态美学的提出，进一步推动了美学研究的资源由西方话语中心到东西方平等对话的转变。"[139]（2）它为文艺学的发展提供了新的视角，注入了新的活力。文艺学并非无源之水，无根之本，它同文艺实践、社会现实是紧密结合在一起的。它面对日益恶化的生态状况，面对大量的绿色文学应运而生，这必将推动文艺学向新的领域、新的层次发展。（3）它将使我们以新的眼光去审视我国的古代文论和马克思主义文论的价值。我国古代的文论中蕴藏着丰富的生态思想，诸如"天人合一"、"物我同一"，强调人与自然和谐相处的思想源远流长。

面对严重的生态危机，文学界不能保持沉默。然而生态批评的声音在中国一开始就不是单一的，在其发展过程中呈现不同的趋势，存在不同的观点，甚至相互对立的态度，这种多元的、不同的声音正好与生态多元性是一致的，生态具有多元性、多样性，生态批评当然也应如此，这与当前学术界的言说相呼应。这一次，最大的特征是，中国的批判界不是盲目地追随西方生态批评理论，而是一开始就关注自己的位置，认识到自身文化蕴藏着丰富的生态资源，积极参与生态文化的建构，避免患上生态话语"失语症"。

139 曾繁仁：《生态存在论美学论稿》，长春：吉林人民出版社，2003 年，第 62 页。

二、中国生态批评面临的主要理论困境

生态危机是人类中心主义思想主导下的西方文化的危机，是现代西方文明引领下的世界性危机，这几乎是绝大多数东西方生态批评学者的共识。因此，可以这样说，现代西方工业文明是全球生态危机的罪魁祸首。这既是东西方生态批评产生的现实原因，也是东西方生态批评学者面对的共同的历史语境，但是东西方学者回应生态危机的方式是有所不同的。

西方生态批评学者具有强烈的比较文学学科意识，即跨学科、跨文化甚至跨文明意识，这种"跨"的特性是西方生态批评的显著特征。具体来说，无论在建构生态批评理论还是从事生态批评学术实践，西方生态批评学者都表现出较强的跨学科、跨文化意识，并且认为这种"跨"的特质是基于生态整体主义（或曰生态中心主义）哲学的整体观、生态学相互联系的观点，其跨学性是与基于机械论、二元论和还原论的传统文艺研究模式之间的重大区别。一方面西方生态批评跨越学科界限对自己的文化中的反自然因素进行痛苦、彻底的反思与清理，涤除自己文化中的反生态因素，同时也从跨学科的角度阐发人与自然的亲缘关系[140]。另一方面，西方生态批评学者还大胆冲破自己的文化圈，走向曾被他们"他者化"、边缘化的文化，比如，他们走向东方的道家、儒家、佛家等，其旨在吸取别样的生态智慧，改造他们的人类中心主义自然观，绿化他们的文化生态，实现文化自救。

20 世纪 90 年代中期以前，西方生态批评攻击的主要目标是人类中心主义及其在人类文化中的种种表现形式，这种批评传统是林恩·怀特在其影响深远且极富挑战性与煽动性的文章《我们生态危机的历史根源》一文中所开创的。在该文中怀特将生态危机的文化根源归咎于浸透了人类中心主义的犹太-基督教，尽管如此，他也将解决生态危机的文化使命寄托于基督教。具体来说，怀特主张通过复兴阿西西的圣·弗朗西斯（St.Francis of Assisi）所开创的具有生态中心主平等思想的基督教少数派传统来绿化基督教，进而绿化西方文化的策略[141]。到了 20 世纪 90 年代，西方生态批评已开始突破基督教文化圈，走跨文明生态对话之路，美国神学学者托马斯·贝利、塔克及著名美籍华裔学者杜维明等都是倡导跨文明生态对话与协商的主要倡导者。90 年代以来，西方

---

140 胡志红：《生态批评与跨学科研究》，《四川师范大学学报》（社会科学版）2005 年第 3 期，第 58-62 页。

141 Cheryll Glotfelty and Harold Fromm. Eds. *The Ecocriticism Reader: Landmarks in Literary Ecology*. Athens: University of Georgia Press,1996, pp.3-14.

生态批评超越西方中心主义的局限，从跨文化跨文明的视角探讨曾经被压制或处于边缘地带的文明中的生态智慧。

生态批评学者与宗教界人士大多赞成这样的观点，"没有一种宗教传统或哲学视野可以提供一种解决环境危机的理想办法，生态批评强调观点的多元性，这与生态的多元和宇宙观的多元是一致的"[142]，但是，中国学术界对生态危机的反应主要呈现这样一番景象。中国学者认为中国古代文化是生态型文化，因此，这一次中国生态批评界仿佛显得底气十足，为了避免患生态话语失语症，中国批评界并没有唯西方生态批评理论马首是瞻，一开始就积极主动参与生态话语建构，努力建构自己独特的生态批评话语模式、学科理论，希望以平等的姿态与西方学者开展生态对话。在建构生态批评话语理论过程中，他们大多回到古代文化寻求生态资源，尤其是求教于老子、庄子，部分学者也向儒家求教，探寻道家、儒家、佛家思想中蕴涵的生态智慧，这反映了中国学者对自己传统文化价值的认同与珍视，这与西方生态批评家不谋而合，因为西方早已将老庄列入世界上最初的伟大生态哲学家[143]。

然而，总体上看，与西方生态批评相比，中国生态批评存在严重的不足，其主要表现在以下几个方面：

首先，中国学者所撰写的生态批评作品大多缺乏自觉的比较文学学科意识，也就是，他们的作品缺乏西方生态批评所具有的跨学科、跨文化、甚至跨文明的广阔视野，存在一定的简单化倾向。往往是以中释西，"单向阐发"[144]。主要是以中国古代文化生态思想，尤其是以道家思想阐发海德格尔存在伦哲学、挪威生态哲学家阿伦·奈斯深层生态学为代表的生态中心主义环境哲学[145]；少数学者也着手发掘儒家生态文化资源，蒙培元先生在其著作中较为深入地阐发了儒、道两家的生态智慧[146]。还有学者也从马克思主义中探寻生态智慧，或者说绿化马克思主义，让马克思主义在解决生态问题中发挥建设性作用。对此，曾繁仁教授《生态存在论美学论稿》一著中有所论及，曾永成教授

142 Mary Evelyn Tucker and John A. Grim. Eds. *Worldviews and Ecology: Religion, Philosophy, and the Environment*. New York: Orbis Books, 1994, pp.150-160.

143 胡志红：《西方生态批评研究》，北京：中国社会科学出版社，2006 年，第 366-72 页。

144 参见曹顺庆《比较文学论》，成都：四川教育出版社，2002 年，第 337-43 页。

145 曾繁仁：《生态存在论美学论稿》，长春：吉林人民出版社，2003 年，第 113-144 页。

146 蒙培元：《人与自然：中国哲学生态观》，北京：人民出版社，2004 年。

在其《文艺的绿色之思》（2000 年）和《回归实践论人类学》（2005 年）对马克思生态精神的当代阐发也给予了较为深入的论述。而西方生态批评跨越现代生态学、生态哲学、文学、伦理学、政治学、宗教、心理学、法学、人类学等学科研究生态问题，美国生态批评学者洛夫甚至认为跨学科性是西方生态批评最显著的特征。[147]

此外，即使在探讨儒家和道家生态思想时，中国生态批评学者的阐发明显也不够深入，往往将二者分开来讨论，没有从整体上探讨道家与儒家在解决当今环境危机的作用。可是西方生态批评学者在探讨道家与儒家的生态学主题时，却能将二者有机地结合起来，认为道家与儒家尽管具体教义常常相去甚远，但二者都具有相同的有机整体世界观，总体上看，道家是深层生态学取向，而儒家是社会生态学和政治生态学取向的；道家可更好地协调人与自然的关系，而儒家可更好地处理人与人的关系，实现社会公正，所以，儒家和道家分别给我们提供了动 / 静平衡的生态理论与实践模式，二者的结合可更有效地解决当今紧迫的生态问题和社会不公等问题，在当今这种个人主义泛滥、文化趋向多元、社会利益分层加剧，社会矛盾日益突出、国际政治角逐日趋惨烈的大背景下，儒家这种整合社会力量、协调社会利益、发动社会各阶层共同参与解决环境问题的功能显得更加重要，只有全社会共同参与方可重拾人与自然、人与人之间的和解与和谐。[148]

除了缺乏自觉的比较文学学科意识以外，中国生态批评对女性、自然、文化及环境危机之间的关系研究明显不足。中国生态批评的奠基者之一鲁枢元教授在其生态批评的开山之作《生态文艺学》（2000 年）一书中对生态女性主义文学批评有所涉及，对女性、文学艺术、女性压迫及自然退化之间的关系有精湛的分析[149]，很遗憾其篇幅太短，在其以后的作品中鲁教授也很少论及此议题。韦清琦与李家銮的著作《生态女性主义》（2019）探讨了生态女性主义的基本定义，梳理了其理论渊源，并厘清了女性主义与其错综复杂的关联，并透过生态女性主义的视角考察了特里·坦皮斯特·威廉斯（Terry Tempest Williams）和莫言两位作家及其作品。该著可谓是国内生态女性主义研究的又

147 Glen A.Love. *Practical Eco-criticism: Literature, Biology and Environment.* Charlottesville and London: University of Virginia Press, 2003, p.9.

148 Mary Evelyn Tucker and John A.Grim. Eds. *Worldviews and Ecology: Religion, Philosophy, and the Environment.* New York: Orbis Books, 1994, pp.150-60.

149 鲁枢元：《生态文艺学》，西安：陕西人民教育出版社，2000 年，第 90-95 页。

一重要成果。然而，国内其他学者少有谈此议题，有关女性、文学与自然之间关系的论述只是散见于各种学术期刊之中，远远未给予应有的关注，近年来有少数作者将博士论文题目选定在西方生态女性主义的范围之内。而在西方，有多位著名的生态女性主义批评学者出版了多部学术专著，透过女性的视野深入探讨父权制与环境危机之间的关系。譬如：生态女性主义批评学者麦钱特（Carolyn Merchant）撰写了多部生态女性主义批评的专著，甚至著名的男性生态批评学者默菲也撰写了生态女性主义文学批评专著。站在生态女性主义的立场，多视角深入剖析环境退化与性别压迫的关系，甚至有生态批评学者透过环境公正的视域透析社会性别、生理性别与环境行动主义之间的关系，主张拓展生态女性主义范围，建构怪异生态女性主义（Queer Ecofeminism）文学批评[150]。

此外，与西方生态批评理论相比，中国生态批评运用的理论不仅很不成熟，而且非常单一，有平面化的倾向。西方生态批评不仅以生态的尺度进行文学、文化批评，而且还积极地借用其他批评理论，或者说，与其他批评理论交叉整合，深化生态批评的内容，拓展生态批评的空间。西方生态批评与后殖民理论结合，对反生态的经典名著进行重审、颠覆，甚至重写，将殖民者对殖民地的占有、对殖民地人民的统治与对大地的征服、掠夺结合起来，这就大大丰富了生态批评的内容，揭示了生态问题的复杂性。西方生态批评学者也充分利用其他文学理论，将他们绿化，成为生态批评理论。比如绿化巴赫金的交往对话理论、狂欢化理论，让巴赫金理论成为生态批评理论的一部分等。[151]

最后，中国生态批评界对中国传统文化生态资源的阐释与利用存在简单化的倾向。也就是说，在对中国文化进行生态解读，发掘其生态资源时，忽视了清理中国文化中反生态的因素。坦率地讲，催生中国生态批评的直接动因是日益恶化的现实生态危机，二十多年的高速经济发展已经导致环境状况急剧恶化，中国也为此付出了难以扭转的生态代价。如果生态危机得不到有效的遏制，在可预见的将来，全国 1.5 亿人口将会沦为生态难民[152]。西方现代化国家中曾经出现过的生态困境在中国被复制，甚至更严峻，难怪有人说，"我们已

---

150 Rachel Stein, Ed. *New Perspectives on Environmental Justice: Gender, Sexuality, and Activism.* New Brunswick: Rutgers UP, 2004.

151 胡志红：《西方生态批评研究》，北京：中国社会科学出版社，2006 年，第 173-92 页。

152 陈中：《中国 15 亿人将沦为生态难民》，《文摘周报》2005 年 3 月 1 日。

经开始看到，受到污染的环境已经开始对中国经济发展产生不利影响。过去20年至25年，中国基本上走的是一条'污染'繁荣的道路"[153]。中国生态批评学者是否也应该将中国的生态灾难完全归于西方文化？我们是否也应该思考一下，中国发生的生态危机与中国文化传统是否也有关系？如果这样，那么是否也应该对中国文化中的反生态因素进行文化清理？

中国生态批评除了存在以上方法论上的单一及视野狭窄等不足以外，在发展进程上与西方生态批评之间还存在很大的差距，那就是其理论明显滞后，依然徘徊在人类中心主义／生态中心主义的二元模式中，没有依据历史和现实的需要不断推动理论的发展，深挖生态危机的历史与现实根源，拓展生态批评的视野和学术空间。具而言之，迄今为止，中国生态批评主要是站在生态中心主义的立场，从形而上层面探讨文学、文化与环境的关系，锁定人类中心主义是导致生态危机的罪魁祸首，此处的"环境"主要指"纯自然"或"荒野"，"生态"实际上也大体等于排除了人的存在、被抽象化了的自然存在，而人类参与的环境或城市基本上没有纳入生态批评学者的视野，种族、阶级以及性别等范畴与自然及环境危机的纠葛还远未给予综合的考量，对与现实环境问题紧密相关的生态政治、生态教育等议题的讨论显得更加稀缺。由此可见，中国生态批评依然深陷荒野之中，带有浓厚的乌托邦色彩。

由于西方生态批评第一波的主要思想基础——深层生态学——遭到了以有色族人民为主体的美国多种族草根环境公正运动，以第三世界为代表的国际环境公正运动、社会生态学家及生态女性主义者的严厉批评，进而发生了重大的学术转型，走向了环境公正。环境公正生态批评主要增添了三个考察文学、文化及艺术生态的理论视野——多种族视野、性别视野及阶级视野。此后，生态中心主义视野与这三种视野在生他批评的学术领域中不断冲突、对话、协调，以探寻人类和非人类"受压迫者"共同解放的文化路径。生态批评的触角也因此不仅延伸到了城市及其他各种环境利益冲突交汇的中间地带，而且其所研究的文类范围还延伸到了城市文学、电视电影艺术等文化场域，其理论手法也更加综合多元，从而极大地拓展了其学术空间。

根据从上分析可见，无论从生态批评内容的广度与深度上看，还是从生态批评理论的建构与现实生态批评维度的推进上看，与西方生态批评相比，中国生态批评的确存在较大差距。当然，中国生态批评学者们对此也不是浑然不

153《松花江污染敲响中国环保警钟》，《参考消息》2005年11月25日第1版。

知，他们也在不断地探索中国生态批评的理论建构，并立足中国的生态现实大胆地进行生态批评实践，鲁枢元先生就是其中的杰出代表学者之一。他不仅是中国生态批评的开拓者之一，而且还是一位远见卓识的理论探索者，生态理论的践行者，其学术路径引领中国生态批评走出了象牙塔，从某种意义上说，为其开辟了新的学术维度——环境公正维度，从而有可能真正缩短中西生态批评之间的差距。

三、一次准环境公正生态批评的实践：2006 年海南生态批评会议

鲁枢元先生曾经感叹说："当中国人在西方社会发展道路上意气风发、奋起直追的时候，西方人却已开始反省自己"，当西方的人文世界逐渐恢复"自然'的崇高地位时，中国现代思想界对自然的思考反而冷落下来，等等。[154]这些似乎都说明至少就对生态问题的思考来看，我们中国人无论在思想界还是学术界都慢了许多，这话听起来的确很刺耳，然而回顾近现代以来中国文学、文化的发展史，就知道鲁先生所说的都是大实话。生态批评在中国本土的萌发为中国学者提供了平等地参与全球生态对话的契机，更是一次建构独特的中国生态批评话语的机会。正如曾繁仁教授认为，"生态美学的提出，进一步推动了美学研究的资源由西方话语中心到东西方平等对话的转变"[155]。

笔者认为，中国的批评界不盲目地追随西方生态批评理论，一开始就关注自己的位置，认识到自身文化蕴藏着丰富的生态资源，积极参与生态文化的建构，其意义还远不止于患生态"失语症"，更在于拒斥西方学者的"生态东方主义"倾向，让中国学者透过比较文化的视野来阐释自己文化所蕴藏的生态智慧，建构富有中国文化精神的生态批评理论。也即是说，中国生态批评的理论建构者们的初衷并不是那么"单纯无私"，除了怀有"白色共产主义"理想以外，其还承载了不少民族文化的期许。伴随以上中国学者的生态省悟，就是他们在环境公正生态批评理论与实践方面的大胆探索。

2007 年 12 月 12 日持续了 4 天的"'人类纪与文学艺术'田野考察及学术交流会"圆满结束，从这次参会人员的组成来看，规模并不算"大"，规格也不算"高"，因为参会人员五十多人，参会人员中"知名"学者不算多，吃的不是生猛海鲜，住的不是星级宾馆，完全没有许多学术会的气派与豪华，采

---

154 鲁枢元"绪论"载《自然与人文》，上海：学林出版社，2006 年，第 4-5 页。
155 曾繁仁：《生态存在论美学论稿》，长春：吉林人民出版社，2003 年，第 62 页。

取流动开会的方式，将会场搬到了田野、山川、旷野，坐下来开学术研讨的时间也不多，更多的是与会者之间的交流。可这种开会方式与生态批评所倡导的简朴、多元、和谐是吻合的，除了会议期间观点的针锋相对，争辩时的唇枪舌剑，它的温馨与和谐不亚于任何一家"超"星级宾馆标准化的微笑，笔者甚至认为这次海南会议是一次真正的生态批评学术之旅，是环境公正生态批评的一次实践，会议展示的成果标志着中国生态批评发展到一个新的阶段，会议理念代表其发展的新动向。这也许是会议策划者鲁枢元先生对中国生态批评状况深思熟虑后的新构想，反映了我们生态批评理念与西方的理念之间的差距的确正在缩小。

在此笔者想谈谈海南会议的生态政治属性。我们都知道文化的生产、流通、消费是个权力运作的复杂过程，只有当作者生产的文本被出版商、杂志社认可，出版发行以后，文本才有可能对受众施加影响，作者的目的才有可能达到，因此在文化的生产消费过程中，出版商、杂志社编辑、传媒人等起着非常重要的作用。生态批评的重要目的是试图通过文化变革，改变人们的世界观，从而改变世界。要实现这样的目标，如果没有文化领域各阶层的广泛参与、交流与合作，如果他们不了解什么是"生态批评"，仅靠几个呆在书斋里的生态批评学者、专家教授在学术会上猛烈抨击人类中心主义，为自然的权利而呐喊，能行吗？当然，如果他们当中有人成了环境事业积极的倡导者，积极主动地参与生态事业是最好不过的了。海南会议就是社会各阶层人士的聚会，其中包括：生态哲学学者、生态批评学者、文艺理论学者；关心生态问题的诗人、作家；关心生态问题的社会贤达；有关出版社、报刊杂志的编辑及传媒界的记者；环保人士以及热爱环保事业的"绿色义工"；还有法籍学者万德化（Artur Wardega）先生。让来自社会不同阶层、不同职业的人士聚在一起谈论生态问题，了解社会各个阶层所处的生态状况，从而知晓他们的环境需求，凸显生态问题的复杂性、多样性与艰巨性，有益于探索最大限度地协调社会公正与环境保护互动共存切实可行的可持续战略。

唯一遗憾的是没有少数民族代表参加会议。我国是多民族大国，不少兄弟民族至今依然与自然保持着一种神圣的、灵性的、和谐的关系。在许多少数民族地区，鳞次栉比的高楼大厦是少有的，灯火辉煌的不夜城是罕见的。他们的生产方式是粗放的，住的是简陋的房屋，吃的多是粗茶淡饭，房屋的建筑材料和食物大多取自他们赖以生存的生态系统，真是"靠山吃山"，他们日出而作，日落而息，很少刻意改变自然，他们的自然充满了生命，会说话，能与人交流，真可谓"与天地合其德，与日月合其明，与四时合其序，与鬼神合其吉凶"《易·乾卦·文言》。当然，用发展、进步、现代化等流行的字眼来看，他们的文化也许是"落后的"、"原始的"，应该予以"开发"，然而，从生态的视角来看，他们的生活方式是绿色的、可持续的。从某种意义上说，隐藏了人类可持续生存的多种可能性，也是人类的希望之所在。可是就是这些蕴藏丰富的、多姿多彩的生态智慧的文化由于不追求经济的无限发展，成为发展的"障碍"，正遭受现代化的"推土机"的威胁，生存空间不断被压缩，不少可被列入"濒危文化"的行列。由此可见，作为生态批评学者，无论是从生态的视野挖掘少数民族文化的生态内涵，还是站在环境公正的立场研究少数民族文化与主流文化之间的关系，都是非常有价值、有意义的事。

在中国，生态不公问题日益严峻，穷人和富人享受自然提供的福祉差距大，遭受环境侵害的程度也迥异，城市和乡村环境反差同样如此。鸟语花香、淳朴丰饶、悠然自得的田园美景正在消逝，而高消费、高耗能而又缺乏再生能力的人造"生态"城市正在构建。另外，幸存的为数不多的自然风景区被现代"技术座架"（海德格尔语）框定为"旅游商品"，成了商人争相投资开发的产品和当地政府快速脱贫致富重要途径。然而，由于当地政府或管理不善或竭泽而渔，不少"胜地"已遭到了空前的浩劫。更有甚者，由于旅游开发，使得自然风景区的"土著居民"失去了传统的生存方式，成了无家可归的、生活无着落的游民，风景区成了商人、有钱人的天堂，当地政府的财源，"土著人"的地狱。[156]

我们的诗人、作家及传媒工作者也会从此次学术会议中吸取经验，深信定会在其未来的作品中想象人与自然关系的复杂多样性，抨击各种形式的环境剥削与不公，呼吁环境公正。

更令人欣喜的是，这次"准环境公正生态批评的实践"的成果已经汇聚在鲁枢元先生最近主编出版的《走进大林莽：四十位人文学者的生态话语》文集中，与以往学术会议论文集大不一样的是，该文集收录了不少非"职业学者"的文章，让来自不同阶层、不同职业的绿色人士来谈论生态问题，打破了专家教授们对生态话语权的垄断，消解了国内学界中长期存在的学术等级制，这恰好与生态多元、生态平等的原则是一致的，具有很强的现实性，避免了仅

---

156 陈统奎：《天堂岛怎样成为幸福岛？》，《文摘周报》2009 年 2 月 13 日第 1 版。

从形而上讨论生态问题的玄乎做法，大有与我国前一阶段学院派生态批评（生态美学或文艺学）展开对话并对之进行修正的态势，真正做到了"重启人与自然的诗意对话"。比如，环境主义者颜家安在其《海南的生态美学经济》一文中与"生态美学"展开对话，就针对三亚旅游圣地的特殊情况，他指出既要强调人与自然的和谐之美，也要重视当地人之生存权问题，为此，他提出了结生态、美学和经济于一体的"生态美学经济"的新设想。在该文中作者也提出将自然引入城市，关注城市生态，让"生态"成为人们生活的环境，这是环境公正关注的重要议题，很有启发性。欧阳洁和孙绍先在《海南黎族的生态智慧》一文中引入了种族维度，开始从生态批评的视角解读少数民族文化，发掘其生态智慧，这是环境公正生态批评的显著特征。[157]总之，该文集代表了生态多元的声音，体现了中国生态批评开始从"形而上"转向对"形而下"问题的关注，反映了中国学者对生态问题认识的进一步深化，依我看，该文集可算是中国版的"准环境公正生态批评读本"。

根据以上的分析，我们可看出，海南生态会议志着中国生态批评已开始从生态中心主义型走向环境公正型，显示出中国生态批评发展的新动向。深信中国生态批评的未来是光明的，因为其既有乌托邦的理想，又立足当下严峻的环境现实。

概而言之，近年来尽管中国生态批评的发展势头迅猛，成绩喜人，但与西方生态批评相比，依然存在很大差距，无论在理论建构还是学术实践方面都存在诸多不足，其发展也因此受到严重的制约。当然，对比分析绝非是将西方摆到"是"的位置，而把我们摆到"非"的境地，恰好相反，对比是为了凸显我们在生态批评方面所取得的成就，了解我们的不足，避免在多元的全球生态语境中患"生态失语症"。

生态文化多元性要求生态批评必须向跨学科、跨文化、甚至跨文明的趋势发展。为此，中国生态批评的当务之急是：一方面要警惕西方学者就生态问题可能表现出的"东方主义"思维惯性，以防生态问题蜕变成"白人的生态负担"。另一方面，要立足本土生态文化资源，彰显其独特的生态智慧，同时还必须放弃盲目的抵触情绪，积极主动地借鉴西方生态批评理论，在对话与交流的过程中推动中国生态批评的发展，致力于建构具有中国特色的生态批评理

---

157 鲁枢元《走进大林莽：四十位人文学者的生态话语》，上海：上海文艺出版社，2008年。

论，让其成为推动中西生态对话与交流的重要文化实力，进而为建设永续和谐的全球生态文化发挥应有的作用。

第五章　自然取向文学的
生态批评研究

　　作为一个具有自觉生态意识的文学文类，生态文学诞生于 18 世纪的英国，是启蒙运动和新兴工业技术革命催生的新型文学产儿，在与咄咄逼人、野蛮发展的现代机械论科学的长期抗争过程中艰难生存，并伴随人与非人类世界间和人与人之间关系的持续恶化而日渐兴盛。它通过描写非人类自然世界及物种之间的关系、探究人之肉身和精神对自然生态的依存并反映它们之间千丝万缕的复杂纠葛，深挖生态危机的历史文化根源，开展对阴冷的启蒙现代性和张狂的工业技术文明的全面批判、深刻反思、执著纠偏，探寻走出生态危机的文化路径。其体裁庞杂多样，风格诡谲多变，非人类自然世界总是其关注的焦点，对人类与非人类自然世界间的永续和谐共生的追求始终是其不变的宗旨。随着全球生态形势的持续恶化，在纷纷攘攘的文学园中长期默默无闻、忍辱负重的生态文学异军突起，发展为一个世界性文学现象。今天，不论东西南北，生态文学之树都根深叶茂，茁壮成长，繁花似锦，硕果累累，对每况愈下的全球生态危机做出了最为深刻、最为全面、最具想象力的回应，并成了对抗、矫正短视的、掠夺性的主流社会发展范式，唤醒人之生态良知，培育人之生态意识，塑造人之生态品格，重构人天关系，推动社会生态变革的一支重要文化力量。

　　由于深受全球生态危机的催逼和日益成熟的生态哲学的强烈召唤，生态文学终于受到学界的广泛重视和深入研究，并催生了国际性多元文化生态批评运动，生态文学与生态批评便结为生态人文学界的一对亲密盟友和忠实伴侣，它们立足大地，相互激荡，不断壮大，致力于传播生态理念，建构生态文明。有鉴于此，更多的生态作家和生态著作也渐入普通读者的视野，甚至成了生态文学爱好者们的"宠儿"。今天，生态文学早已不再是少数专家学们呆在书斋里玄谈的纯文本和散兵游勇式的生态读者们的休闲谈资，而是带有强烈生态政治属性并蕴含巨大变革社会潜能的文学著作，真正体现了"文章合为时而著，歌诗合为事而作"之精神。换言之，生态文学旨在发动一场"悄悄的思想革命"，以重塑人的意识，进而改变我们与世界的关系。正如美国生态学者保罗·布鲁克曾在评价著名生态文学家蕾切尔·卡逊对于开创生态时代新文明的意义时说："她将继续提醒我们，在现今过度组织化、过度机械化的时代，个人的动力与勇气仍然能发生效用；变化是可以制造的，不是借助战争或暴力性的革命，而是改变我们对世界的看法"。[1]

在此，笔者首先从宏观的维度对生态文学的缘起、界定、创作原则及其前景做一细致梳理，其次探讨季节在生态文学中的价值和内涵，再次用生态批评检视环境启示录书写与环境乌托邦书写等不同生态文学文类中的特征，最后从少数族裔生态批评的视角对《土生子》与《力量》这两部少数族裔生态文学经典文本进行重释与阐释，以期为国内少数族裔生态文学的研究提供一些有益的参考和启示。

第一节　生态文学缘起、界定、创作原则及其前景

尽管在人类文明中文学的生态根脉可谓历史悠久，但作为具有自觉生态意识的文类，生态文学是西方新兴工业技术革命催生的新型文学产儿，并伴随阴冷的启蒙现代性和张狂的现代机械论科学的推进而不断抗争、艰难前行。随着全球生态形势的持续恶化，在纷纷攘攘的文学场域里长期默默无闻的生态文学异军突起，对生态危机发起了很似强烈、颇具想象力和创新性、有时也令人惊恐万状的反常回应。其试图通过描写非人类自然生态及物种之间关系、探究人之肉身和精神对自然生态的依存并反映它们之间千丝万缕的复杂纠葛，以深挖生态危机的历史文化根源，开展对启蒙现代性和工业文明、甚至人类文明进行全面深刻的批判、反思、纠偏及抗拒；另一方面，它也试图揭示和发掘人与非人类世界间不可割裂的亲缘关系，以唤醒普遍沉睡的人类生态意识，重

1　Cheryll Glotfelty. "Rachel Carson." In *American Nature Writers*. Vol.1. Ed. John Elder. New York: Charles Scribner's Sons, 1996, p.165.

构人与非人类存在间本然一体共生的关系和永续和谐，探寻走出生态危机的多元文化路径，推动社会的生态转型。

生态文学是个伞状术语，其包括多种多样的文学体裁，诸如传记体生态书写、生态散文、生态诗歌、生态小说、生态戏剧及生态报告文学，等等。深受每况愈下的全球生态形势的催逼，生态文学的内容也逐渐丰富，所涉议题也不断增添，以至涵盖人类生活的方方面面，但非人类自然生态一直是其书写的重心，对人与自然间永续和谐共生的追求始终是其不变的宗旨。笔者尝试对其缘起、演变、界定及其前景做简要探讨，以期对国内生态文学的研究和创作有所启迪。

一、缘起及其演变

作为一种担当独特生态使命的文类，生态文学却大致发轫于 18 世纪的西方启蒙运动时期，要比德国博物学家恩斯特·海克尔（Ernst Haeckel, 1834-1919）正式提出生态学这个术语的时间 1866 年几乎要早一个世纪。在此，笔者就生态文学的来龙去脉做一简单的梳理。18 世纪，坐落于英国伦敦西南部约 50 英里的一个叫塞尔伯恩的宁静小村庄，生活着一位名叫吉尔伯特·怀特（Gilbert White, 1720-1793）的牧师、博物学家，他所撰写的《塞尔伯恩博物志》（*A Natural History of Selbourne*, 1789）[2]是留给后人的不朽精神遗产，也是有关生态学研究的最早、最具代表性的贡献之一。该著是怀特记录和描写塞尔伯恩教区的动植物、季节变化及其古迹的书信集，其主体部分是怀特写给两位友人的 110 封信，两位友人均为英国皇家学会会员，自然史的行家里手。从内容上看，这些信件都是科学与文学的融合，自然与艺术的结晶，处处透露出对自然的好奇和对生命的敬畏，文中既有对自然生灵直接、冷静的科学观察，也蕴含贴近自然环境中生命有机体的欢乐和浪漫的激情，更有对人与自然间融洽关系的深沉思考，并隐含深深的生态焦虑，因而开创了西方散文体自然书写文学传统。该著问世于 1789 年，也就在这一年，法国大革命爆发，这是现代世界最剧烈的一次社会震荡，也是现代社会危机大爆发的标志性政治事件之一。迄今为止，该著已再版 100 多次，是深受读者喜爱的英语著作之一，对英美自然书写传统产生了决定性的影响，伴随工业技术革命及其经济模式在世界其他国家和地

---

2 Gilbert White. *A Natural History of Selbourne*. Ed. Ann Secord. Oxford: Oxford University Press, 2013.

区的复制和扩大，该著的影响也逐渐溢出英国的疆界，并在异域的土壤上生根发芽，开花结果。

简要地说，自然书写产生的历史语境是政治上剧烈动荡、经济上粗狂发展、技术上野蛮推进的 18 世纪理性时代。在这样的大背景下，以基本需求为要旨的传统农业生产方式因被界定为不合时宜而遭到毁灭性的打击，相互联系的有机整体自然世界被无情肢解，无数鲜活的生命个体被看成自动机器被肆意解剖，土地及其他自然存在物被彻底商业化，传统农业人口也随之被连根拔起，成了漂泊无根的游民，他们的劳动被机器所取代，成了服务于机器的奴隶或零件，他们的灵魂也因此被空心化，肉身被资源化，异化为物，一并被全盘纳入资本主义的经济体制之中，以满足欲壑难填的资本主义对财富和利润的无度追求。有鉴于此，有机世界万物固有的组织结构、它们之间固有的秩序及其固有的运行模式被彻底扰乱，并照工业技术的逻辑和商业利润最大化的宗旨进行重构，由此导致安然有序、完整稳定的非人类自然生态、社会人文生态、人之精神生态及它们之间似乎万古和谐的共生关系受到严峻挑战，从而造成广泛的人文生态危机和普遍的生态焦虑。

然而，此时的怀特家乡塞尔伯恩可谓是一方远离尘嚣的净土／静土，喧嚣世界中的"桃花源"。他似乎远离尘嚣，始终满怀对造物主的虔诚，对创造物的敬畏，静静地注视着这片生命充盈的土地，小心翼翼地观察这片土地上自由自在、繁衍生息的万物生灵，用手中的笔不慌不忙地描绘丰饶、有序、和谐的自然图景，也隐晦、曲折地表达对外面喧嚣世界中正上演的一系列人为"危机"的回应和拒斥。由此可见，《塞尔伯恩博物志》实际上具有明确的生态指向，既隐含生态焦虑、甚至生态危机意识，也透露出"黑云压城城欲摧"的紧迫感，更隐含一种生态救赎的冲动。用美国环境史学家唐纳德·沃斯特（Donald Worster）的话说，怀特的自然散文"希冀通过描写外在物理世界的和解以重建人与自然之间内在的和谐意识"，其"一个恒定主题是探寻一个失落、安全的田园栖所——一个在充满敌意、甚至危机四伏的世界中的家园"。有人甚至将这个新文类看成是"休闲和愉快的文学"，从中"流淌着疗愈文明顽疾的溪流"，并借助生态科学在繁茂芜杂的自然生态世界中探寻出规整有序的路径来。[3]简要地说，怀特的自然散文就是通过对自然生态的详尽描写以期在危机

---

3 Donald Worster. *Nature's Economy: A History of Ecological Ideas*. 2nd edition. Cambridge: Cambridge University Press, 1998, p.10, p.16.

中求安全，混乱中寻秩序，冲突中觅和谐。

让人感到遗憾的是，在以效率为先、财富至上的思想意识主导的社会里，在以工业技术推动社会进步和发展的乐观主义时代风尚中，人们鲜有闲情去倾听潺潺的溪流声、林中飒飒的风儿声和丛林中蟋蟀歇斯底里的鸣叫声，更没有时间去愉快地观看蓝天翱翔的飞禽和林中奔跑的走兽，去闻闻野花野草的清香，所以《塞尔伯恩博物志》问世后遭到空前冷落，几乎被埋没半个世纪之久。大约到了19世纪30年代，人们才开始认识到它的价值，"吉尔伯特·怀特和塞尔伯恩崇拜热"才初露端倪，塞尔伯恩也渐渐成了梦幻般地图上的焦点，失落世界的鲜活记忆。新生代突然发现了怀特，并开始回望、羡慕这位牧师博物学家优雅、和谐、宁静的生活。塞尔伯恩也成了"工业文明的象征性对照物"，个人、社会和自然整体合一的"阿卡狄亚形象"，怀特也成了"不同类型的科学家的先驱"，有机整体论科学家的鼻祖，因为他拒斥主流科学中的机械论、还原性、工具论特征和工业文明对待自然的傲慢，呼吁阿卡狄亚的谦卑，也许这些就是塞尔伯恩崇拜热或怀特神话的价值所在，也是怀特著作的主要文化意义。[4]此后的几十年，从大西洋两岸到塞尔伯恩朝圣的骚人墨客络绎不绝，其中有著名科学家、诗人及企业家等，像著名英国生物学家、进化论的奠基者查尔斯·达尔文（Charles Darwin, 1809-82）、美国著名诗人、散文家詹姆斯·拉塞尔·洛威尔（James Russell Lowell, 1819-91）及美国著名自然散文家约翰·巴勒斯（John Burroughs, 1837-1921），等等。洛威尔还先后两次朝拜怀特故里，并称《塞尔伯恩博物志》是"天堂的亚当日记"，在该著问世一个世纪以后，塞尔伯恩实际上已成了有体无魂的英美人的精神家园的象征，这样，两国人不仅被共同的语言和文化遗产联系在一起，而且还被对未来感到无所适从的共同困惑与迷茫连接在一起。[5]怀特的自然书写传统还通过亨利·梭罗、约翰·巴勒斯、约翰·缪尔（John Muir,1838-1914）、玛丽·奥斯汀、奥尔多·利奥波德和蕾切尔·卡逊、爱德华·阿比、安妮·迪拉德（Annie Dillard, 1945-）、特丽·坦皮斯特·威廉斯及其他作家延伸到美国并繁荣。其中，梭罗被看成是怀特阿卡狄亚遗产的继承者，其著《瓦尔登湖》被看成自然书写的典范之作；利奥波德被尊为"美国生态先知"，其名篇《沙乡年鉴》被称为"自

---

4 Donald Worster. *Nature's Economy: A History of Ecological Ideas*. 2nd edition. Cambridge: Cambridge University Press, 1998, p.20.

5 Donald Worster. *Nature's Economy: A History of Ecological Ideas*. 2nd edition. Cambridge: Cambridge University Press, 1998, p.14.

然资源保护者的圣经"；卡逊的《寂静的春天》成了直接推动美国社会生态变革的绿色经典，是开启当代世界环境主义运动的鸿篇巨制，她与利奥波德一道成了直接推动生态批评兴起的先驱。在美国这片广袤的沃土上，自然书写根深叶茂，硕果累累，并伴随西方工业技术文明的世界性扩展和东西方文学交流的浪潮将自然书写的文学种子播撒到世界其他国家和地区。

当然，生态文学的另一个重要源头是兴起于 18 世纪中后期及 19 世纪初的西方浪漫主义运动，西方思想文化界借助这次文学、文化思潮对现代科学和新兴工业技术革命发起了第一次广泛强劲的绿色批判，同时也明晰地表达了第一次"生态冲动"。这种生态冲动是对 18 世纪启蒙运动最为激烈、令人震惊的反叛，因为启蒙理性开启的工业革命进程所释放的政治、经济及社会整体力量的负面效应在 18 世纪中后期大多开始显现——有机完整的自然生态遭到严重威胁、社会人文生态失衡及人之精神生态弥漫普遍的不安与困惑，进而引发了广泛的社会动荡。当然，浪漫主义运动最为充分地表现在文学中，尤其是在诗歌中。唐纳德·沃斯特认为，就浪漫主义自然观来看，因其强调关系、相互依存及整体主义，因而浪漫主义自然观基本上称得上"生态观"。[6]美国生态哲学学者彼得·海（Peter Hay）看来，"自然的召唤"是浪漫主义诗歌背后的基本冲动，因而浪漫主义诗歌也大多可被看成是生态诗歌（ecopoetry）或自然诗歌（nature poetry），浪漫主义诗人也应被尊为生态诗人或自然诗人，他们往往将文明，尤其工业文明与自然并置，并明确地表达了对前者的批判。英国早期浪漫主义诗人威廉·布莱克（William Blake,1757-1827）在其诗歌中就清楚地表达了浪漫主义的这种批判精神，他曾这样写道："相信造物主吧，丢弃理性的推演／放飞灵感吧，脱掉记忆的褴褛衣衫／远离培根、洛克和牛顿吧，清除他们留在英格兰身躯上的残渣／脱掉英格兰身上肮脏的衣服吧，给他罩上想象的新衣／净化诗歌吧，荡涤掉一切不是灵感的元素"。布莱克要我们"沐浴在生命的清泉之中"。用歌德的话说："理论都是灰色的，唯有黄金般的生命之树长青"。[7]英国浪漫主义诗人拜伦（Gorge Gordon Byron, 1788-1824）被自然之大美、壮观和磅礴之气所震慑，感叹道："难道高山、波涛、天空不是我和我灵魂的一部分吗？／我也不是它们的一部分吗？／对它们的爱难道没有深藏在

---

6 Donald Worster. *Nature's Economy: A History of Ecological Ideas*. 2nd edition. Cambridge: Cambridge University Press, 1998, p.58.

7 Marvin Perry. *An Intellectual History of Modern Europe*. Boston: Houghton Mifflin Company, 1993, p.178.

我心里吗？／满怀至纯之激情"。当然，"湖畔派诗人"威廉·华兹华斯（William Wordsworth, 1770-1580）、塞缪尔·泰勒·柯勒律治（Samuel Taylor Coleridge, 1772-1834）及罗伯特·骚塞（Robert Southey, 1774-1843）是浪漫主义生态诗人的代表，尤其是华兹华斯，他被尊为现代生态诗歌的鼻祖。他满怀深情歌唱生机勃勃、充满神性的大自然，拒斥启蒙思想家笔下那种死气沉沉、照确定规律运行的"机械自然"。他曾这样吟唱到："我看见天上的彩虹／就感到无比激动／童年时，我是这样／现在长大了，依然如此"；"烦透了，这些科学和艺术／合上这些索然无味的书籍吧／走出家门，带上你那颗激动的心／去观看、去倾听"。[8]难怪不少生态批评批评家将当代环境运动看成是"新浪漫主义"，其旨在说明二者之间在目标上存在诸多重要契合或相似性，同时也说明浪漫主义运动本质上也是一场生态运动。[9]概而言之，浪漫主义诗人们就是要通过高歌自然，赞美生命，拒斥压制人性的理性暴力、剥夺自然生命和宰制自然的机械论自然观，因为它们所孕育的科学精神冷酷无情，视野狭隘，与人之灵魂开战，与自然生命为敌。这些浪主义诗人们预感到，如果科学的这种势头得不到有效的遏制，自然之死和人之亡的悲惨结局必然降临世界。

随着西方浪漫主义在世界的传播和全球生态形势的恶化，浪漫主义诗歌中"自然的召唤"及其对工业主义的批判也在异域文学中产生了不同程度的共鸣，在这些不同甚至迥异的文化传统中，生态诗歌依然枝叶繁茂，结出色彩斑斓的奇花异果，其成就的确不可小觑。今天，我们在谈论生态诗歌时，就绝不仅限于19世纪西方浪漫主义诗人或白人生态诗人的诗作，还包括其他族裔或其他民族的生态诗歌，就已问世的英文诗集来看，其范围已经涵盖了多族裔或多民族的生态诗歌，比如，2013 年问世的《生态诗歌集》（*Ecopoetry Anthology*）[10]，甚至还有黑人生态诗集出版，比如，2009 年出版的《黑色的自然：四个世纪的非洲裔自然诗歌》（*Black Nature: Four Centuries of African American Nature Poetry*）[11]，等等。

8　Marvin Perry. *An Intellectual History of Modern Europe*. Boston: Houghton Mifflin Company, 1993, p.176, pp.180-181.

9　Peter Hay. *Main Currents in Western Environmental Thought*. Bloomington: Indiana University Press, 2002, pp.6-7.

10　Ann Fisher-Wirth and Laura-Gray Street, Eds. *Ecopoetry Anthology*. San Antonio: Trinity University Press, 2013.

11　Camille T.Dungy, Ed. *Black Nature: Four Centuries of African American Nature Poetry*. Athens: University of George Press, 2009.

　　总的来看,《塞尔伯恩博物志》和浪漫主义诗歌在谈论自然时,主要涉及非人类自然世界的稳定、完整、平衡、宁静、美丽及物种间的和谐以及对干扰、威胁、破坏非人类自然世界的工业技术文明的批判,而对人与自然生态之间的关联谈的相对少,即使涉及这种关联时,这里的"人"主要是一般意义上的、泛化的人,而不是与"文化"范畴发生勾连的人。换句话说,在这些生态著述中"生态"主要指的是科学生态学意义上的自然生态,其所描写的也主要是非人类自然生态,鲜有涉及不同肤色、性别、阶级、文化或信仰之人在与自然的接触中所形成的不同环境经验和压迫性、歧视性的社会关系。其实,随着气势汹汹的工业技术革命的不断推进及其所导致的人与非人类世界之间、人与人之间、不同文化及不同信仰之间关系的日益紧张,进一步暴露了"生态"或"自然"问题的复杂艰巨性,因为在"生态"或"自然"范畴上附着太多的"文化负担",诸如种族/族裔、阶级、性别、宗教、文化及历史等都与"自然"存在千丝万缕的纠葛,所以传统生态文学中怀特式的非虚构自然书写(Non-Fiction Nature Writing)或自然诗歌(nature poetry)在驾驭复杂的现实生态问题时常常就显得捉襟见肘,力不从心。

　　在此严峻的形势下,当代"生态小说"(ecofiction)也随之脱颖而出,勇担重任。当代生态小说是自然书写与叙事小说杂糅的产物,是"一种融合自然书写关切和叙事小说关切的杂糅文类,其试图在充分借鉴两种文体长处的基础上,进一步深化和拓展对相关问题的认识,对此,单一文类无法比拟"[12]。

　　像自然书写一样,生态小说呼吁构建人与地方之间的新关系,这种关系重视风景的精神维度,要求人们尊重和敬畏土地,因而生态小说家常常借鉴土著族裔万物有灵的传统故事(比如,美国印第安传统故事)和宗教传统故事(比如,圣经故事)神圣化他们的小说风景,以凸显人与自然间整体合一的精神境界。自然书写主要强调个人与自然世界之间的关系,而生态小说却增添了社会维度。自然书写大多是用传记体式的散文讲述他/她个人的第一手自然经验,借此沉思人与自然之间关系或开展对文明或社会的批判,最典型的例子就是梭罗的《瓦尔登湖》。当然,当代类似的例子有很多,像爱德华·阿比的《孤独的沙漠》(*Desert Solitaire*, 1968)[13]、安妮·迪拉德的《汀克溪的朝圣者》

---

12 John Elder, Ed. *American Nature Writers*. Vol.2. New York: Charles Scribner's Sons, 1996, p.1041.

13 Edward Abbey. *Desert Solitaire: A Season in the Wilderness*. New York: Ballantine Books, 1968.

（*Pilgrim at Tinker Creek*, 1974）[14]等。

　　生态小说的典型特征就是它不仅涉及个人与非人类自然世界之间的关系，而且还涉及个人与社会生态之间的关系。也就是说，生态小说既要考虑自然生态，还要考虑社会生态，甚至精神生态以及它们之间的关系，从而将种族、性别、阶级、信仰及文化等范畴也纳入生态版图，并考虑这些范畴在与自然的接触中所形成的复杂纠葛。由此可见，在此方面，生态小说与传统小说颇为相似，因为它也重视社会人际关系。然而，生态小说之长在于综合考量两种文类关切，揭示人类中心主义、种族歧视、性别歧视、阶级歧视、文化偏见等在针对自然歧视、甚至自然殖民方面的内在逻辑关联，探寻一并化解人与人之间和人与环境之间的冲突对抗的文化策略，以及探寻构建基于普遍社会公正的生态世界之可能文化路径。

　　二战以后，随着全球生态形势的持续恶化，英美生态文学，尤其是其经典著作也开始逐渐跨越文化的疆界，进入世界其他国家和地区并受到异域读者们的广泛欢迎，也对这些国家和地区的生态文学创作产生了不可估量的影响，甚至促使了生态文学在异域的兴起和繁荣。与此同时，无论是 20 世纪 90 年代后期走向国际化的西方生态批评，还是 20 世纪 90 年代开始兴起的非西方生态批评，都疾呼充分承认不同文化、不同文明中人之环境经验的极大丰富性和多样性，尤其是表现和反映人们环境经验的生态文学的内涵和样态的巨大差异性、甚至异质性，甚至在一国之内，不同族群的生态文学无论在表现形式还是在内容上都可能存在巨大差异。正所谓："橘生淮南则为橘，生于淮北则为枳，叶徒相似，其实味不同，所以然者何？水土异也"。比如，在当今的中国，由于国民基本生存的现实需求、经济发展的巨大压力和严峻环境形势的催逼，再加上自身悠久文化传统与非人类自然间的深沉亲和力、当下人们对保护"绿水青山"和美好生活的热烈向往，因而中国生态文学家必然要在多种隐形文化力量和现实显性压力的拉扯中进行创作。有鉴于此，中国生态文学在描写人与自然间的关系时必然呈现出与英美生态文学迥异的特征。

　　今天，生态文学已发展成为世界性多元文化运动，以应对人类世和全球化所带来的诸多世界性环境难题，像气候变化、生物多样性萎缩、流行性疾病、国际环境不公等。在不同文化传统中，作家们表现和再现人们应对这些环境问题的方式及他们各自独特的环境经验可谓五花八门，因而生态文学的体裁就

14　Annie Dillard. *Pilgrim at Tinker Creek*. New York: Harper Collins e-Books, 2007.

非常庞杂，风格也迥异，除了以上所涉及的非虚构自然书写、生态诗歌和生态小说以外，还有生态戏剧、生态散文、生态报告文学，等等。

二、生态文学的界定

在英美学界乃至在英语世界，学者们常常用自然书写或自然写作（nature writing）抑或阿卡狄亚写作（arcadian writing）、自然取向的文学（nature-oriented literature）、自然文学（nature literature）或环境取向的文学（environmentally-oriented literature）或环境文学（environmental literature）来指代这一文类，不同的学者又根据某类著作所涉内容的侧重点不同而对自然书写进行细分，使得它的亚文类名称繁多，真令人眼花缭乱。总的来看，英美学者用"生态文学"（ecoliterature）这一术语的情况并不多，而在中国学界，大多喜欢用这一术语来指代描写自然和探讨人与自然间关系的各类文学作品。

迄今为止，在英美乃至世界生态学界还没有给自然文学下一个被广泛接受的定义，学界大多采用描述性的方法来介绍它，也就是通过描述其主要所涉内容或主要特征来对它进行分类。下文我们将简要谈谈几位美中生态批评学者对这一文类的界定吧。

美国著名自然书写研究学者托马斯·J.莱昂（Thomas J.Lyon）认为，"自然书写"术语不能恰适地描述这个文学文类，仅仅是因为它实用、方便才用它来指称这个以多种方式描写自然的文学作品的大杂烩。从其源头看，它就不是一个"井然有序的领域"。[15]尽管如此，为推动自然文学研究和创作，他从 20 世纪 80 年代初就开始对这一文类进行研究和分类，并将其分为三个维度，即：自然历史信息、个人对自然的反应及自然的哲学思考，然后再根据以上三个维度在作品中的权重来进一步确定其所属的类型，并对各种类型的大致内容给予了较为详细的介绍，还以图表举例说明[16]，各亚文类之间也绝非一成不变，泾渭分明，相反，它充满活力，多姿多彩，相互渗透。总之，在莱昂看来，不管采用何种艺术手法，也不管属于何种类型的自然书写散文，这种文类的基本目标是"关注外在的自然活动"[17]。自然书写中蕴藏不少奇迹，一旦发现，其

15 Daniel Patterson, Ed. *Early American Nature Writers.* Westport: Greenwood Press, 2008, p.1, p.5.

16 Cheryll Glotfelty and Harold Fromm, Eds. *The Ecocriticism Reader: Landmarks in Literary Ecology.* Athens: University of Georgia Press, 1996, p.278.

17 Cheryll Glotfelty and Harold Fromm, Eds. *The Ecocriticism Reader: Landmarks in Literary Ecology.* Athens: University of Georgia Press, 1996, p.281.

价值会胜过发现新土地。

　　1995年，美国著名生态批评学者劳伦斯·布伊尔（Lawrence Buell）在其里程碑式的生态批评名篇《环境想象：梭罗、自然书写和美国文化的形成》（*The Environmental Imagination: Thoreau, Nature Writing, and the Formation of American Culture*）中尽管没有明确定义"环境文本"，但他指出了其四个主要特征或因素，这些特征或明或暗、或强或弱存在于这些文本中：（1）非人类环境不仅仅是作为背景而存在，而且它还是显示人类历史也与自然历史相互交织的存在；（2）人之关切不应理解为唯一合法的存在；（3）人的环境责任也是文本伦理取向的一部分；（4）文本至少还暗示环境是作为过程而不是一个常量或不变的给定而存在的认识。根据这些标准，很少作品不与环境文本挂上钩，哪怕它只是一点点。同时，很少作品明白无误、一以贯之都符合这些标准。[18]从布伊尔所指出的环境文本的四个特征可看出，他的环境文学的定义是非常宽泛的，不仅文体不受限制，甚至文类也得到了极大的拓展。简要地说，作为环境文学文本，它必须符合这个基本条件：必须超越人类中心主义的关切，承认非人类自然环境本身的价值和对人类历史的影响，同时，它还必须具有环境友好型的伦理取向。当然，在该著中布伊尔主要探讨的是非虚构的环境著作，诸如《瓦尔登湖》及《沙乡年鉴》等，并试图借这些著作建构他的"文学生态中心主义"诗学，以期指导生态文学创作。[19]

　　2000年，另一位美国生态批评学者帕特里克·D.默菲在《自然取向的文学研究之广阔天地》一著中用"自然取向的文学"指代这个庞杂的文类，并宣称"自然取向的文学是个国际性的多元文化运动"，因而应将其置入国际性的比较框架中进行研究。换句话说，我们必须认识到自然文学的形式、风格和内容的多样性、差异性甚至异质性，超越英美自然书写所隐含的"非虚构性的偏见"。[20]为此，还对"自然取向的文学"进行了较为详细的分类。他这样描述自然文学："自然取向文学指要么将非人类自然本身当成题材、人物或背景的要素，要么指讲述人与非人类相互作用的作品、哲理探讨自然

18　Lawrence Buell. *The Environmental Imagination: Thoreau, Nature Writing, and the Formation of American Culture*. Cambridge: Harvard University Press, 1995, pp.7-8.

19　Lawrence Buell. *The Environmental Imagination: Thoreau, Nature Writing, and the Formation of American Culture*. Cambridge: Harvard University Press, 1995, pp.143-179.

20　Patrick D.Murphy. *Farther Afield in the Study of Nature-Oriented Literature*. Charlottesville: University Press of Virginia, 2000, pp.58-62.

的作品以及借助文化或违背文化介入自然的可能性的作品"。在他看来，自然取向的文学包括自然书写、自然文学和环境文学及环境书写四个大类，它们既有虚构的成分，也有非虚构的成分。它们之间没有等级之分，只是处理题材的方式不同，无论它们采取诗歌、小说、戏剧或散文体裁都行，都是自觉创作的文学。为了进一步解释其分类的理由，默菲还以图表的形式较为详细地指出了以上四类文学的具体表现形式和结构特点，颇具启发性。概要地说，自然书写和自然文学偏重相对纯净的自然风景和哲理思考，而后两类则偏重退化的环境和环境危机的描写，其环境保护色彩浓烈，更具现实针对性，并具有强烈的环境危机意识和生态保护意识。另外，自然文学和环境文学的虚构性特征表现得较为突出，而自然书写和环境书写的非虚构性特征则较为明显。

中国生态批评学者王诺在专著《欧美生态文学》中曾这样定义生态文学："生态文学是以生态整体主义为思想基础、以生态系统整体利益为最高价值的考察和表现自然与人之关系和探寻生态危机之社会根源的文学。生态责任、文明批判、生态理想和生态预警是其突出特点"[21]。应该说，王诺的这个定义是比较全面的，他不仅明确指出了生态文学的思想基础，而且还提出了判断生态文学的最高标准——生态系统的整体利益。文中他还指出了生态文学的四点主要特征，即生态系统整体利益至上、生态责任、文明批判及生态理想和生态预警，其中，前三点是核心特征。然而，如果我们要严格按照王诺的定义和要求去审视和评判人们广泛认可的生态文学经典，甚至王诺在《欧美生态文学》中所评介的西方生态文学经典，恐怕能"入选"生态文学的作品就不多，甚至可以说，很少！其主要原因并非全在他的生态文学定义太严格或苛刻，而是该定义忽视了人类文化历史的复杂性和自然与文化间千丝万缕的联系，更忽视了种族／族裔、性别、阶级、文化及信仰等与自然间的紧密勾连。再说明白一点，王诺的定义遗漏了环境公正议题。也就说，生态作为一个问题的产生具有非常复杂的历史、思想和文化根源，解决生态问题路径，也一定非常复杂，不可能简单粗暴，搞一刀切，更不可能一蹴而就，因而以生态整体主义作为生态文学唯一的思想基础，显然既不够周全，也不够深刻，甚至可能发生借生态健康之名，行生态殖民主义之实，发达国家对发展中国家或欠发达国家实行生态压制和生态剥削的行径，或在一个国家内部主流社会生态压制弱势族群，从

---

21 王诺：《欧美生态文学》，北京：北京大学出版社，2003 年，第 11 页。

而导致广泛的生态人道主义灾难。

由此可见，要给生态文学下个周详、操作性强的定义实属不易。尽管如此，笔者结合生态文学的产生、发展、演变以及其当下的研究状况，也尝试给它下个定义：

生态文学是通过描写人与非人类自然世界之间的复杂纠葛而揭示生态危机产生的深层思想根源，以探寻走出生态困局的文化和现实路径的文学。其宗旨是实现具有普遍公平正义的人文世界与非人类自然世界之间的永续和谐共生，非人类中心主义取向的生态伦理的建构、对主流科学预设和物质主义文明的批判、生态乌托邦的构建及生态灾难启示录书写是其显著特征。

另外，生态文学往往还透露出一种敬畏自然的神圣感和神秘感，反映人之精神与自然生态之间的对应关系，精神健康与生态完整之间的互动感应，且前者依赖后者。最后，不管是出于作者的自觉意识还是无意识，生态文学常常蕴含一种或显或隐的生态焦虑感和生态危机意识，因而时常表现出生态救赎的冲动。

三、生态文学创作的三原则

今天，世界生态文学园地郁郁葱葱，枝叶繁茂，让人眼花缭乱，但如果我们细心品鉴，就会发现规整园地的三条基本原则，即生态学原则、具身性原则和环境公正原则，这三原则也是影响或指导生态文学家们创作的重要原则。其中，前两个是生态文学家们遵循的基本原则，而第三个则是指导生态文学家构建和谐社会人文生态与非人类自然生态永续共生的基础性原则。下文将对以上三原则做简要介绍。

所谓生态学原则，指的是生态学相互联系和万物共生平等的信条。在生态学诞生之初，相互联系主要指非人类自然世界中生物有机体与其周围环境（包括非生物环境和生物环境）之间的相互关系。随着生态学的发展与成熟，这种联系逐渐拓展为万物之间相互联系，并将人类物种也纳入生态世界，人类也成为生态共同体中的普通成员或公民，既不比其他物种高贵，也不比它们低贱，是共同体中相互依存的同伴，漫漫自然演进过程中的伴侣。这样，社会人文生态、人之精神生态和非人类自然生态就自然成为一个水乳交融、精致完美的有机整体，生态学也因此上升为整体主义取向的生态哲学，大致可被称之为生态中心主义哲学。总的来看，在生态文学兴起的早期，尽管生态学这一科学术语还未出现，但生态文学家们却已在其生态创作中表现出或强或弱、或隐或显的自觉的生态冲动，一种万物普遍联系的关系意识，这在怀特、华兹华斯、拉尔夫·沃尔多·爱默生、梭罗及缪尔等的生存实践和生态著述中都有不同程度的反映。我们甚至还可以这样认为，他们的生态著述预示并推动着生态学科学的诞生。当然，实事求是地讲，我们还不能将他们的生态意识与成熟的生态学科学精神相提并论。伴随工业技术革命的全球蔓延，世界生态形势的持续恶化，以及生态学科学的发展，生态文学家们的生态学意识逐渐增强，由蒙眬变得明晰，甚至直接在生态科学原则的影响和指导下进行生态文学创作。总体上看，20 世纪以来的生态文学处处透露出浓郁的生态科学精神。比如，利奥波德是著名的环境保护科学家、野生动物保护学家，也被尊为生态哲学家，卡逊是著名的海洋生物家，还有其他许多生态文学家大都深受生态学或生态整体主义哲学的影响，难怪在他们的生态著作问世之初，大众一般都将其看成生态科普读物，比如，《沙乡年鉴》或《寂静的春天》就是如此。

生态学原则不仅反映在生态文学的内容方面，而且还反映在审美方面，并借"文学生态中心主义"这一主张得以彰显。"文学生态中心主义"主张把以人为中心的文学扩展到整个生态系统，将抽取出来人的概念重新放归自然，研究他与非人类万物生灵之间的关系，借此挑战人类中心主义思维惯性及其种种表现。具而言之，"文学生态中心主义"通过被称之为激进的"放弃的美学"（the aesthetics of relinquishment）而表现出来。所谓放弃的美学，它指放弃对物质的占有，放弃人的中心性和唯我独尊的主体性，与此同时，也赋予自然存在物主体性，让自然存在，诸如动物、花草、季节、甚至自然现象等成为文学表现的主题或主角，从而与成熟的生态学原则或生态中心主义哲学原则相呼应，这在《华尔登湖》、《沙乡年鉴》及《寂静的春天》等生态名篇中都得到生动形象的落实。[22]

所谓具身性原则，指的是生态作家们在进行创作时总是让自己的、他人的或非人类自然存在物的物质身体"出场"，让身体成为积极的行动者、表演者、言说者和思想者，让身体承载、传播生态信息，拒绝空洞的生态说教或概念的推演。也就是说，他们大多通过对人物之肉身和非人类自然存在物之身体

---

22 胡志红：《西方生态批评研究》，北京：中国社会科学出版社，2006 年，第 276-278 页。

的描写，凸显人和非人类存在物身体的生物性和跨身体性特征，揭示二者之间的相似性或共性，从而将将人放归自然世界，以抵御人的中心性。对具身性的重视一方面旨在明证人与非人类世界之间水乳交融的关系，另一方面是承认和尊重非人类身体的他者性，以强调人的生态责任。当然，对于非人类自然之具身性的描写，往往采取二重书写手法，即突出表现其物质性或生物性和精神性的共在现象。

生态文学家，尤其是传记体生态文学家和生态诗人及其著作中的人物，几乎总是身体力行，融入自然，用肉身去接触自然，感觉自然，而后凭自己的直接经验，甚至遭遇自然时所留下的"伤痕"去确证自然世界的实在性、先在性、第一性和不可还原性，从而能更深刻地感悟自然，提炼出有关人与自然之间关系的深沉思考。甚至可以这样说，对于生态文学家而言，身体与自然的遭遇是两个实实在在的主体之间的交流和碰撞，从而实现人与自然之间无中介、无障碍的沟通交流，这些都在美国传记体生态文学家约翰·缪尔的《墨西哥湾千里徒步行》[23]、爱德华·阿比的《孤独的沙漠》及安妮·迪拉德的《汀克溪的朝圣者》及中国当代著名登山诗人骆英的诗集《骆英 7+2 登顶记录》[24]中得到生动形象的显现。缪尔以血肉之躯穿越千里大林莽，明白了万物都是上帝大家庭的成员，皆享有同等生存权利[25]；阿比孤身闯沙漠后向世人宣布："地球上所有生物都情同手足"[26]；迪拉德通过跪拜大自然的方式才接受了世界是物质与精神、自然与超自然及美丽与恐怖并存的现实[27]；骆英则以 1 米 92 的伟岸身躯曾登临世界七大洲的最高峰和抵达地球最寒冷的两极，多次徘徊在生死的中间地带，从而深刻悟出：在崇高、浩瀚无边的大自然面前，人是何等渺小！正如他在诗中写道："就在你认为无所不能的时候 / 老天爷让你知道你不过是他的一堆大便 / 就在你看着顶峰的时候 / 你却已经寸步难行 / 你可以死但也绝到不了他的脚下 / 这才知道你不过就是一个凡人 / 失败让你认识到

23 约翰·缪尔：《墨西哥湾千里徒步行》，王知一译，北京：人民文学出版社，2016年。

24 骆英：《7+2 登山日记》，北京：北京大学出版社，2011年。

25 约翰·缪尔：《墨西哥湾千里徒步行》，王知一译，北京：人民文学出版社，2016年，第 68-69 页。

26 Edward Abbey. *Desert Solitaire: A Season in the Wilderness.* New York: Ballantine Books, 1968, p.24.

27 Annie Dillard. *Pilgrim at Tinker Creek.* New York: Harper Collins e-Books, 2007, pp.178-179.

你的无能／平和就开始滋生在你的心中"（《全世界最好的教堂》）[28]。骆英的这几行诗是他用肉身穿越生死地带后对人与自然间关系的深沉思考，当然，他也在生死地带发出了生命的最强音，令人震撼，也许这就是生态诗歌之魂所在。为此，人必须在大自然面前保持谦卑平和的心态，这既是对人类中心主义的全然否定，也是人立身处世的原则。惟其如此，方能构建和谐的人与人关系和人与自然的关系。

所谓非人类世界的具身性二重书写，指的是生态文学创作既强调自然存在物的物质性或生物性，也凸显其精神性、甚至神圣性。具而言之，生态作家笔下的动物绝不是哲学家笛卡尔（René Descartes, 1596-1650）眼中那种没有灵魂、只能感受痛苦的自动机器，非人类自然世界也绝非是庸俗唯物主义者眼中那种死气沉沉的机械世界，而是蕴藏无尽精神内涵的生命世界，所以生态文学家们常常要么对浩瀚无边、精致完美、神秘莫测的自然深感敬畏，充满好奇，同时也感叹人之渺小、无知与无助，因而他们常常满怀谦卑走向自然，融入自然，经验自然，感悟自然，从自然中寻启迪，找良方，小，可修身养性，完善自我；大，可改良社会，治国安邦。正如生态文学家爱默生在《论自然》中写道："语言是自然事实的符号表达""特定的自然事实是特定的精神事实的象征""自然是精神的象征"。为此，他疾呼美国文学界走向自然，以确立新兴美国与自然之间原初的、直接的关系，由此建立独立于旧欧洲的美国文学、文化，进而获得独立的美国精神。[29]此外，许多少数族裔生态文学家不仅重视自然的精神性，而且还特别看重它的神圣性。在他们的眼中，自然是天、地、神、人共栖的世界，因而伤害自然必遭报应。比如，美国印第安作家卢瑟·斯坦丁·贝尔（Luther Standing Bear, 1868-1939）的《斑点鹰的土地》（*Land of the Spotted Eagle*, 1933）[30]、中国藏族作家阿来的《三只虫草》[31]就是此类作品。当然，生态文学家突出强调自然的精神价值，还在于试图以之抵御贪婪的物质主义对它的无度盘剥，浅薄的工具主义对它的僵化框定，冷酷的科学主义对它的无情肢解。

如果说生态学原则和具身性原则是生态文学家用于处理人与非人类世界

---

28 骆英：《7+2 登山日记》，北京：北京大学出版社，2011 年，第 422 页。

29 拉尔夫·瓦尔多·爱默生：《论自然》，吴瑞楠译，北京：中译出版社，2016 年，第 110 页。

30 Luther Standing Bear. *Land of the Spotted Eagle*. New Edition. Lincoln: University of Nebraska Press, 1960.

31 阿来：《三只虫草》，北京：人民文学出版社，2016 年。

间关系的两条核心原则，那么环境公正就是他们探寻如何在人与非人类世界
的关联中实现普遍社会公正之路径的原则，以期确保人与非人类自然间的永
续和谐共生，其主要与种族／族裔、性别、阶级、文化、信仰及地域等概念范
畴发生勾连，其中，种族范畴是核心。具而言之，环境公正既反对一国内因种
族／族裔、性别、阶级、文化、信仰及地域等的不同而导致在环境资源、环境
负担和环境责任等方面的分配不公和环境政策上的歧视性现象，也反对一切
形式的国际环境不公和环境歧视，拒斥一切形式的环境剥削和环境压迫。环境
公正曾经仅作为公共环境政策核心议题之一，但对于生态文学家，尤其少数族
裔生态文学家而言，其通常作为一个基本的理论立场和观察点，借此与主流或
强势文化开展生态对话，彰显自己文化独特的生态智慧。在一国之内，生态文
学家，尤其少数族裔生态文学家，总是站在环境公正的立场，揭露主流社会强
加给少数族裔社群的环境种族主义歧视和压迫，并探寻通达环境公正的多元
文化路径。比如，美国印第安女作家琳达·霍根（Linda Hogan, 1947-）的《力
量》（*Power*, 1998）[32]就是深度揭露环境种族主义行径的当代生态小说之一；
在国际上，他们要揭露西方发达国家针对不发达国家所实施的环境殖民主义、
甚至环境帝国主义行径，呼吁国际环境公正。比如，当代印度作家阿米塔夫·
高希（Amitav Ghosh, 1956-）的《饿浪潮》（*The Hungry Tide*, 2005）[33]就对此予
以深刻的揭露。由此可见，环境公正既包括国内环境公正，也包括国际环境公
正，有时还包括代际环境公正。此外，有些生态作家，尤其少数族裔女性生态
作家，比如，琳达·霍根，还进一步指出了性别歧视、种族歧视及自然歧视之
间的内在勾连，故她们往往还将女性，广而言之，性别，也纳入环境公正视野
的考察范围，揭示父权制压迫、种族压迫及环境退化之间的复杂纠葛，从而将
生态女性主义议题与环境公正议题也结合在一起，共同致力于探寻通向普遍
环境公正的文化与现实路径。

　　当然，由于作家自身的文化视阈、生存境遇及个性特点等因素的影响，他
们大多仅侧重于种族／族裔、性别、阶级、文化、信仰及地域等范畴中的某个
或几个侧面，也因此凸显自己的创作特色。总的来看，环境公正议题的复杂性
在当代生态小说中得到最为充分的揭示，也借助小说最为充分地说明了"生
态"与社会之间纠葛的庞杂性和解决生态问题的艰巨性。

---

32 Linda Hogan. *Power*. New York: W.W.Norton & Company, 1998.
33 Amitav Ghosh. *The Hungry Tide*. London: Harper Collins, 2004.

四、生态文学的前景

至于生态文学的发展前景，在笔者看来，由于人类进入人类世以后，人类凭借强大的科学技术，已成为影响地球环境演化的主导力量，这似乎在一定程度上明证了人之"伟大"和对自然的"超越"。然而，令人感到滑稽的是，人类却难以全然理性地，甚至可以这样说，他们就不能把控这种自己创造的"力量"，更不能应对其所引发的人为灾难，这也足以显示人的"无能"，人类的这种"无能"在气候变化所引发的各种极端自然灾害面前已反复得到了印证，人类面临的这种窘境也许可被称之为"人之力量的悖论"。由此可预言，人与自然间的紧张关系将长期存在，人为造成的生态危机必将成为生活的常态。那么，在此背景下，作为诊断和试图化解危机以重拾、协调和保护社会人文生态、非人类自然生态、人之精神生态内部及它们之间永续和谐关系的重要文化力量的生态文学也将如影随形地与危机同在，就像病人离不开医生一样。

今天，生态文学，尤其是气候变化小说，正积极吸纳人类世话语、气候变化话语、生物多样性话语及生态政治话语，着手应对海洋公有地退化、气候变化等所引发的规模空前的生态和人文灾难，以彰显其生动再现、综合驾驭全球性环境问题的巨大潜力和一并涵括鬼神不测的自然与现实利益纠结的人文的博大容量，进而充分揭示环境问题绝非纯粹的自然现象，它也是复杂的人文现象，故要成功应对环境危机，既要靠"硬科学"的积极参与，也要靠"软人文"的通力配合，二者时而相得益彰，时而也相左抵牾。当然，总的来看，生态文学是一个带给人类希望的文类，因为它反复表明，尽管当下的世界危机四伏，但人及其所建构的社会依然可能和谐地生活在自然世界中，并描绘出人类可持续栖居星球的诱人愿景。

根据上文对生态文学所产生的历史文化语境的还原分析、对其漫长历史演变过程的梳理、对其内涵界定的辨析以及对其不同文化语境中的变异情况探析可知，由于生态文学家们所处的自然、历史、文化和社会背景不同，他们的人生境遇和个性特点等也迥异，所以尽管他们书写的似乎都是同一个自然，但表现人之环境经验和再现自然风貌的方式却千差万别，故所创作的生态文本异彩纷呈，进而共同培育出一个生机盎然的生态文学百花园。

尽管如此，生态文学园中依然有一定的章法可循。非人类自然世界总是生态作家聚焦的中心，生态书写的起点，环境公正理应是他们社会诉求的宗旨。他们在进行创作时，不管是有意还是无意，都以某种方式对所处的文化模子、社会发展模式、社会发展阶段及价值观所确定的总体人文框架做出了自己的回应，时常还进行深刻的检视，或拒斥，或颠覆，或反思，或重构，大多游移在种族／族裔、性别、阶级及信仰等范畴之间，并关注这些范畴在与自然的关联中所引发的人之精神或肉身对自然的跳跃或依附，借此也折射出其独特的生态审美，甚至表现出独特的美学价值，这些既反映了无限多样的非人类生态世界、庞杂多元的人文生态世界及丰满的精神生态世界之间的相互激荡，也呈现了万紫千红的生态文学景象，充分彰显了生态文学内涵的丰富性、批判性、创生性以及生态文学文体和风格的多样性、变异性、独特性。

第二节　生态文学中季节框架的内涵

生态批评学者研究自然现象（季节、气候等）在文学作品中的作用，以梳理并揭示它们与人类文化、人之肉身及心智之间的纠葛，其旨在培养人的生态情感，提高人的生态意识，唤醒人的生态良知。与此同时，对文学中自然现象的研究也迫使人类重审自己的文化立场，使他们清醒地认识到，尽管人影响、改变自然，但其程度毕竟还是有限，即便有了改变自然的"无限"能力，他们也必须要有所克制，因为人终究还是自然环境的存在物，归根结底要受制于自然的影响并依赖自然而生存。

季节是文学，尤其生态文学描写和再现的重心、甚至是核心的自然要素，反过来也可这样说，季节是生态文学内容的关键组织框架，借此可赋予变化莫测的自然世界和动荡不安的人文世界某种确定的秩序，带给世界某种恒定的架构，让生活在荒诞世界中、焦虑不安甚至无所适从的人们感到几分安稳和确定，从而接受自然存在的先在性和第一性。自然的四季，与人生的四季，在生命层面上，有着紧密的内在联系，是相互牵动、相互作用的关系。节令的四季，不是置之身外的纯客观的季节，而是人类的生命四季。在此，笔者尝试重点对18世纪英国著名诗人汤姆逊（James Thomson, 1700-1748）的诗作《四季》（*The Seasons*, 1726-1730）、亨利·戴维·梭罗的传记体生态文学经典《瓦尔登湖》中季节的作用做简要分析，以彰显其生态价值。

一、季节：生态文学的核心组织框架

生态文本中自然季节的安排，要么是按照体验者所观察的方式，要么是按照环境自身呈现的方式。前者采取游记的形式，诸如漫步、漫游、探索等，而后者中最典型的是依靠自然的轮回：白天、黑夜、四季交替、地质纪元、地球的演替等等。基于环境变化的文本实际上是复杂多变的，因为环境的体验总是涵盖主观和客观二重因素。

生态文本中，季节一直是倍受作家喜爱的组织原则。譬如，汤姆逊的《四季》、梭罗的《瓦尔登湖》、利奥波德的《沙乡年鉴》及阿比的《孤独的沙漠》、卡逊的四部作品[34]等等，前两部著作全部按照季节变换的原则来安排文本结构，第三部著作的第一篇《一个沙乡的年鉴》（A Sand County Almanac）是利奥波德的实践性随笔。利奥波德按照日历的月份时序，记录了一年 12 个月他的一家人周末远离喧嚣的现代生活，在威斯康星沙乡"木屋"度过的休闲时光，尤其各个月份不同的自然景象和全家在农场亲手进行恢复生态的探索。该部分的主要目的是服务于整部著作的主旨，即根据具体的生态康复实践推演出解决愈演愈烈的环境危机之道——"土地伦理"。[35]像利奥波德一样，阿比精心选择和组织材料，以赋予《孤独的沙漠》这部乌托邦叙事作品结构上的统一，他将十多年前在公园中度过的两段时光，也即从 4 月 1 日到 9 月的最后一天，压缩到"荒野中的一个季度"。他先熟悉周围陌生的沙漠风景后，才开始慢慢地介绍给读者，并描述沙漠（拱石公园）的独特地形地貌，植物，动物，凸显在这"一季度"中他所经验的物质自然世界的实在性、真实性、身体性。卡逊的作品也被看成以四季为叙事框架，生态批评学者马克·汉密尔顿·莱特尔（Mark Hamilton Lytle）将卡逊的四部作品看成四部曲，分别对应春夏秋冬四季，并蕴含不同的象征内涵。[36]具体而言，《海风下》代表春暖花开的春天，象征新生，传达一种"惊奇感"；《海洋传》代表繁华似锦的夏季，象征成熟；《海滨的生灵》代表硕果累累的秋天，象征收获和生命的充盈；《寂静的春天》则代表死寂的冬天，象征死亡。

当然，生态文学中季节的隐喻并不令人感到意外，因为季节的变化仅次于白天、黑夜的交替，是日常生活中环境周期性轮回最明显的现象，观察它们的更替并从中取乐，并不需要正规训练。然而，它们的确也变幻莫测，正如梭罗

---

34 卡逊一生共写作了四部生态文学作品，它们分别是：《在海风下》（*Under the Sea Wind*, 1941），《我们周围的海洋》（*The Sea Around Us*, 1951），《在海边》（*The Edge of the Sea*, 1955）以及《寂静的春天》，（*The Silent Spring*, 1962）

35 Aldo Leopold. *A Sand County Almanac and Sketches Here and There*. New York: Oxford University Press, 1968, pp.11-86.

36 Mark Hamilton Lytle. *The Gentle Subversive*. Oxford: Oxford University Press, 2007.

认为的那样，一生的研究也不足以把握它们的微妙变化。此外，人类生活与季节密切相关，季节可以限定、预测以及象征人的行为。每个人都有自己的季节，传统中季节象征着人生的各个阶段，至少在工业革命以前的生活节奏来看，人类的每个活动都有它的季节。

因为所有关于季节的生态文学对它们的处理方式都是因人而异的，这也象征着自然对象征主义的抗拒：除了心灵的建构以外，自然的面孔是变化莫测的。简言之，不管你从哪方面回应它们，它们都向你提供一个最便捷的方式，让你快乐地踏上生态意识之路。通过对季节在生态文本中所起的作用的分析，可以洞彻人的中心性的问题。也就是说，人的想象到底在多大程度上可以远离人类中心主义，进入另一个"人类之事"不再成为关注中心的领域。

二、汤姆逊的《四季》的季节：容纳世间万物的自然大容器

《四季》是一部凸显季节并让其成为中心话题的重要英国文学作品，它是在科学和工业革命前夜才出现的，其产生的部分原因是对排斥人的城市化体验过程的回应。该诗由四部分组成，生动地描写了一年四季不同的自然现象，像山川、河流、天空、海洋、森林、草原、山谷、花儿及动物等，同时也介绍了自然现象对人的影响。此诗并非按照一般的模式，在《夏天》和《秋季》中插入了很长的叙述片断。其中，在《夏季》中插入两段，而在《秋季》中插入一段，《夏季》描写了夏季典型的一天的进程，从黎明到上午、正午，再从夕阳时分到星夜的沉思。然而，《秋季》和《冬季》描写了随时间流逝的季节变化。汤姆逊最先写的是《冬季》，该部分最生动地描写了寒冷的季节对人的影响；《春季》非常有意义，是由于它现实地介绍了春季的耕作和诗人对农事的赞美。《秋季》描写了大地的丰收、雾的来临、鸟儿的迁徙以及丰收后乡下人的欢乐。随诗集附上的《四季赞歌》中，诗人将自然看成是上帝或认为上帝存在于整个自然之中，由此，诗人引入了泛神论哲学。总体上来说，诗歌中对自然的描写基本上是现实的而不是理想化的，运用的语言也是自然的，符合对自然的现实性描写。

《四季》浓缩了前现代表现季节的作品的一些基本常规：将自然、人和神联系起来；其语气严肃，有时蕴涵几分敬畏；将"琐碎的事件"提升到重要的地位；人道呼吁"高等"动物对低等动物的尊重；多样化的、百科全书般的特征。与其之前的英语同类长诗相比较，《四季》给人一种特别的印象。具而言

之，在著中，没有任何东西，无论它是自然的，还是文化的，都能在其中找到合适的位置。比如：假蝇垂钓的田园诗；猎狐的游戏诗作；对素食主义的讨论；夏季热带景观；令人毛骨悚然的自杀者的坟墓一瞥；迷信中的彗星以及科学中的彗星；幻想与死去的巨人交流；对黄蜂、蜜蜂、和蜘蛛的特写；对商业的赞歌等等——汤姆逊将所有这一切很好地糅合在一起。在此，雅文化与俗文化并存，美与丑共生，真与假同在，人与物同乐，真有点巴赫金的"狂欢"之意蕴，显示了作者非凡的艺术天赋。诗人兼评论家约翰逊（Samuel Johnson, 1709-84）曾经在评判《四季》时说道："《四季》最大的缺点是缺乏方法"。然而，约翰逊也看到了汤姆逊的优点，"其灵魂时而囊括宏大，时而洞幽察微"。[37]没有汤姆逊的引路，读者的确难以洞幽察微。这可道出了汤姆逊确立季节之书的诡秘的实质。它具有百科全书般的气势，像文本式的坛场一样——物质世界的缩影，激动人心，其纵横交错的连接，纷然杂陈的事物，引人入胜，充分展示了自然世界的多样性、复杂性和平等性的生态思想。譬如，在《冬季》中，一只在农舍炉边吃面包屑的知更鸟美丽的小插图，使人联想一段对牧羊人的布道，要善待孤独的羊儿，也使人想起了一个乡下人冻死在暴风雪中的可怕的故事，然后转向一段向浪子诉说的哀婉的故事，因为他从不关心诸如此类的事情。

此外，虽然汤姆逊不质疑上帝高于人，人高于动物的秩序，但与他的前辈诗人相比，他确立了自己的世界体系，"几乎将动物置于与人一样重要的地位"。[38]《四季》预示着一系列生态观察的诸多思考或场景的优美并置，时而冲突，时而和谐，时而哀婉，时而欢快，这已经成了后来生态写作的重要愉悦之一。汤姆逊既运用自然意象确定季节，也运用它显示季节的更替。例如，"逝去的晚霞"与秋季联系在一起，成群的鸟儿在风平浪静的蓝天自由飞翔的意象是秋季的象征，鸟儿退去是冬天的来临，众鸟欢乐的鸣叫表示春天的来临。总之，汤姆逊的《四季》以及后来不少生态作品最基本的共同特征之一是运用积木游戏技术：极目探寻代表每个季节特征的事物，然后极力渲染，以便将普通的事物提升为该季节关键的事物之一。

季节既作为一组透镜，将无数的环境事件按照其特征分门别类地编织起来，也作为想象游戏中的过滤器，将经验内容进行提炼，传统的牧歌或田园挽

---

37 Samuel Johnson. *Lives of the English Poets*. Ed. George Birkbeck Hill. London: Clarendon Press, 1905, p.299.

38 Lawrence Buell. *The Environmental Imagination: Thoreau, Nature Writing, and the Formation of American Culture*. MA: Harvard University Press, 1995, pp.223-224.

歌就按照后者方式提炼出来的。通常，季节的描写是，作者将个人的思考与自然现象结合起来，将季节范畴看成是弹性的框架或松散的容器，既服务于思考，也服务于描写的目的。

最后，不管是作为经验事实，还是想象的框架或容器，季节的弹性无限，它们会随着地方的变化而变化，决不会精确地重复自己；转化成文本，它们既可短至一节，也可长到一卷；它们既可被看成永久的存在，也可当成片刻的胜利，失灭的路径，或永恒的转折。衡量优秀的关于季节的环境写作的尺度是能够产生浮雕式的宝石的能力，像汤姆逊的燕子，梭罗的小狗鱼，既令人信服，也令人惊奇。然而，我们称之为天才的、更为精湛的技艺是至少能够对"预料中的界限施加战略上的暴力"[39]，正如季节的轮回必然施暴一样，历书式的生态写作，像奥尔多·利奥波德《沙乡年鉴》的第一部分给予每月相同的时间，但有的作品仍将会遵循季节轮回赋予的力量，大胆突破自然季节的界限，《瓦尔登湖》就是其中典型例子。

三、《瓦尔登湖》的季节：服务于小说主旨的弹性框架

梭罗的《瓦尔登湖》也是一本关于季节的书，全书以季节为框架，或以季节的轮回而建构起来的，其间既包容了梭罗博大精深的思想，也有关于自我、肉身、灵魂、自然、社会、文化以及它们之间的相互关系的阐述。它的季节当然不只是自然季节，而且也关涉生命的季节。我们不妨说，《瓦尔登湖》的季节是自然季节和生命季节的交融。

不少批评家在研究《瓦尔登湖》的结构时指出，从其结构来看，它是一个有机统一整体，它的时间线索是遵循从春天到春天的周期，这种时间的展开象征着梭罗生活实践的春天般的复苏。然而，《瓦尔登湖》远非传统意义上的季节之书，对梭罗来说，季节的轮回"更多是一种运用的策略而不是一种严格遵循的形式"，正如美国生态批评学者斯洛维克在谈到梭罗的日记时说，"他的每个自然观察是一个季节路标的记号或时间刻度。就在这天，此时此地，我看见这株植物或这个动物如何如何"。[40]总的来说，梭罗的多数已出版的作品主要是涉及到一般的时间性，尤其是自然的轮回，所以我们应该转换研究《瓦尔

---

39 Lawrence Buell. *The Environmental Imagination: Thoreau, Nature Writing, and the Formation of American Culture*. MA: Harvard University Press, 1995, p.232.

40 Lawrence Buell. *The Environmental Imagination: Thoreau, Nature Writing, and the Formation of American Culture*. MA: Harvard University Press, 1995, p.242.

登湖》的传统方式，突出梭罗运用季节的独特方式。

《瓦尔登湖》的一个最明显的特征是它有一个悠长的夏季，让夏季实际上占了全书的三分之二，并未涉及到区域的具体现状，开篇《经济篇》（Economy）就集中描写的夏季。该篇简要地介绍了修建小木屋之后，并未立刻进入秋季，直到《与禽兽为邻》（Brute Neighbour）中与潜水鸟相遇的时才进入秋天。对梭罗的读者来说，好像温暖的日子没有尽头。这个"永远无休止的温暖夏季"完美地服务于梭罗对"经济"问题的讨论："在若干地区，夏天给人以乐园似的生活，在那里除了煮饭的燃料之外，别的燃料都不需要，太阳是他的火炉，太阳的光线煮熟了果实。总的来说，食物的种类既多，而且又容易到手，衣服和住宅是完全用不到的，或者说有一半是用不到的"[41]。瓦尔登湖使季节变形，迫使自然进一步巩固了田园诗的逻辑。

但是，在这一部分中梭罗并没有放逐严酷的季节，而将它们并入甜美的夏季之中，《经济篇》中反复运用寒冷气候的例子，"火地岛的居民或澳洲土著人赤裸身体却泰然自若跑来跑去，而欧洲人穿了衣服还冷得颤抖"，这样，冬季的物质匮乏就被中立了。在《声》（Sounds）篇中，并列了"这个夏天的下午"和"这个冬天的早晨"两个场景，造成了绝对的近距离冲突。第一个场景叙述者懒洋洋地观察在他的林中空地盘旋的鹰，另一个是他羡慕铁马（火车）不管刮风下雨的准时，借此质疑以火车为代表的工业文明的合理性。尽管"夏季与冬季并置"，谁也不会抱怨文章的不协调。在此，主体性压倒了季节性。这样的情况同样也适用于《湖》（The Ponds）篇，该篇融入了每个季节的意象，甚至连续三段从九月延至十二月，主意象和大背景营造了夏季持续的印象。[42]在《与禽兽为邻》篇的末尾，情况变了。随同潜水鸟和野鸭一道，秋季来了，从此直到春季，季节一直占据主导，从某种程度上说，这种变化使得之后全书三分之一的部分更像传统的日志。《瓦尔登湖》明显缺乏描写秋季的一章，作者仅仅轻飘飘地掠过而已，处理非常简略，东北的秋季景色壮观，是"审美快乐和民族主义自豪感的源泉"[43]，在《室内取暖》（Housewarming）篇中，梭罗很快地结束秋季的议题，梭罗的主旨是为过冬作准备，伴随着他对诸如建

---

41 Henry David Thoreau. "Walden." In *Walden and Other Writings*. 3rd edition. Ed. Joseph Wood Krutch. New York: Bantam Books, 1982, p.115.

42 Henry David Thoreau. "Walden." In *Walden and Other Writings*. 3rd edition. Ed. Joseph Wood Krutch. New York: Bantam Books, 1982, p.114, pp.190-193.

43 Lawrence Buell. *The Environmental Imagination: Thoreau, Nature Writing, and the Formation of American Culture*. MA: Harvard University Press, 1995, p.244.

筑、火炉的思考，以进一步阐明《经济》篇中的一些话题。总的来看，该章给人的印象是梭罗要匆匆地掠过秋季，进入冬季。在该章的中间，湖已经开始结冰，此后的三章（《以前的居民；冬天的访客》（Former Inhabitants; and Winter Visitors）《冬天的禽兽》（Winter Animals）及《冬季的湖》（The Pond in Winter）共同勾画了冰雪覆盖的大地。在《瓦尔登湖》的季节转变过程中，梭罗最感兴趣的只是冬春之交。正如他写道："吸引我到森林中去生活的主要原因是我要生活的有闲暇，要有机会目睹春之来临"。这是《瓦尔登湖》最精彩之处，是它的高潮，接着梭罗进一步将它神秘化，"春季的来临，很像混沌初开，宇宙创始，黄金时代的再现"[44]。总之，从春季到夏季，夏季到秋季，秋季到冬季的转换是非常短暂的，与其他季节之书相比较，梭罗的自然之年被严重变形：过渡膨胀的夏季，仓促的秋季，长长的、渐渐衰减的冬季以及短促而又突然绽放的春季。

梭罗对冬季进行个性化处理。在《冬天的禽兽》篇中，梭罗使冬季具有田园诗般的甜美，猫头鹰的声音"绝望而又旋律优美"[45]，整天活泼可爱的红松鼠来来往往，带给他许多欢乐，他可以在温暖的火炉旁思考、读书、提升自己的精神生活。梭罗的冬季不再令人生畏、寒冷刺骨，或充满不祥之兆，而是温馨可人，内容充实，意义非凡。

梭罗凸显冬季以及冬春之交好像是让《瓦尔登湖》偏离了最初的目的，即：让它作为一篇关于生活的散文，对政治经济以及社会生活予以批判。然而，梭罗对自己初衷的违背，或者说，突破自己最初的设想，恰好反映了梭罗生态思想不由自主的拓展。迟来的季节，尤其对冬季的凸显确实符合他的生活、经济论题。如果说在大雪纷飞、严寒的冬季中进行的生活实践尚能奏效，那么安贫乐道、适应自然的生活实践一定会成功。如果在这些条件下，一个人的地方意识以及与自然环境的关系能得到升华，那么他的生活实践就算取得了胜利。第一个冬季和春季表现出对季节里"不起眼的"自然现象的强烈的敏感，并将它们作为主要事件而不是背景事件，这充分表明他的实践取得了预期的、甚至奇迹般的效果。这种"奇效"主要表现在以下几个方面：

首先，梭罗深刻体悟到地球生命的特性。他意识到自然万物都是有机的，

44　Henry David Thoreau. "Walden." In *Walden and Other Writings*. 3rd edition. Ed. Joseph Wood Krutch. New York: Bantam Books, 1982, p.327, p.336.

45　Henry David Thoreau. "Walden." In *Walden and Other Writings*. 3rd edition. Ed. Joseph Wood Krutch. New York: Bantam Books, 1982, p.306.

因此他可参与自然的有机过程，获得周而复始的复苏。当然，这不仅仅是身体上的复苏，更是精神上的复苏。春之来临，万物再生，陶醉于麻雀的欢乐声中，梭罗情不自禁发出这样的感叹："在这个时候，历史、编年史、传说，一切启示的文字又算得了什么！"春天已经吐出了永恒的青春之象征——小草的绿色；"瓦尔登湖死而复生啦"。[46]笔者看来，梭罗等待春之来临，最大的收获之一是他对大地生命特性的确认："世界上没有一物是无机的……大地不只是已死的历史的一个片段，地层架地层像一本书的层层叠叠的书页，主要让地质学家和考古学家去研究；大地是活生生的诗歌，像一株树的树叶，它先于花朵，先于果实；——不是一个化石的地球，而是一个活生生的地球；和它一比较，一切动植物的生命都不过寄生在这个伟大的中心生命上……还不仅是它，任何制度，都好像放在一个陶器工人手上的一块粘土，是可塑的啊"。[47]梭罗对地球生命的确认与科学时代的盖亚假说有雷同之处。在此，梭罗指出了自然规律之不可违抗，人类力量、生命的有限性以及人对自然生命的依赖性。本是一部季节之书，成了自然之书，充分表达了他对自然生命的肯定，对人与自然亲缘关系的肯定。此外，梭罗将自然经济体系与人类经济体系联系起来，既说明二者之间水乳交融的关系，也指出了后者对前者的依存性，还告诫人类要对非人类世界怀有敬畏之心，我们的行为要有所顾忌，要永远守护滋养人类的"荒野"。"如果没有一些未经探险的森林和草原围绕着村庄，我们乡村的生活将会是多么的缺乏生机，我们需要荒野来营养……在我们热忱地发现和学习的同时，我们得保持万物是神秘的，并且是无法考察的，要求大陆和海洋永远是荒野，未经勘察，也无人测探，因为它们是无法测探的。我们决不会对大自然感到厌倦，我们必须从无穷的精力，广大的巨神似的自然形象……中吸取力量"。[48]所以，我们可以这样认为，瓦尔登湖实践以春之来临而结束，表现出自然事实胜于历史事实，树叶胜于化石，希望战胜了绝望，生命战胜死亡等一系列不可抗拒的自然规律。季节之书成了自然之书，对人类社会经济体系的探讨推及自然经济体系以及它们之间的相互关系，所以梭罗被当今生态学家尊为生态先驱。

---

46 Henry David Thoreau. "Walden." In *Walden and Other Writings*. 3rd edition. Ed. Joseph Wood Krutch. New York: Bantam Books, 1982, p.334.

47 Henry David Thoreau. "Walden." In *Walden and Other Writings*. 3rd edition. Ed. Joseph Wood Krutch. New York: Bantam Books, 1982, p.332.

48 Henry David Thoreau. "Walden." In *Walden and Other Writings*. 3rd edition. Ed. Joseph Wood Krutch. New York: Bantam Books, 1982, p.339.

四、生态文学作品中季节的价值：生态意识训练

作为文学手段的季节到底有何价值？首先，就像陌生人为了避免尴尬而谈论天气一样，季节可以确立共同的话题。同样，季节也可以是一种安慰品或探讨棘手问题的一种安全的方式，它极富弹性，向作家提供足够的空间，以开启他所要谈论的各种各样的问题。梭罗在季节的框架下谈论人生、经济、自然、文化、动植物、文明批判、灵魂与肉身及人与自然的关系，等等，谁都不会说他谈论过多或涉猎不足。

其次，季节也是一种审美训练。它可以赋予某种形式和连续性，也可以，作为环境结构和过程的训练，但是这种训练是松散的，作家或读者可以遵从也可以忽视。对于愿意遵从的人来说，这种训练可以是严格的、缜密的、富有成效的。要到达季节路径的某个点是容易的，但是，也应该明白，一生的追求也不够。季节性存在的明显特征和它的认识论地位的二重性——富有弹性的精神建构和环境的必然性，很容易引领自然读者将环境作为整体来考量，这种整体涵盖许多复杂微妙的相互联系。这有可能使得我们按照觉醒的环境意识不断地从主体到客体，从想象到认识，从自我为中心向自我重塑的方向转变。一句话，"季节书写使我们乐意接受我们作为环境存在的意识，是一种生态意识的训练"[49]。

根据以上分析可知，自然现象中的季节是文学，尤其生态文学的核心要素之一，描写和再现季节，尤其伴随季节的气候变化和千姿百态自然万物就成了生态文学的重心。对于生态文学而言，我们也可反过来说，季节是决定文学形态和组织结构的基本框架，在这个框架下，这个季节框架中的"季节"既可以按照本然的顺序和长短来组织作品内容，也可按照作者的意图和作品的主旨，季节既可长可短，也可适当交替呈现。换句话说，季节一定意义上掺杂了作者主观意图的投射，成了一种"弹性"框架。对于生态文学作者而言，季节框架就是一个无所不包的"大箩筐"，可以将一切东西，无论是个人的还是社会，自然的还是人工的，肉体的还是精神的，高尚的还是卑微的，世俗的还是宗教的，通通都可装如其中，它从不嫌多，也不嫌少。由此可见，季节框架的确是一个创作文学的廉价、方便的文学原材料。

当然，作为组织文学材料的框架，季节的作用还远不止于此。季节还是培

---

49 胡志红：《西方生态批评史》，北京：人民出版社，2015年，第233页。

育人之生态意识，提升人之生态敏感性的手段。通过阅读季节框定的生态作品，让人感觉到人归根结底还是自然存在物，受制于自然的影响，并在自然允许的范围内生存，所以我们必须对自然常怀感恩之心，敬畏之情。

第三节　生态批评对环境启示录书写的研究

生态批评是一个内容宽泛的伞状批评术语，是关于环境取向的文学、文化甚至艺术研究以及指导这些批评活动的相关理论。作为一个方兴未艾的文学、文化批评潮流，它是在日益严峻的现实生态危机的催逼之下，伴随着生态哲学的逐渐成熟而兴起的，迄今为止，它是对生态危机文化根源最为全面、最为深刻文化诊断尝试，其内容庞杂丰富且不断拓展延伸。其中，生态批评对环境启示录书写的话语机制研究是其重要内容之一。具体来说，生态批评要透过生态中心主义的视野研究生态文学运用环境想象创造生态灾难意象及想象世界末日恐怖图景的文学、文化策略，其根本目的在于警示人们，人类中心主义思想观念主导下的生存范式对自然犯下的种种罪行必然遭到自然的加倍报复，最终要彻底清算。通过想象环境灾难，震慑傲慢的人类，迫使他们充分认识到，人类与自然万物同处于一个生命共同体之中，维护和谐的人天关系与人类自身的利益是一致的，所以，人类要创制辉煌的文明，充分实现自己的价值，必须站在人与自然共同命运的高度考量自己的行为。由此可知，环境启示录是通过想象环境灾难唤醒人的生态良知，进而对生态灾难进行预警。生态文学家想象灾难，恰恰是为了逃脱灾难，想象末日是憧憬未来，想象死亡是为了新生，为了拯救。

在此，笔者首先要对西方文化中的几个世界范式大意象（master metaphors）的生态内涵作一简要的透析，以说明自然意象选择的生态结果；其次，本节将通过分析具体的生态文学文本以了解环境启示录书写的内在话语机制；最后，本文还将进一步分析环境启示录构成的主要元素，以便有可能对绿色文化启示录的创作提供方法论上的指导。

一、世界范式大意象的建构及其意义

在西方文化传统中，人们为了解自然秩序，曾建构了多种自然意象，比如，经济体系、生命链、平衡系统、网络、有机体、心灵、机器等等，这些意象的影响广泛、深入，其中有的延续了几个世纪，有的甚至延续几千年，所以人们将它们看成是历史悠久的世界范式大意象。不借助于这些意象，我们无从谈论自然，更不可能考虑自然的本质。无论你是否相信它们的正确性，意象的选择会影响甚至决定人们的思维方式、行为模式，对自然的态度、甚至人与自然的关系。因此，对不同意象的选择会引起迥然不同的生态结果。

主导现代社会发展模式的笛卡尔-牛顿的机械自然观，是当代生态危机的哲学基础，因为它将自然看成是一架无感觉、无精神的机器，人们为了满足自己的无度的贪欲，他们不仅疯狂地掠夺、征服自然，而且还肆意肢解分割有机完整的大自然。然而，生命之网强调自然万物之间的相互联系、相互依存，它给人灌输了这样一种理念，万物生灵要么共存共荣，要么同归于尽，这就迫使人类必须谨慎行事，必须认真考量自己的行为可能引起的时空效应，因此，生命网的意象客观上有保护自然、维护生态平衡的作用。虽然达尔文自己无意赋予自然目的性，但是，他赞同自然选择的隐喻，这样，他的进化论的观点更易于被维多利亚时期的读者接受。在《瓦尔登湖》一书中，梭罗极力引入"经济"的隐喻，但是，实际上放弃了传统意义上的"经济"。美国环境作家马什（George Perkins Marsh, 1801-82）徘徊于家、托管、合作和竞争几个意象之间，试图在两个主体意象之间确立适当的关系。

在过去两个多世纪以来，西方文化建构了两个并列的自然秩序意象，即：网的意象和机器的意象。一般来说，看重世界图景的微妙精致的人喜欢蕴涵机体特征的网络隐喻。达尔文虽然更喜欢作为物种演替史缩影的家系图，但是，在刻画动植物之间遥远的亲缘关系的时候，往往想象它们"被一个复杂的关系网络连接在一起"[50]，因此，一个世纪后，海洋学家卡逊，借用达尔文对蚯蚓的研究，将"土壤共同体"看成是由一个交织的生命网络所组成的、每种生命形式都以某种方式与别的生命形式相连的有机整体[51]。几年后，生态诗人贝里（Wendell Berry）指出了肉体与灵魂之间，肉体与其他躯体之间，肉体与世界之间的明显区别，"这些东西似乎有明显差别，然而，它们共存于相互依存和影响的网络中，这就是它们同一性的具体化"[52]。以上这些声明，与机器隐

50　Charles Darwin. *On the Origin of Species: A Facsimile of the First Edition*. Cambridge: Harvard University Press, 1964, p.3.

51　雷切尔·卡逊：《静静的春天》，吕瑞兰、李长生译，长春：吉林人民出版社，1997年，第48页。

52　Wendell Berry. "The Body and the Earth." In *The Unsettling of America*. San Francisco: Sierra Club, 1977, p.110.

喻的涵义并非截然对立，也可看成是对所建构的宇宙的善意表达，但是，在不同的气氛中也可看成是具有决定论倾向的征兆：动植物毕竟是捆绑在一起的；各种物体与世界共存于一个相互依存的网络之中。卡逊在指出污染的影响的时候，清楚地表达了这种并协性，她说"生命或死亡网，科学家称之为生态学"[53]。不只是 DDT 在自然生命形式中的无所不在，使得卡逊瞬间将生命转变成死亡，还应该包括此意象的可塑造性。

自然秩序大意象的内涵不是固定不变的，而是可塑的，当然，其内涵的嬗变往往是由于文化历史的变迁造成的。"存在之大链"（The Great Chain of Being）本是表示世界仿佛是个井然有序的、由低等和高等形式的存在物组成的大链条，其中，人的地位比野兽高，但比天使低。在中世纪，"存在之大链"在一定程度上是神学对滥用自然的约束。文艺复兴继承了"存在之大链"，但是一种新的思潮，即人文主义，对它予以曲解、篡改，使它从表示完美世界秩序、约束人类行为的象征转变成了人类优于自然的象征。借用"存在之大链"中人的位置在"哑兽"和伶俐的天使之间的安排，人文主义坚持人与生物圈的其他存在之间存在本体论上的差异，并且注入新的内容，即：人有理性话语，然而动物没有。用哈姆雷特的话说：人是"宇宙之精华，万物之灵长"，这样，人成了现象世界唯一的主体。工业革命的催逼，"存在之大链"失去了与天堂的联系，人成了自然秩序中"低等生命形式"的至高无上的统治者，这显然是对"存在之大链"的歪曲。

根据以上分析可看出，"存在之大链"曾经为自然存在物提供了稳定等级关系，但是，它依然具有很强的可塑性，它可以被看成是一个演替的过程，为 19 世纪的进化论思想铺平道路[54]。同时也为以后生态学的发展铺平道路。例如，生物学家埃尔顿（Charles Elton）提出了食物链概念就是受此启发，来强调自然界生物之间相互依存的关系[55]。从某种意义上说，食物链的观念确证了低等生物为高等生物而存在的观念，但是，生态学家颠倒了这个逻辑关系。事实上，是人类依靠细菌，因为细菌支撑草，草喂养牛，牛成了牛排，因此，

---

53 雷切尔·卡逊：《静静的春天》，吕瑞兰、李长生译，长春：吉林人民出版社，1997年，第 164 页。

54 Arthur O.Lovejoy. *The Great Chain of Being.* Cambridge: Harvard University Press, 1936.

55 Roderick F.Nash. *The Rights of Nature: A History of Environmental Ethics.* Madison: The University of Wisconsin Press, 1996, p.57.

作为食物链顶部一环的人类与其说很崇高，不如说很脆弱。是最简单的生命形式稳定着整个共同体，并对它的延续来说是最重要的，对简单生命形式的破坏将给整个生命系统造成毁灭性的灾难，食物链的意象也进一步打击了盛气凌人的人类。

以上讨论了自然秩序的各种隐喻，以及它们在不同的历史、文化条件下的生发潜力，尤其是创造性的运用，生态批评就是要运用这些自然秩序的大意象潜力，发挥人的想象力，创造灾难意象，迫使人类接受生态危机迫在眉睫的可怕图景，唤起他们的生态关怀，从而得到预防现实灾难的发生。

二、灾难意象的建构：生命网转化成死亡网

卡逊的《寂静的春天》（*The Silent Spring*）是当代生态文学的经典之作，是它开启了当代环境运动，其问世使得"寂静的春天"顿时变成了"喧闹的夏天"，在美国全社会掀起激烈的论战，其历史意义有人这样评价道："就对公众意识和环境行动的紧迫性的影响来看，《寂静的春天》堪与托马斯·潘恩（Thomas Paine, 1737-1809）的《常识》、哈丽特·比彻·斯托（Harriet Beecher Stowe, 1811-1896）的《汤姆叔叔的小屋》以及厄普顿·辛克莱（Upton Sinclair, 1878-1968）的《屠场》媲美"[56]。那么，为何《寂静的春天》激起如此大的社会反响呢？其重要原因之一在于卡逊充分发挥其环境想象的能力，建构了无处不在的自然灾难意象之网，使得我们无处逃生，从而催生了我们的环境意识，迫使我们立刻行动。

生态文学家卡逊在她的头三本书中尽情挥洒其丰富的想象，用散文诗般的语言，将海洋描绘成绿色、精致的完美世界。并预言，"他（人类）已经征服、掠夺陆地，但他不能控制或改变海洋"[57]。

然而，很快卡逊终于意识到她错了，因为"甚至那些似乎属于永远存在的东西不仅受到了威胁，而且已经感觉到了人类毁灭性的手"[58]。卡逊的《寂静的春天》不是一部以描写为主的作品，依据传统文学观来看，是她"最不具有文学性"的书。在本书里卡逊无情地揭露了滥用杀虫剂的恶果。但是，她的创造性的想象对此书所产生的深远影响是至关重要的。卡逊的前一本书《在海

56　Lisa H. Newton and Catherine K.Dillingham. *Watersheds 3: Ten Cases in Environmental Ethics*. Belmont, CA: Wadsworth, 2002, p.104.

57　Rachel Carson. *The Sea around Us*. New York: Oxford University Press, 1989, p.15.

58　H.Patricia Hynes. *The Recurring Silent Spring*. New York: Pergamon, 1989, p.181.

边》（*The Edge of the Sea*）一开始就生动地描写了海边洞穴里面小小迷人的世界，一个只有在退潮时候才能接近的世界。然而，《寂静的春天》却以令人心寒的《明天的寓言》开始，该寓言讲的是一个美国中部的一个乌托邦似的小镇。从前，这里的一切生物与周围的环境生活得很和谐，真有一点"天人合一"的意蕴，但是，现在情况完全变了。动植物都死掉了，人也因为各种怪病走向死亡，"到处是死神的幽灵"，人们曾经年年拥有的鸟语花香的春天沉寂了，"只有一片寂静覆盖着田野、树林和沼泽"[59]。卡逊告诉我们这个小镇是虚构的，但是在美国和世界其他地方可以找到许许多多这个小镇的翻版。虽然没有一个村庄经受过她所描述的所有灾祸，但是，其中每一种灾祸实际上已经在某些地方发生，并且确实有许多村庄已经蒙受了大量的不幸。在人们的忽视中一个可怕的幽灵已经向我们袭过来，这个想象中的悲剧可能很容易地变成我们大家都将知道的活生生的现实。

那么，卡逊是如何运用想象创造生态灾难的意象的呢？也就是说，如何将"生"之意象变成"死"的意象的呢？或者说，如何将生命之网变成死亡之网的呢？

首先，寂静的春天激起的恐惧来自突然意识到，不仅净土已经远离我们而去，更糟糕的是，一切都被污染了。在卡逊看来，生命或死亡之网是联系紧密的、甚至是相互转化的[60]。正如卡逊愤怒地写道："现在每个人，未出生的胎儿期直到死亡，都必定要和危险的化学药品接触，这个现象在世界历史上还是第一次出现。合成杀虫剂使用还不到二十年，就已经传遍了生物界和非生物界，到处皆是……它们普遍地侵入鱼类、鸟类、爬行类以及家畜和野生动物的躯体内，并潜存下来。科学家进行动物实验，也觉得要找个未受污染的实验物，是不大可能的"。甚至"在荒僻的山地湖泊的鱼类体内，在泥土中蠕行钻洞的蚯蚓体内，在鸟蛋里面都发现了这些药物，并且在人类本身中也发现了；现在这些药物储存于绝大多数人体内，而无论其年龄之长幼。它们还出现在母亲的奶水里，而且可能出现在未出世的婴儿的细胞组织里"。[61]如此多的证据驱使

---

59 雷切尔·卡逊：《静静的春天》，吕瑞兰、李长生译，长春：吉林人民出版社，1997年，第2页。

60 雷切尔·卡逊：《静静的春天》，吕瑞兰、李长生译，长春：吉林人民出版社，1997年，第164页。

61 雷切尔·卡逊：《静静的春天》，吕瑞兰、李长生译，长春：吉林人民出版社，1997年，第12页。

卡逊得出生命之网已经蜕变成了死亡之网的结论，因为"水流到任何地方不可能不威胁该地方水的纯洁"[62]，这种情况使得整个自然变得非常可怕。

内吸杀虫剂的世界是一个难以想象的奇异世界，它超出了格林兄弟的想象力——或许与查理·亚当斯的漫画世界极为相似。它是这样一个世界：在这里，童话中富于魅力的森林已变成了有毒的森林——这儿昆虫咀嚼一片树叶或吮吸一株植物的津液就注定要死亡；它是这样一个世界，在这里，跳蚤叮咬了狗，就会死去，因为狗的血液已被变为有毒的了；在这里，昆虫会死于它从未触犯过的植物发出来的水汽；在这里，蜜蜂会将有毒的花蜜带回至蜂房里，结果也必然酿出有毒的蜂蜜来。[63]

在这里，卡逊用她那富于想象的笔触勾画了破坏生态健康带来的灾难，这种灾难是普遍的、跨越边界的，它殃及包括人在内的一切生物，无一幸免，这真是世界末日的图景。卡逊将中毒的森林想象成为与文化固有的自然秩序对立的反常现象，在卡逊看来，一个污染的宇宙是如此不合常规，因为作为一个完整有机的世界的自然观已经深深扎根于美国的田园传统之中，是不能挑战的。在写作《寂静的春天》的后期，卡逊知道她患上了晚期癌症，这进一步强化了她对施加在其他人和大地身体上的痛苦的愤怒。

卡逊也利用生态学中食物链的概念进一步强化化学污染将会威胁所有生命形式的可怕结局。"这是民间传说中的'杰克小屋'故事的重演，在这个序列中，大的肉食动物吃了小的肉食动物，小的肉食动物又吃掉草食动物，草食动物再吃浮游生物，浮游生物摄取了水中的毒物"，最后，毒物将通过食物链传到了人体内，人也成了自己导演的生物悲剧的直接受害者。在此，卡逊再一次提醒人们，"在自然界没有任何孤立存在的东西"[64]，所有生命形式是联系在一起的。

以上对卡逊如何创造死亡之网的简要分析并不足以说明卡逊精湛艺术，在卡逊的所有作品中，卡逊巧妙而坚定地抨击人类中心主义，尤其是抨击"男人"。在卡逊看来，女人，如果说有的话，很少时候成为自然的对手，然而男

---

62 雷切尔·卡逊：《静静的春天》，吕瑞兰、李长生译，长春：吉林人民出版社，1997年，第36页。

63 雷切尔·卡逊：《静静的春天》，吕瑞兰、李长生译，长春：吉林人民出版社，1997年，第28页。

64 雷切尔·卡逊：《静静的春天》，吕瑞兰、李长生译，长春：吉林人民出版社，1997年，第41页，第44页。

人却常常如此，这从《寂静的春天》出版后，不少批评者针对她的性别进行人生攻击可看出，譬如，有人骂道："我想她（卡逊）是个老处女，为何对遗传还如此忧心忡忡"[65]，所以卡逊的作品也是生态女性主义批评的试验场。

为了进一步强化化学工业造成的恐怖，强化死亡之网的末日感，卡逊运用各种手法，例如，将核战争与污染并置："与人类核战争所毁灭的可能性同时存在的还有一个中心的问题，那就是人类整个环境已由难以置信的潜伏的有害物质所污染，这些有害物质积蓄在植物和动物的组织里，甚至进入到生殖细胞里，以至于破坏或者改变了未来形态的遗传物质"[66]。

此外，在《寂静的春天》神秘恐怖的风景中我们可以看到第二次世界大战所扮演的重要角色。比如，卡逊认为杀虫剂工业是"第二次世界大战的产儿"[67]，某些杀虫剂是源于二战前及期间德国的致命的神经毒气秘密研究计划，而今天，它们打着善意的、正当的幌子，大规模地用于杀"害虫"，最终却杀人类自身，更可怕的是我们很多人对此还不知道。她指出世界范围内癌症病变的上升主要与我们大规模地使用的含有致癌物的化学物质密切相关，人长期暴露于致癌物之中，患癌症并不奇怪，她尤其指出"造血组织恶变的恶性病"[68]的猛增就与长期接触危险化学物质有关，这种病最早是广岛幸存者患的病。卡逊指出，化学物质造成的最可怕的毒性污染是大面积的地下水系统被污染。卡逊的小说中布满了来自战争灾难的意象：武器、杀戮、屠宰、尸体、灭绝、大屠杀、空中喷洒杀虫剂的飞机以及征服等。她讥讽到："按照当前正在指导我们命运的这种哲学，似乎没有什么东西可以妨碍人们对喷雾器的使用"，卡逊利用了植根于读者心灵中高技术武装起来的军国主义和冷战意识的灾难背景，目的在于凸显她的环境论点：人类在征服自然的道路上已经走得太远，甚至走到了人类利益的对立面，危及人类的生存，无可救药。更具有讽刺意味的是，生产杀人武器的兵工厂现在以另一种方式杀虫、杀人。这一系列的意象，不治之症、死亡等等强化死亡之网的可怕。

65　Lisa H.Newton and Catherine K.Dillingham. *Watersheds 3: Ten Cases in Environmental Ethics*. Belmont, CA: Wadsworth, 2002, p.105.

66　雷切尔·卡逊：《静静的春天》，吕瑞兰、李长生译，长春：吉林人民出版社，1997年，第7页。

67　雷切尔·卡逊：《静静的春天》，吕瑞兰、李长生译，长春：吉林人民出版社，1997年，第12页。

68　雷切尔·卡逊：《静静的春天》，吕瑞兰、李长生译，长春：吉林人民出版社，1997年，第192页。

　　《寂静的春天》充分表现了文学生态中心主义的内涵，是典型的环境非虚构文学作品，与传统的小说类型有明显的区别，它以刻画、表现非人类世界为其出发点，没有主人公、主要人物、故事情节、人物对话，等等，但是，卡逊在去除杀虫剂工业的魔力的时候，也试图赋予它小说式的发展势头，首先考虑地球、水、植物（从第四章到第六章）然后考虑野生物（从第七章到第十一章），最后才考虑人（从第十一章到十四章），以讨论癌症的普遍上升而达到小说的高潮。接着，大自然对人类的反抗（第十五、十六两章论述"害虫"对杀虫剂发起的抵抗），杀虫剂种类的增加，数量的逐年增大不仅没有使我们变得更安全，反而将我们置入更危险的境地。由于打破了生态平衡，"使得整个盛放灾害的潘多拉盒子被打开，盒子中的害虫以前从来没有多到足以引起这么大的麻烦"[69]，最后一章（第十七章）提供可能的解决办法。到此，卡逊已经将我们带到了灾难的边缘，然后，她建议我们走"另外的道路"，然而，这条路也没有给我们带来更多的希望。卡逊也赞成对自然施加控制，只要我们的控制是得当的，她提议采用"生物控制"的办法来解决威胁人类的生存的所谓的"害虫"，但是，她感到非常的绝望[70]。因为卡逊认识到，问题的严重性在于它超越边界、无所不在，所以，解决问题的办法当然不是基于具体的区域，而必须是立足全球。也许全球性的视野往往使人感到悲观。令人意想不到的是，卡逊提出的难以解决的问题很快引起了官方和民间的严重关注，并且着手开始解决此问题。

　　受卡逊的《寂静的春天》中"科学行动主义话语"的驱使，政府开始采取法律的行动参与解决此事，民间也爆发了有组织的激进的环境主义运动[71]。其他作者凭借原子弹、大灾难来描绘世界末日的图景，然而，卡逊运用生态灾难杜撰世界末日惨剧。在此过程中，尽管卡逊预料到了失败，但是，她取得了意想不到的成功，她的声音引起了公众的极大关注，是她发起了当代生态运动，这正是任何一位有天赋的作家所期待的。

　　卡逊凭借其卓越的想象力创造了死亡之网，并不是出于恨，恰恰相反，完

69　雷切尔·卡逊：《静静的春天》，吕瑞兰、李长生译，长春：吉林人民出版社，1997年，第 221 页。

70　雷切尔·卡逊：《静静的春天》，吕瑞兰、李长生译，长春：吉林人民出版社，1997年，第 257 页。

71　Lawrence Buell. *The Environmental Imagination: Thoreau, Nature Writing, and the Formation of American Culture*. Massachusetts: Harvard University Press, 1995, p.295.

全是出于对包括人在内的万物生灵之深沉的爱。她将《寂静的春天》献给倡导敬畏生命伦理学的哲学家阿尔伯特·施韦兹（Albert Schweitzer）就是一个很好的例证。卡逊的伦理基础是她深信"生命是一个超越了我们理解能力的奇迹，甚至在我们不得不进行斗争的时候，我们仍需尊重它……科学需要的是谦虚"[72]，这种施韦兹式的声明要求人类放弃疯狂的统治欲望，理性地对待自然的斗争，保持生态平衡。像任何一种生命形式一样，人类不得不为争取食物、栖息之地、房屋而竞争，有时自然中的各种昆虫也在生存竞争中挑战人类。杀虫剂是人类为了赢得竞争作出的最新回应，但是，在卡逊看来，人类已经将冲突升级到危险的境地。她试图告诫我们，人类不断增长的主宰和控制自然的能力会与我们的愿望背道而驰，人类需要谦卑并与其他生物共同分享我们的地球的伦理，《寂静的春天》发出了强烈危险的信号，人类的福祉岌岌可危，我们星球上万物生灵的福祉也是如此。在此书中她猛烈抨击人类中心的思想观念，正如她写道"'控制自然'这个词是个妄自尊大的想象产物，是当生物学和哲学还处于低级幼稚阶段时的产物……"[73]，"当人类向着他宣告的征服大自然的目标前进时，他已写下了一部令人痛心的破坏大自然的记录，这种破坏不仅仅直接危害了人们所居住的大地，而且也危害了与人类共享大自然的其他生命"。[74]

总之，卡逊充分发挥自己的想象力，运用关于基于自然秩序不可分割的相互联系的生命之网的意象、食物链的观念，论证世界是一个相互联系的有机整体，牵一发而动全身，将生命之网转变成死亡之网，创造大灾难、世界末日的意象，震慑被物欲、统治欲驱使的人类，使他们明白，要避免生态灾难，必须放弃人类优越的观念，敬畏生命，与自然万物和平共处。否则，灾难来临之际，将无一幸免。

三、环境启示录话语构成的主要元素

启示录可谓历史悠久，基督教《圣经》就有启示录篇章，环境启示录的思

---

72 雷切尔·卡逊：《静静的春天》，吕瑞兰、李长生译，长春：吉林人民出版社，1997年，第242-243页。

73 雷切尔·卡逊：《静静的春天》，吕瑞兰、李长生译，长春：吉林人民出版社，1997年，第263页。

74 雷切尔·卡逊：《静静的春天》，吕瑞兰、李长生译，长春：吉林人民出版社，1997年，第73页。

维也有几个世纪的历史，生态批评研究的重点不是环境启示录的社会历史演进而是环境启示录话语，也就是环境启示录话语的形成机制及其内涵。

首先，笔者将对生态世界末日情结作一简要分析。生态文学家创造灾难，恰恰是为了逃脱灾难。期待灾难发生的姿态当然不能从字面上来理解，正如谢尔（Jonathan Schell）认为的那样，"或许只有通过在想象中堕入地狱"，我们才能有"希望未来逃脱在现实中坠入它的厄运"[75]。生态文学家创造世界末日图景所运用的心里机制类似于弗洛伊德在阐释恶梦时提出的人类具有的伤痛情结。在弗洛伊德看来，恶梦完全是为了产生恐惧，以便更好地应对不测。他说："这些梦是通过培养我们的忧虑，也就是默认造成精神创伤的一切，恢复控制局面的尝试"[76]。具体来说，恶梦是努力重构糟糕的情形，以便成功地对付它，在这些梦中，丝毫没有逃避的企图，只有积极地面对局面，作出新的努力以便成功地主导形式。由此，我们可以看出，生态作家凭借想象创造悲剧实际上是为了扭转悲剧，创造死亡实际上是为了新生。卡逊在《明天的寓言》篇中描写的即将正在消失的田园美景，其目的只是创造伦理的对立，迫使读者正视历史已经到达了一个转折点，也就是，人类为中心的文化或自然本身的灭绝已经迫在眉睫。

环境启示录话语通过强化迫在眉睫的毁灭的主题，足以维持高水平的环境激愤。《寂静的春天》出版了 30 多年，其传递的环境信息"魅力"不但不减，而且与日俱增，充分说明了其作为环境启示录经典的成功。在此，笔者主要根据美国生态批评学者布伊尔的分析对环境启示录的五个基本要素作一简要的疏理[77]。

第一，突出网络化的关系，这是环境启示录最重要、也是最明显的特征。它要求运用网络及其同义词的隐喻来理解和勾画环境现实。杀虫剂使卡逊感到最恐惧的是它通过食物链、水循环、大气循环的扩散。在这些领域谈论生物的相互依存当然完全是以冷静客观的分析，并不含有任何政治和感情的成分。当然，以生物共同体、生态系统等概念来整合各种现象很适合卡逊这样作家的

75　Lawrence Buell. *The Environmental Imagination: Thoreau, Nature Writing, and the Formation of American Culture*. Massachusetts: Harvard University Press, 1995, p.295.

76　David Lodge, Ed. *20th Century Literary Criticism*. London: Longman Group Limited, 1972, p.288.

77　Lawrence Buell. *The Environmental Imagination: Thoreau, Nature Writing, and the Formation of American Culture*. Massachusetts: Harvard University Press, 1995, p.302-306.

灾难预警的目的，因为他们理解这种话语及其蕴涵的各种征兆。利奥波德也利用网络的隐喻要求保持生态平衡的，否则就会造成生态失衡，而导致灾难性的恶果。人与自然万物同处于一个由"土壤、水、动植物以及人类"共同构成的生物共同体之中，生物共同体是个相互联系的网络，人类的利益必须与共同体各成员之间的利益协调。[78]

第二，环境灾难启示视野强调成员之间的平等关系，倡导生态中心主义的平等。梭罗一样，将动物想象成邻居；像缪尔或传统的美国土著人将各种生命形式想象成植物人、太阳青年、祖母蜘蛛等等；利奥波德将人看成共同体中普通的公民；或像辛格（Peter Singer）一样将所有动物看成是平等的，反对物种歧视，那么杀死一只苍蝇应该像杀死一个人一样有罪。赋予非人类世界属人身份的神话最强烈地凸显了生态中心主义平等的观念，西方生态学家重新将地球想象成盖亚，人与非人类的灵长类动物是对等的，各种生命形式具有共同的根，这样大量的非人类生物的灭绝使人感觉到像个大屠杀。卡逊认为对动物的残酷是失去做人的尊严，于是卡逊发出了这样的疑问，"任何文明是否能够对生命发动一场无情的战争而不毁掉自己，同时也不失却文明应有尊严"[79]，其答案当然是否定的。在她看来，任何默认对生命采取残暴行为的人将失去做人的身份。

第三以及第四种因素是放大和并置，也就是说，转变视觉结构，放大事物的规模，跨越时空将事物并置。《瓦尔登湖》就是典型地运用了这两种技巧，使得每时每刻，或常常感觉到如此，都变成了最重要的时刻；每个物体都得到了深化；无论多小的事物都不感到小。

> 我眺望那早车时的心情，跟我眺望日出时的一样，日出也不见得比早车更准时。火车奔向波士顿，成串的云在它后面拉长，越升越高，奔向天堂，片刻间遮住了太阳，把我远处的太阳也遮蔽了。这一串云是天上的列车，旁边那拥抱大地的小车辆，相形之下，只是一只标枪的倒钩。[80]

78 Lawrence Buell. *The Environmental Imagination: Thoreau, Nature Writing, and the Formation of American Culture*. Massachusetts: Harvard University Press, 1995, p.303.

79 雷切尔·卡逊：《静静的春天》，吕瑞兰、李长生译，长春：吉林人民出版社，1997年，第86页。

80 Henry David Thoreau. "Walden." In *Walden and Other Writings by Henry David Thoreau and with An Introduction*. Ed. Joseph Wood Krutch. 3rd edition. New York: Bantam Books, 1982, pp.191-192.

在此，天堂、大地的距离仿佛消失了，火车的出发时刻与日出相比，火车与天车并置，意义得到了升华，很具有讽刺意味。

第五个因素是迫在眉睫的环境灾难意识。以上四种认识方式，即：相互联系，生物中心主义的平等，放大和并置等，都是服务于环境启示的目的，然而没有第五种因素，它们不会服务于共同目的。由于时代的局限，梭罗并没有强烈的、迫在眉睫的生态灾难感，虽然面对波士顿周围大片森林迅速消失，他深感痛惜，并且对威胁、玷污瓦尔登湖圣洁的伐木者、铁路以及他自己予以谴责，但他仍然坚信瓦尔登湖会永远保其青春美丽的容颜。"民族来了，去了，都不能玷污它。这一面明镜，石子敲不碎它，它的水银永远擦不掉，它的外表的装饰，大自然经常地在那里弥补；没有风暴，没有尘垢，能使它常新的表面黯淡无光"，"它虽然有那么多的涟漪，却没有一条永久性的皱纹，它永远年轻……"[81]。从梭罗的这些语言中，我们可以看出，以瓦尔登湖为代表的大自然虽然遭到了人类的威胁，但梭罗对大自然抗拒人类的能力仍然充满信心，所以，在梭罗的文中生态灾难感没有那么强烈和紧迫，他甚至认为"部分耕种的乡村"优于荒野，"荒野是人类文明的原料"[82]。直到1864马什的《人类与自然》（*Man and Nature*）的问世，英语世界第一部系统地分析即将发生的环境灾难成因的环境作品才算出现，马什也因此成了第一个美国环境灾难的先知。在本书中马什简要地回顾了北半球的整个地理历史，特别提到了美国的情况，其视野宽广，纵览古今，尤为重要的是，它传达了一种迫在眉睫、振聋发聩的灾难信号："地球正变得不适合为其高贵居民的家园"、人类的贪婪与鲁莽会"将地球沦为贫瘠的蛮荒之地，甚至导致各种物种（包括人类）的消亡"[83]。他还特意警告患增长癖的美国人不要忽视前人无视自然限制而获得的痛苦教训，否则美国将会重蹈其他文明因人为破坏环境而导致衰亡的覆辙。

"森林"（The Woods）是《人类与自然》中的一章，其间马什在描写生态灾难时言辞激烈，分析灾难成因时语言精辟，以一首描写美国生活流动性的

81　Henry David Thoreau. "Walden." In *Walden and Other Writings by Henry David Thoreau and with An* Introduction. Ed. Joseph Wood Krutch. 3rd edition. New York: Bantam Books, 1982, p.245, p.248.

82　Henry Thoreau. *The Maine Woods*. Ed. Joseph J.Moldenhauer. Princeton: Princeton Press,1972, pp.153-155.

83　George Perkins Marsh. *Man and Nature*. Seattle: University of Washington Press, 2003, p.43.

哀歌而结束。在马什看来，就是这种"不仅在形式上而且更是在精神"上"对变化的无休止的爱"使我们几乎成了"游牧民族而不是一个喜欢定居的民族"，这就是美国人典型的缺陷，也是大肆破坏美国风景的直接原因[84]。自从温斯罗普（John Winthrop,1588-1649）鼓动同道的殖民者们利用上帝的花园以来，是马什对以改变环境的风气主宰的美国思想作出最剧烈的反应。马什亲眼目睹了人类给欧洲、中东的自然环境留下伤疤，并经历了家乡环境的退化，所以，他完全理解自然在美国人的手里遭受难以弥补的伤害是可能的，美国文明因环境退化而衰亡也是可能的。正值美国资源乐观主义的鼎盛时期，马什对新世界盛行的无限丰饶的神话发出严峻质疑，并疾呼资源保护，马什的这种紧迫的环境焦虑很快影响了美国的两位环境主义的先驱缪尔（John Muir）和平肖（Gifford Pinchot），进而对美国的环境事业产生了深远的影响。

二十世纪后期环境反乌托邦主义的存在有其重要基础，主要表现在以下三个方面：对自然的过度掠夺或过度的人为干预导致自然不可扭转的环境退化；受蹂躏的自然以压迫者的身份反击人类；人类没有出路。卡逊在其小说中说出了所有的恐惧，我们正在毒害自己，真是无可挽回；我们生产了抗药性的昆虫，我们毒药对它们无计可施；我们都中了毒。她尤其强调了人类已经陷入困境，不能自拔。因为化学控制害虫是一辆踏车，"一旦我们踏上，因为害怕后果我们就不能停下来"[85]。尽管使自然屈从于我们愿望的古老的梦想，在当今世界仍大行其道，我们仍然摇摆于乌托邦还是反乌托邦的版本之间，谁领风骚，取决于科学的突破或科学的灾难，这真是祸福参半之事。环境启示录不仅仅是西方人的无所不在的噩梦，世界文化表明，它也是全人类的噩梦，作为一种文学情节范式，它不仅不会很快消失，而且会更加兴盛。随着生态灾难爆发的可能性增加，环境启示录表现的机会将会更多，它以前所未有的、强有力的方式弥漫于散文、小说、电影、雕塑、绘画、戏剧以及舞蹈中的可能性也会增加。像对核灾难的恐怖至今仍然能阻止核灾难一样，我们的启示录般的想象真的能够阻止生态灾难吗？这当然难以言定，但我们必须明白，"自然之死"之后必然是"人之死"的悲凉世界。

---

84 George Perkins Marsh. *Man and Nature*. Seattle: University of Washington Press, 2003, p.279-280.
85 雷切尔·卡逊：《静静的春天》，吕瑞兰、李长生译，长春：吉林人民出版社，1997年，第 226 页。

第四节　生态批评对环境乌托邦书写的研究

生态批评不仅对环境启示录灾难书写进行研究，也对环境乌托邦的话语体系进行检视，一方面，非人类环境意识的建构与个人身份、社群记忆等问题有着千丝万缕的联系，甚至在生态批评学者看来，非人类环境意识的形成也属于一种环境乌托邦建构；另一方面，环境乌托邦书写虽然构筑了人们对于美好环境的浪漫愿景，然而其中也暗藏"人类中心主义"等反生态因素。有鉴于此，本节透过生态批评的视角探讨作为环境乌托邦工程的地方意识的生态建构，同时也透过生态批评的视野重审田园文学传统，厘清并涤除其中的反自然因素，并简写了构建后田园主义的可能文化路径。

一、地方意识的生态建构：文学的乌托邦工程

地方意识（the sense of place）在培育生态意识、促进环境想象及消解生态危机的过程中起着至关重要的作用，因为"放弃的美学"观、自然属人主体性身份的赋予要得到具体的落实，自然的季节气候及其他存在物要被正确认识的话，那么这些事件一定发生在某些具体的地方。此外，生态批评学者也认为，环境责任的培育需要个人对自己栖居之地的敏感与对该具体地方的忠诚。正如生态诗人温德尔·贝里（Wendell Berry）警告："没有对自己地方的全面了解，没有对它的忠诚，地方必然被肆意地滥用，最终被毁掉"。地方不是抽象的、机械的物质世界，而是具体、可感、可知、生命充盈的人化空间。地理学家雷尔夫（Edward Relph）认为"地方的意义可植根于物质环境、客体或活动中，但并不属于它们自身，而是人的目的或经验的产物"。但是，地方意识犹如一把双刃剑，它"也许将人与具体的环境联系起来，以至使他丧失对它的鉴赏能力，好像得了健忘症一样，忘却我们与世界的疏离及世界的冷漠"[86]，所以地方意识不是医治现代人无家可归的灵丹妙药。

生态批评学者所要做的既非贬低或赞美地方意识，而是探讨培育环境谦卑的具体条件，这种环境谦卑是一种觉醒的环境意识，它要求我们随时留意它的局限性，即：常怀地方塑造我们，我们也建构地方的敬畏之心。

1. 地方意识的内涵

在生态批评家看来，如果要从文学中寻找地方意识，最好不要期望太高，

---

86 Lawrence Buell. *The Environmental Imagination: Thoreau, Nature Writing, and the Formation of American Culture*. Massachusetts: Harvard University Press, 1995, p.253.

因为"爱地方不是人最强烈的情感",埃佛登(Neil Evernden)甚至将人界定为"自然的外人",也就是说,在地球上没有属于他的栖息之地。正如埃米莉·迪金森(Emily Dickinson)的一首诗中写道:一个草原仅需要一株三叶草,一只蜜蜂和梦想——"只有梦想就够了,如果蜜蜂太少"。在所谓的现实主义小说中,对地方的再现篇幅也少得可怜。在《现代婚姻》一书中,豪威尔斯(William Dean Howells)首先用了四段文字介绍新英格兰的一个村庄,介绍了它的山、它的田野、它的榆树、它的建筑和它的街道,好像对环境予以了足够的重视,但是,他马上就转到了他的人物,很少再看看乡村的风景,让它永远站在那儿,作为地方构成的必要因素,暗示环境对人物行为的影响,环境仅仅作为背景而存在。小说家韦尔蒂(Eudora Welty)主张"建立天衣无缝的现象世界是作家的首要责任"[87]。然而,在韦尔蒂的精品散文《小说中的地方》中,她认为"地方是看护小说飞快的手的小天使之一……然而,其他天使,像人物、情节、象征意义等等伺候在其周围做了很多重要工作,依我看,感情携着皇冠飞得最高,使地方相形见绌"[88]。在哈代(Thomas Hardy)的现实主义小说《还乡》(The Return of the Native, 1878)中背景的重要性似乎显得重要多了。哈代可能会对韦尔蒂(Welty)将地方沦为侍女的角色表示异议,可以毫不夸张地说,哈代的每部小说都"用刻划人物的语言来描写自然,这似乎透露出他对某些有机生命形式表示关注"。最明显不过的是,哈代用他那细腻的笔调对爱敦荒野(Egdon Heath)予以周详的描绘,他赋予了它土著人的身份,将它作为一个主题不时地提起,作为一种强大的力量影响与之有关联的人以及他们行动的力量,甚至人成了环境的产物。的确,很难再找到能充分说明环境可对人间的"纷纷扰扰"施加直接的、强有力的影响的文学例证了。但是,不管环境是多么的重要,在哈代的笔下爱敦荒野终究还是从属于男主人公克林·姚伯(Clym Yeobright)的故事。《还乡》关注的是地方中的人而不是地方本身。他和韦尔蒂都认为,地方的作用是为刻画人物形象服务的。

生态批评家布伊尔在分析了三位作家的作品之后指出,尽管哈代的小说强调环境地方的重要性,甚至人是地方的产物,但是,地方还是被人建构,从属于人,服务于人的,地方内在的、独立的价值并未得到认可,由此可见,小

---

87 Lawrence Buell. *The Environmental Imagination: Thoreau, Nature Writing, and the Formation of American Culture*. Massachusetts: Harvard University Press, 1995, p.254.
88 Lawrence Buell. *The Environmental Imagination: Thoreau, Nature Writing, and the Formation of American Culture*. Massachusetts: Harvard University Press, 1995, p.254.

说中的地方意识是多么的稀薄，独立的地方意识建构是多么的艰难。[89]

根据布伊尔对以上三位小说家的分析还可以看出，作家要真正公正地对待地方是多么的艰难，甚至是他们对它表示尊重的时候，也是如此。毫无疑问，这种情况更适合小说而不是非小说，因为或多或少，或明或暗，小说默认一个广泛认同的契约，那就是，小说要突出人世间的事情。甚至可以这样认为，在所有文类中作家命名、赞美地方比呈现地方更容易。在温德尔·贝里看来，要阐明地方意识到底是什么，它的主要构成是什么，一生的时间是不够的。因为有关地方的许多问题仍然隐晦、没有被理解，甚至还可能受到抒情、思考或讽刺等因素的制约。

哲学家海德格尔在谈及地方（place）时，将其与存在、人之栖居及家联系在一起。海德格尔认为，真实的栖居或诗意的栖居是栖居在地方之中，就是栖居"在自己的家"。在海德格尔看来，现代性的最根本特征是无家可归，而且我们是双重的无家可归，也就是说，我们不仅仅早已与家疏离，而且我们还不知道我们与家疏离，这就是为何我们轻易容忍抹去我们深深爱恋着的地方的行为的原因。我们感到痛苦与失落，但为此找不到恰当的理由，也找不到充分的论据驳斥开发商和政府所声称的拥有肆意强加给我们痛苦与失落的权利的谬论。栖居是积极主动而不是消极被动的行为。栖居意味着责任，是让地方如其所是地存在。具体来说，栖居要确保事物安宁，积极地让它们免遭任何别的事物干扰和改变它们的行为，这就要求栖居者做"存在的卫士"，责任就是"不伤害"（sparing），是"自觉自愿地不打扰它们，不随意地、不专断地改变他们，不剥削它们。"换句话说，"不伤害"是"照大地、事物、生物及人本来的样子，顺应它们自己的发展，善意地关怀它们。"这就是"栖居"的真实内涵，对海德格尔而言，这就是"人存在之本质"。简言之，我们珍爱的地方应该成为"关爱之场所"。关爱一个地方远远不只是爱恋它，而意味着担负起保护它的责任。袖手旁观、默许他人毁坏自己的家，就意味着没有承担关爱栖居的义务。就环境思想而言，海德格尔要强调的是真实地栖居、"在家"及担负起保护"家的"完整性的责任，其中，人文的、自然的以及那些无形的因素是组成家的完整性的内容，也是地方的精髓。此外，一些环境主义哲学家认为，地方对于人的道德意识的形成和身份的建构起着至关重要的作用，人类的

---

89 Lawrence Buell. *The Environmental Imagination: Thoreau, Nature Writing, and the Formation of American Culture*. Massachusetts: Harvard University Press, 1995, p.255.

命运与自然之间的关系是不可斩断的，它们辩证地建构一个共同的身份，如果人类不能缔结与自然之间的亲密关系，人的存在也将失去意义。[90]

那么，一个人怎样才算栖居在世界上呢？让我们先来听听两位诗人是怎么说的。生态批评家贝特（Jonathan Bate）在分析 19 世纪英国诗人约翰·克莱尔（John Clare, 1793-1864）的诗歌时指出，人的心灵的秩序不能脱离我们栖居的环境空间，人之心态健康与否取决于栖居的地方，我们的身份是记忆与环境共同建构的，因此，对克莱尔来说，栖居之地的一棵大榆树既是时间路标，也是空间路标。树上的鸟窝就保存了社群的记忆，而不只是保存个人的记忆。村里一代一代的小男孩都曾爬到树顶摘鸟窝，老人们看见小孩们时，就回想起自己的童年，这样就反复肯定了社群的集体身份。春去春来，鸟儿不断修复自己的窝，孩子们的行为也不断地复活地方历史，使得村庄变成了一个充满生机的生态系统，不断地演替，同时也保持必要的连续性，村庄的历史与自然经济体系的历史就这样有机地结合在一起，成了传承与创新相结合的、鲜活的有机统一体。然而，如果"路标似的"鸟窝被毁，村庄也随之失去记忆，栖居也远离我们而去。[91]

贝里的诗歌将会进一步告诉你栖居的真谛：

> 他必须这样：
> 好像他的骨头脱离了思想，
> 进入大地的暮色之中，
> 以至他在大地上开挖的犁沟
> 在他的骨头上也出现，
> 他能听见，
> 长眠于斯一千多年的部落先人们的
> 沉默之声。[92]

但是，这种情况怎样才能出现呢？在威尔逊看来，要真正做到这样是不可能的，虽然他暗示人的地方意识——如果可以这样叫它的话，也不管它是否是人类最强烈的感情之一，是如此深沉、如此本能，以至没有人能充分把握它的

90 Peter Hay. *Main Currents in Western Environmental Thought*. Bloomington: Indiana University Press, 2002, pp.153-161.

91 Jonathan Bate. *The Song of the Earth*. Massachusetts: Harvard University Press, 2000, pp.173-74.

92 Wendell Berry. "The Silence" in *Collected Poems*. San Francisco: North Point, 1985, pp.111-112.

复杂、微妙特性。那么，地方意识的内涵到底是什么？我们再来听听生态文学家洛佩斯（Barry Lopez）是如何述说他的地方情感的：我们必须将我们的根深深地扎入地方之中，"在你熟悉、亲近且属于它组成部分的地方，长期守望，雄鹰从天而降到你眼前的空地上，野鸭展开美丽的羽毛，悠哉游哉地从隐秘处游出来"[93]。只有这样，你才能建立起地方意识。

接下来我们来感悟一下可深刻体验地方意识的几个具体事例。如果一片风景蕴涵丰富的个人与社会记忆，既有神话般的色彩，又是现实可见的，那么它会自然而然地呈现孩提时代常常相遇的路标，且会在记忆中不断地叠加、放大；为多代人遮风避雨的老房子一定藏着很多动人的故事，因此，当你想象路过它的时候，这些哀婉缠绵的故事一定会浮现在你的眼前；社区历史上的不寻常的事件，它的繁文缛节，那些老掉牙的街谈巷议，以及许许多多紧张的、痛苦的、欢乐的孩提嬉戏等。

的确，对于某些作为家的地方或我们的栖居之地，不管它们是属于土著人，还是属于长期定居的外来人，神圣感将地方提升为圣地，历史提升为神话，将一切整合成为单一的实体。"这样，看见每个路标，无论它对于路过荒野的外来游客来说是多么的不起眼，都会带给我们深深的情感上的满足"[94]。这样的感受适合于澳洲的土著人，但是，它也适用于历史悠久的殖民文化，即使这种情感有所减弱，作为神圣记忆的殖民文化的历史感常常被树、公有地、教堂、公墓等地方唤起。

2. 地方意识的乌托邦建构

对于所有的文化来说，充分发挥自己的个人意识和阐明地方意识的艺术是非常艰辛的，对于新世界的殖民文化来说，由于其在地方的历史相对短暂，情况更是如此。这些殖民文化通过借用原来的文化传统、添加新的成分，开始了创生地方意识的艰难历程，美国对旧世界文化的整体借用和对印第安故事的窜改就是按照此类模式建构地方意识的典型例证。1775 年，康科德的当地民兵为抗击英军，在康科德打响了美国独立革命的第一枪，为了纪念这"声震全球的一枪"，1837 年康科德镇建立了纪念碑，当时的著名作家、诗人爱默生

---

93 Lawrence Buell. *The Environmental Imagination: Thoreau, Nature Writing, and the Formation of American Culture*. Massachusetts: Harvard University Press, 1995, p.108.

94 Lawrence Buell. *The Environmental Imagination: Thoreau, Nature Writing, and the Formation of American Culture*. Massachusetts: Harvard University Press, 1995, pp.257-268.

在纪念碑落成典礼上作了《康科德之歌》这首诗，讴歌康科德之战的英雄们。爱默生的诗歌使康科德之战永垂青史，而这一诗句成了美国革命之世界性影响的写照。然而这种基于村庄的地方意识对爱默生来说，远远不如"田野森林中神秘的东西"有趣，他发现它们比他在"街上、村庄"所见到的一切"更尊贵、更亲近"[95]，梭罗的感觉更是如此，尽管他痴迷于地方历史，然而，就是他代表19世纪的新英格兰殖民文化，极力说出新大陆广阔空间的地方意识。

的确，除梭罗以外，别的地方再也找不到像他这样的人了，其一生执着，目的在于说明自然在个人总的地方意识中的适当位置，他的《瓦尔登湖》就是表达一种奇妙的地方意识的杰作。不少作家也试图建构地方意识，但远不如他成功，因为在他们的笔下，空间要么被减缩成了精神的建构，要么仅被理解成客观上可测量的外形。从环境的角度来看，如果说将风景还原成了象征性存在的地位或可计算的物理外形是小说写作的危险，那么从风景中抹去人的兴趣和存在的痕迹，让其陷入呆滞无生机的记录片似的倾向是自然书写的职业危险。总的来说，梭罗比许多环境作家要高明得多，尤其是他日记中所表现出的对待自然严肃认真的态度，同时，他也意识到自然拒绝遵从自然世界与人的伦理领域之间的对应关系，然而，这种关系是梭罗努力探寻的。在生态批评家布伊尔看来，文学中的地方意识建构，尤其涵盖人类存在的、网状的非人类环境意识建构，应该被看成是一种"自我实现的乌托邦工程"[96]，就其教育形态来说，地方意识不能被看成是一个既成事实，而作为一个未完成的理想，即地方意识是我们一直在追寻、在创造的东西，让它挑战人类，以抵消各种减缩地方的倾向。这种理想尤其适合善用现代科技的力量，流动性远胜土著人、过着衣食无忧的现代西方人。

3. 不断激活地方意识的艺术——风景的陌生化处理

俄国形式主义批评家和生态批评学者都推崇运用"陌生化"手段进行文学创作，但是二者的目的是根本不同的。前者认为"陌生化"是将读者引向文学文本世界，忘却文本外的世界，包括人文世界和自然世界。具体来说，"陌

---

95 Lawrence Buell. *The Environmental Imagination: Thoreau, Nature Writing, and the Formation of American Culture*. Massachusetts: Harvard University Press, 1995, pp.257-268.

96 Lawrence Buell. *The Environmental Imagination: Thoreau, Nature Writing, and the Formation of American Culture*. Massachusetts: Harvard University Press, 1995, pp.257-268.

生化"就是通过对日常语言施加"语言暴力"，迫使它变形，创造出新的艺术形式，让熟悉的世界变得新奇，将人们从自动感知中解放出来，重新审美地感知原来的事物，作为文学批评流派，其主要目的是将批评的重心由创作转移到文本的形式、结构，将批评家、读者的关注重心转移到语言文字构成的文本世界本身，而不是文本以外的外部世界[97]。后者认为，环境写作运用"陌生化"手段是使得我们熟悉的世界变得新奇诱人，不断刺激我们的地方意识，培育我们的生态情怀，将我们引向自然世界。在此，笔者就简要地谈谈环境写作中风景的"陌生化"处理是怎样刺激、强化我们的地方意识的。

环境写作的魅力常常在于它加深我们对未知地方以及感受不深的老地方的情感，可是以这样的方式激活的地方意识是容易消失的，除非反复地刺激它。无论是人生性懒惰，还是出于对安全的渴望，我们常常对我们环境中不断发生的新鲜事变得漫不经心，不管是从心里上，还是辞源上来说，地方都是与自满情绪密切相连。我们不断将抽象的空间转变成熟悉的地方，然后因熟悉而变得麻木。因此，我们一直面对"保鲜"的挑战，以便不至于变得自满，自满则麻痹，随即丧失地方意识。因此，生态批评家布伊尔认为，通过提供一个感受深切的家的意识，研究地方在凝聚心理与社会中所起的作用，这只是人类生活与艺术作品的重要维度，这却不是生态批评主要关注的对象，生态批评要关注如何保持地方意识活泼、敏感而不至于陷入狭隘、顽固的种族中心主义的安乐窝之中。为此，优秀的环境作家总是对熟悉地方进行陌生化处理，以便保持"附近未发现的国度"的意识常在。在雅诺维（Janovy）看来，写作过程不等于作家体验发现的时刻，但是，语言的能量指向发现前的经验，激励他们的环境意识和对地方的忠诚。[98]

首先，我们来看看梭罗是如何运用陌生化手法重构地方以激活环境意识的。梭罗的日记差不多都是记录了各种事发现场个人的思想感受，是有关环境的陌生化处理过程的绝好记录。梭罗在描写麝鼠的窝时说，"就动物的住所来说它们是异常的明显"，他对麝鼠的建筑细节表现出工程师一样的兴趣，但是，更值得注意的是对那些死的数据进行个性化的处理，用地方意识将它活

---

97 Terry Eagleton. *Literary Theory,* 2nd edition. Oxford: Blackwell Publishing, 1996. pp.1-14.

98 Lawrence Buell. *The Environmental Imagination: Thoreau, Nature Writing, and the Formation of American Culture.* Massachusetts: Harvard University Press, 1995, pp.257-268.

化，麝鼠的窝不是东西而是住所，有点像自己住的，这样就擦掉了村庄和偏僻地之间的区别，将二者看成是栖居大地的不同形式而已。"有一位居民，我们的低洼之地和青蛙都不伤害它"。麝鼠的房子像梭罗的小木屋、印第安人的房屋，"他们将生活降低到比第欧根尼（Diogenes）的还要低"。[99]

梭罗不断穿梭于正规的科学记录与出奇的文学手法之间，穿梭于人与动物角色身份的相互转换之间，从而让环境意识保持活跃状态。标准的报道要求对动物的窝予以客观的描绘，然而出奇的文学手法将它们转化成地方。正如他在日记中写道："三十年来，大约就是在这个时间或稍早一点的时间，我每年都观察这些沿着河岸新建的麝鼠住所，使我不禁想起，假如没有吉普赛人，我们也有'更土的'长毛的种族——四条腿的人，在我们中间占有它们的地盘，这不是一个新的现象，也不记载于格林威治年鉴或历书中，但是，在我的历书中占有重要位置。"[100]这是梭罗的典型的一段，作者熟悉的历书日程（我每年都观察）被梭罗出奇的、陌生化的处理方式升华了（麝鼠-吉普赛人），对社会界定的熟悉的事物进行重新调整（"我的历书"取代了传统的历书）。康科德作为一个独特的地方，梭罗的地方意识同样既源于对它的热爱，因栖居而熟悉它的各种现象，也源于保持对它们的陌生感。没有了新奇感，地方会变得平淡无奇，但是，没有多年反复的观察，梭罗或许不会如此积极主动地将麝鼠看成地方之精灵。在此梭罗又一次运用了他常用的文学手法——类比和提喻法。

梭罗还有一个新的观点，那就是，财产的所有不是一个权利，而是一个累赘，因此，居住不是占有，栖居不是拥有。梭罗的《瓦尔登湖》第一章《经济篇》篇对此予以了深刻的论述。梭罗在谈到住所时候说：在野蛮状态下，每一家都有一座最好的住所来满足他们粗陋而又简单的需要，没有一样是多余的财物，野人有自己的尖顶屋，鸟儿有自己的窝，狐狸都有洞穴。然而，"在现代的文明社会中却只有半数家庭是有住所的"[101]。其原因是文明创制法律，保护私人财产，阻止一个家庭的多余财产按照"自然过程"来分配，也就是说，

99　第欧根尼（Diogenes）是希腊犬儒学派的哲学家，他以简朴的生活而闻名。

100 Lawrence Buell. *The Environmental Imagination: Thoreau, Nature Writing, and the Formation of American Culture*. Massachusetts: Harvard University Press, 1995, pp.257-268.

101 Henry David Thoreau. "Walden." In *Walden and Other Writings by Henry David Thoreau and with An* Introduction. Ed. Joseph Wood Krutch. 3rd Ed. New York: Bantam Books, 1982, p.127.

文明人的"天赋权利"（natural rights）之一——拥有财产的权利，并非是"天赋的"，或基于自然的，而是违背自然经济体系的规律，因为在自然中，不同的物种为地盘而竞争，但是都能与其他物种共同享有生态系统，而在文明社会中半数以上的家庭不能拥有自己的基本地盘——住所。站在生态中心主义的立场上，梭罗所阐明的自然权利观对英国哲学家洛克（John Locke, 1632-1704）的天赋权利观是个严峻的挑战。从另一个角度来看，洛克天赋权利中的财产权，尤其是保护过多的私人财产的主张是反生态的，从而暴露了洛克天赋权利观的局限。

你也许在法律上拥有一套房子，但是它未必就是个家，反过来，你也可以发现栖居之地，但是法律上，你并不拥有它。诗人在特殊的环境中找到了家，是由于对它特有的现象感兴趣，并非对它有财产上的欲望。

梭罗同时代的作家苏珊·库珀（Susan Fenimore Cooper）在她的《乡村时光》（*Rural Hours*）中更系统地让地方意识展开。她从自然看人类，将人间的沧桑巨变置于古松的关照之下。她从山坡上一棵高耸古朴的松树的视角考察村庄的地貌和历史变迁。她简要地介绍了这个"历史丰碑"似的古松所在的位置，库珀带着几分心酸，将它想象成"一个沉默的旁观者"，亲眼目睹了从前哥伦布时期的荒野到现在，"山沟所发生的惊人变化"。她以饶了这片小树林的呼吁而结束全书。因为"这个小镇自身一定在这些树之前衰败，每行树都蕴藏着森林之精神，它们像那些俯瞰我们房屋的古松一样，巍然屹立"[102]。实际上，借助于古老松树林的保护，库珀用了几页的篇幅重铸了库珀斯敦的整个文化生态：欧洲人来到新大陆，华盛顿命名当地的湖，美国独立革命，印第安人的逐渐退却以及殖民地的不断推进等等。她对历史的重述阐明了社群意识，但是将人类历史置于松林的关注之下，以便重新界定它，自然历史而不是其社区制度是其最高权威。库珀或许不赞同《瓦尔登湖》试图根据社会边缘人的立场重新规划康科德历史的咄咄逼人的态势，前奴隶（Brister Freeman）和酒鬼（Hugh Quoil）作为从前有名的居民被重新向公众提起，然而康科德之战被贬低为蚂蚁之战。[103]但是，就对地方的重释来看，库珀的《乡村时光》是同类作

---

102 Lawrence Buell. *The Environmental Imagination: Thoreau, Nature Writing, and the Formation of American Culture*. Massachusetts: Harvard University Press, 1995, pp.257-268.

103 Henry David Thoreau. "Walden." In *Walden and Other Writings by Henry David Thoreau and with An* I*ntroduction*. Ed. Joseph Wood Krutch. 3rd edition. New York: Bantam Books, 1982, pp.295, 298, 274.

品中的杰作：通过从森林看它，将它看成好像是森林的一部分，而不把森林看成是从属于它的，这样，死气沉沉的新英格兰社群实现了生态转化。库珀视野与梭罗视野之间的主要区别在于她坚持"我们"，甚至在叛逆的时候，她也再现"我们的"村庄前面的风景。在布伊尔看来，"库珀风格的相对透明反映了她作为公众意识的眼光，而不只是个人的癖好[104]"。但是，她的社会姿态掩盖了她要求她的读者进行精神调整的重要性。

贝里在书写他的边缘农场时，表现出他对地方意识的另外一种探寻。《空旷之地》是他的此类诗歌中最长的一首，是以公共声明的形式奉献给地方的，是关于财产的历史，在很大程度上，它讲述了一段对土地管理不善的伤痛史，然而这是反生态思想观点所付出的代价。在另一首诗中，贝里坚决"反对这种虚幻／肢解农场，支离破碎地卖掉／以买主的无知为条件"[105]。鉴于他对地方长时间跨度的考察，为前人对地方管理不善感到伤痛，因此他怀着浓烈的地方意识和深切的关怀栖居其上，这既是适用的，也是灵性的，在这一方面，贝里赞同利奥波德将耕作看成是生态美学的最高形式。

从新的角度看待事物，看新的事物，拓展共同体的概念，让这种观念存在于生态共同体之中，这就是环境写作本着深化地方意识，重审熟悉事物的方式。以上的事例清楚地表明，这些技巧不只是为了代替而排斥，而且很大程度上取决于隐喻、神话、甚至奇思妙想，其目的是让读者与大地接触。因此，在梭罗的作品中，"静态的地方开始变成了不断变换的画面与视点，似乎静止不动的地貌特征一直处在潜动之中"[106]。麝鼠与吉普赛人拼合在一起，蝗虫变成了珍珠。这样做，一点也不会将读者与自然环境分离开来，相反，这些陌生化处理好像意在让我们带着新的理解、新的热情回到自然。陌生化处理好像将我们扭曲变形，又将我们放归世界。因为地方总是暗示居民与环境之间积极互动的关系，所以隐喻的二重性不仅指一个语言再现的事实，而且也指一个实际的地方体验的事实，所有的生物都是主观体验它们的环境，在适应的过程中试图

---

104 Lawrence Buell. *The Environmental Imagination: Thoreau, Nature Writing, and the Formation of American Culture*. Massachusetts: Harvard University Press, 1995, pp.257-268.

105 Lawrence Buell. *The Environmental Imagination: Thoreau, Nature Writing, and the Formation of American Culture*. Massachusetts: Harvard University Press, 1995, pp.257-268.

106 Lawrence Buell. *The Environmental Imagination: Thoreau, Nature Writing, and the Formation of American Culture*. Massachusetts: Harvard University Press, 1995, pp.257-268.

改变它。问题不在于是否我们能逃避这个基本的条件，而在于如何使它有利于培养相互性，远离财产人的自我中心意识。

从地方意识的文学表现过渡到具体的环境改革主张，梭罗、库珀以及贝里等作为文学的地方创造者的工作堪比作当代环境恢复主义。不像资源保护主义的资源管理传统，也不像自然保护主义主张保持环境现状的观点，恢复主义工程试图"修复生物圈，再创栖居地"。其前提是"人类必须介入自然，必须管理它、参与其中"[107]，这种观点已经突破了利奥波德的《沙乡年鉴》中阐明的责任伦理："任何一个拥有土地的人都如此设想这种创造和毁灭植物的神圣功能，不论他明白还是不明白"。实际上，你生活在一个地方，你就在建设它，不管你是否喜欢。当一个人挥动斧子时，他非常"谦卑地知道，他正在他的土地的面孔上写下自己的名字。不论是用笔还是用斧子，签名当然都有所不同，但这不同确实应当是存在的"[108]。环境恢复主义同样认为，除了改变风景，我们别无选择，因为回到原初状态是决不可能的事，如果这样的状态确实存在的话，它将高举原初状态的理想目标，就像利奥波德在恢复沙乡的时候，改变是为了丰富生物的多样性。实际上，环境写作不能修复生态圈，也不能做任何与环境直接有关的事情。但是，从文学生态中心主义的视角看，在某些方面它试图实践一种可称为观念的修复主义，以引导部分地丧失自然意识的读者。当然，不是让他们走向原初状态的自然，因为无论在实践上还是在幻想中我们都不能复得，而是通向人工制造的环境，目的在于唤起他们的地方意识。贝里写道："绿化／是我的神圣职责"，他直接提到了他务农的职业："让这些伤疤长草"[109]，这也是作为一位诗人的神圣使命。

那么，环境文本通过让地方诞生而实践恢复主义，也就是说，不只是命名物体，而是在此过程中凸显它们的重要性。当然，某种程度的减缩一定会出现：谁也不会完全达到被称之为环境的整体；要把某物记录在文中或书中，作者一定是经过严格筛选的；作者的选择反映了个人和文化中介限定的喜好，而其他人也许并不具有这些喜好。这些异议对于有效地确立地方意识影响不大。像最

---

107 Lawrence Buell. *The Environmental Imagination: Thoreau, Nature Writing, and the Formation of American Culture*. Massachusetts: Harvard University Press, 1995, pp.257-268.

108 奥尔多·利奥波德：《沙乡年鉴》，侯文蕙译，长春：吉林人民出版社，1997年，第64-65页。

109 奥尔多·利奥波德：《沙乡年鉴》，侯文蕙译，长春：吉林人民出版社，1997年，第64-65页。

初确立《瓦尔登湖》的地方意识的第一部分：从《声音》到《寂寞》篇就是如此。首先，这些篇章似乎漫不经心地唤起了小木屋背景，然后，似乎随意地记录了现场听见的各种声音：火车的呼啸声，透过森林传来的教堂钟声，牛的叫声，蛙声，鸟儿的声音等等，梭罗都仔细品味着各种声音，这些段落常常主观性很强，甚至是精选的。虽然是精选的，但是梭罗对声音的分类显得不慌不忙、自自然然，毫无雕琢之嫌。从此，作为地方的瓦尔登湖被牢固地确立了，然后我们准备接受下一章的观点：寂寞不是孤独，因为自然本身就是近邻。在卡维尔（Stanley Cavell）看来，"外在的世界被梭罗解释为我的近邻"[110]，自然仍然是他者，虽然并未完全敞亮但富有意义、与我们相连，不是功用性的地面而是地方。言说者自己在领悟地方意识的过程中，也为读者创造。

活跃的地方意识可唤醒人的生态良知，培育人的生态情怀、生态责任以及对环境的忠诚，从而保持人与自然之间关系的良性互动，但是敏感活跃的地方意识的培育不是一蹴而就之事，是个乌托邦工程，需要不断地刺激，方可"永葆常青"，唯有如此，人之诗意栖居方有可能成为现实。为此，生态文学家总是运用多种文学手法培育和激活人的生态地方意识，其中风景的"陌生化"就是生态文学家最常用的文学手法之一，因为该手法不仅能够让语言再现自然，而且还能赋予自然主体性，让人走向自然、亲近自然，让自然康复，从而实现人的再栖居，重拾人与自然之间的和解与和谐，实现人与自然的共生、共存、共荣。

二、生态批评对田园主义文学传统的解构与重构

田园主义曾经作为人类追求淳朴理想生活的一种梦想或对技术文明统治自然傲慢态度的反动，一直在延续并随工业化、城市化进程的不断推进和人类生存环境的恶化而越发显出其生机与魅力，当今世界田园主义梦想甚至成了被物欲折磨得无所适从的文明人精神的家园，无家可归的都市灵魂的乐土。有人将田园主义作品看成是"休息和令人愉快的文学"，从中流出了"医治文明所造成的各种不适的溪流。"[111]那么，为何人们赋予田园主义如此大的魅力呢？因为它呈现给人一幅稳定、淳朴、丰饶、悠然、人与自然和谐的整体意象，

---

110 Lawrence Buell. *The Environmental Imagination: Thoreau, Nature Writing, and the Formation of American Culture.* Massachusetts: Harvard University Press, 1995, pp.257-268.

111 Donald Worster. *Nature's Economy.* Cambridge: Cambridge University Press, 1998, p.16.

这里既没有城市的喧嚣与困惑，也没有自然状态下物种间的恐惧与暴力，完全是一幅人化的"宇宙同乐"的乌托邦图景。但是，如果透过生态批评的视野来考察田园主义，我们不难发现，田园主义梦想中的自然被简化、被歪曲了，被以分析性为特征的语言施以暴力，按人的意图将其"省略"、"减缩"、"塑模"、"屈从"了[112]，从某种意义上说，田园主义背后依然是人类中心主义的预设。然而，作为一种充满魅力的经典文类，田园主义当然不因此就被完全否定，一方面要对其背后潜藏的统治自然的机制予以解构，另一方面也要透过生态批评的视野对它予以重构，让它投射出生态的魅力。笔者就此作一简要的分析，并试图通过分析田园主义梦想中的自然意义在美洲大陆的演替来探索建构基于生态中心主义的田园乌托邦梦想的可能路径。

1. 田园主义对自然理想化的本质：人类中心主义预设

美国生态批评学者洛夫在其《重评自然：走向生态文学批评》（Revaluing Nature: Toward an Ecological Criticism）一文中，呼吁文学批判家正视生态危机的文化根源，探寻解决生态危机的文化对策，重审文学生态。他的"重评自然"实质上就是重审"自然"在文学中的位置及其再现自然的方式，从而揭示人对自然的态度[113]。

在洛夫看来，人类社会中流行的"社会复杂，自然简单"的说法是人类中心主义思维观所犯的一个天大的错误之一，简直是"宇宙的嘲弄"[114]。同时，洛夫也批判地指出，憎恨自然，轻视甚至讨厌关注自然、描写自然的作品，既反映了当今人类的浅薄无知，也充分暴露了现代人试图超越自然的狂傲心态。为此，生态批评学者必须深刻反省人类文化关于自然的预设。

"社会复杂，自然简单"的思想观念也深潜于具有悠久历史的文学遗产——田园梦想——的传统之中，如果我们透过生态的视角对此作一深入的探究，就会发现人类对自然的无知。现代生态学早已告诉我们，最了不起的智力之谜是地球及它滋养的无数的生命系统，自然显示出的适应策略远比人类设计的任何策略要复杂得多。毫无疑问，作为人类创造物的文学，其重要议题之

---

112 叶维廉：《道家美学与西方文化》，北京：北京大学出版社，2002 年，第 32 页。

113 Glen A.Love. "Revaluing Nature: Toward an Ecological Criticism." In *The Ecocriticism Reader*. Ed. Cheryll Glotfelty and Harold Fromm. Athens: University of Georgia Press, 1996, pp.225-240.

114 Glen A.Love. "Revaluing Nature: Toward an Ecological Criticism." In *The Ecocriticism Reader*. Ed. Cheryll Glotfelty and Harold Fromm. Athens: University of Georgia Press, 1996, p.230.

一是研究自然的复杂性与其所涵盖的人类生活之间的关系。从某种意义上说，田园传统就是探讨人类生活与自然世界之间关系的重要文学形式，在西方文化中，其传统根源于荷马（Homer）对黄金时代的怀旧，对未玷污的伊甸园的向往以及对城市的逃遁，当今世界它也代表着对技术文明的反动。但是，田园文学传统对自然的理想化处理方式也深陷于人类中心主义的泥潭之中。

传统上，田园文学作品向复杂的都市人提供了一个自然的绿色世界，他们可以随时退隐其中，以探寻简朴的生活哲理。在田园作品中自然被描绘成一个花园，一幅乡村景象，或者一幅平和丰产的景象。在自然质朴宜人的背景上，那些不合乎人类审美标准的"丑陋的"物种，或与人类眼前利益相冲突的"坏的"物种被排斥在田园美景之外，更看不见猛兽、毒蛇、荆棘等可能对人造成伤害的动植物，人居住在远离城市暴力的自然美景之中，这些都是些理想化的乡村意象。透过生态中心主义的视野来看，田园主义的理想化美景完全是按照人类中心主义标准对复杂自然的肢解与重组，是对自然存在物自身价值的否定，因为在用"好／坏"、"有用／无用"、"美／丑"等字眼来评判自然存在物的价值时，已经将自然存在物从其生态环境中剥离出去，否认它对其生存环境的独特的生态价值，而按照人的价值观进行评判，对待自然的这种态度完全是功利主义的、人类中心主义的，是导致生态危机的思想文化根源。对此，美国当代生态文学家卡逊在其划时代的生态文学经典之作《寂静的春天》中已给予深刻的批判。她认为一个生物的存在是否有用，只有生态系统整体才有权最终裁定，反对以人的尺度来衡量，这与现代生态学的精神是一致的。在该著中卡逊站在生态中心主义的立场对"杀虫剂"（pesticide）这个称谓提出了批判，因为它隐藏着强烈的人类中心主义思想。在她看来，我们在判定一个生物是否是害虫（pest）时，仅仅根据它与人类的关系来评判，通过人的视角、根据人的尺度来判定。具体来说，就是根据它是否对人类有用来裁定，这就否定了它在自然或生命网中的合法位置，所以卡逊不无幽默地说，我们所称的'杀虫剂'应该被称为'杀生剂'（biocide）。[115]

透过生态批评的视野来看，田园作品界定两个对立世界（自然和城市）的话语歪曲了它们的实质，遮蔽了"社会、历史及形而上学层面的紧张关系"，

---

[115] 雷切尔·卡逊：《寂静的春天》，吕瑞兰、李长生译，长春：吉林人民出版社，1997年，第6页。

甚至提供给人们一个滤色镜，透过它让"土地"（land）变成"风景"（landscape），变成"审美与社会意义上舒适安稳的场所"[116]，绿色世界成了高度风格化和高度简化的作家和读者的人文主义预设的产品。田园传统通过语言建构、文类操纵，将自我为中心的价值强加在两个相对立的世界，由此确立其主宰地位。同样，讽刺田园风格，甚至反田园风格的作品，也像传统的田园风格一样，歪曲了自然的本质，往往让"美丽、祥和、丰饶"的意象从自然美景中消失，让弱肉强食、乌烟瘴气的绝望现实取代和谐甜美、四季如春的绿色远景。

难怪当今美国著名的生态女性主义学者麦茜特透过生态女性主义的视域对文艺复兴时期流行的田园诗提出了批评。因为它将自然理想化为一位仁慈的养育者、母亲和供养者的形象，自然这种形象对后世的田园传统产生了重要的影响。在田园意象中，自然和女人都是从属的、本质上被动的，她们养育但不控制或展示破坏性的激情。这种田园模式尽管将自然视为仁慈的女性，却被作为都市化和机械化压力的解毒剂而创造出来。由于将自然视为被动的，因此它允许人们对自然加以利用和控制。与作为对立面的积极统一的辩证形象——自然，不同的是，阿卡狄亚式形象使自然成为被动的和可操纵的东西。也就是说，在田园传统中，自然被简化、被重塑成为一位被动、驯服、顺从的女人，其目的是为了满足男人的需求，受人操纵、统治，就像男人统治女人一样。自然，像女人一样，被剥夺了一切权利，成了被统治的对象，成了奴隶。[117]

在洛夫看来，"田园传统的真正永恒的魅力在于，它应印证了我们本能地或神秘地感觉到，作为生物，我们的根在自然"[118]，所以，我们应该经常回到大地寻求被文明剥夺的智慧之根基。神学家托马斯·贝利（Thomas Berry）甚至走得更远，他呼吁超越我们的文化传统，不仅要走向大地，甚至要走向宇宙，探寻指导[119]。但是，我们得以新的方式，在更全面了解复杂多变的自然的基础上，重新界定田园主义风格。

---

116 Terry Gifford. "Towards a Post-Pastoral View of British Poetry." In *The Environmental Tradition in English Literature*. Ed. John Parham. Ashgate: Ashgate Publishing Company, 2002, p.55.

117 Carolyn Merchant. *The Death of Nature: Women, Ecology and the Scientific Revolution*. New York: Harper & Row, 1980, pp.8-9.

118 Glen A.Love. "Revaluing Nature: Toward an Ecological Criticism." In *The Ecocriticism Reader*. Ed. Cheryll Glotfelty and Harold Fromm. Athens: University of Georgia Press, 1996, p.231.

119 Thomas Berry. *The Dream of the Earth*. San Francisco: Sierra Club Books, 1988, pp.194-95.

2. 田园主义在美洲的演替——从意识形态工具走向生态中心主义

美国批评界对田园主义意识形态的研究表明，田园主义传统并没有随着工业主义的上升而销声匿迹，直到今天田园主义在美国文学中仍然具有持久广泛的魅力。生态批评家布伊尔对美国文学中的田园主义进行了大量的研究，探讨了田园主义在美洲大陆的各种意识形态框架和背景中的演替——社会的、政治的、性别的、美学的、实践的以及环境主义的。通过他的深入分析，我们可以看出作为意识形态工具的田园主义的复杂性。生态灾难的威胁、环境压力的加大，实际上凸显了作为文学和文化力量的田园主义的重要性[120]。正如利奥·马克思所说（Leo Marx）："自从 20 世纪 60 年代以来，出现了一种新的现象，即一种亲生命的意识形态的出现，它不是基于一种进步的世界观……对我们与自然的危险关系的全新认识一定会产生全新的田园主义"[121]，它敦促我们重审我们偏执的历史神化。也就是说，在生态危机时代，我们应该或必须将田园主义作为一种建构生态文化的力量，一种应对、消除生态危机的文化策略，当然，在田园主义意识形态的建构过程中一定要关注自然的权利，因为忽视自然权利本身就是导致生态灾难的原因。

在《环境的想象》一书中，布伊尔较详尽地研究了作为意识形态工具的田园主义从欧洲到美洲大陆以及在美洲的演替[122]。从他的分析中可看出，田园主义是一种意识形态策略，非人类自然世界是一种文化资源，田园主义是服务于民族文化身份界定的工具。在前殖民时期，田园主义，被欧洲殖民者用来想象"新世界"的工具，作为征服新大陆的意识形态力量，为征服新世界鸣锣开道。比如，利奥·马克思认为莎士比亚的名剧《暴风雨》（*Tempest*）就是关于美洲大陆的经典寓言，是古老的田园之梦的再现，它鼓动旧世界去探索、征服、殖民新世界。文艺复兴时期欧洲人采用田园主义风格创造的新世界点燃了欧洲人的激情：他们相信梦想的田园之乡的确存在于世界某个现实的地方[123]。实践上，这也有助于保证未来乌托邦环境想象与具体环境议题之间的互动，由此

---

120 Lawrence Buell. *The Environmental Imagination: Thoreau, Nature Writing, and the Formation of American Culture*. Cambridge: Harvard University Press, 1995, pp.31-82.

121 Lawrence Buell. *The Environmental Imagination: Thoreau, Nature Writing, and the Formation of American Culture*. Cambridge: Harvard University Press, 1995, p.51.

122 Lawrence Buell. *The Environmental Imagination: Thoreau, Nature Writing, and the Formation of American Culture*. Cambridge: Harvard University Press, 1995, pp.31-82.

123 Leo Marx. "Shakespeare's American Fable." In *The Machine in the Garden*. London: Oxford University Press, 1964, pp.35-71.

产生了受田园思维激励而出现的环境观点以及环境运动。

在后欧洲时期，殖民者文化将田园主义作为文化自我界定的工具，以突出新大陆与欧洲的区别。但是他们的田园主义与新大陆的具体自然环境并不同一，不过环境的想象已经走向以文化投射的方式重新界定整个新世界的风景。当然，此时的田园主义还不是追求与环境本身达成一致，而是创造一个非欧洲的世界。也就是说，新世界的田园主义是从欧洲中心的互文性向后殖民的互文性，再向更注重自我意识的关系转变。虽然谈不上是对自然环境的再现，但对新大陆的自然环境关注却在增强，最终形成了田园主义传统中的管理自然之梦与顺从自然之梦之间的张力[124]。前者是美国资源管理者平肖（Gifford Pinchot）开创的路，后者是美国自然保护主义者缪尔开创的路。平肖主张与自然维持一种占有的关系，控制自然。然而，缪尔主张以自然的方式回应自然，如果你是一位作家，应该以"亲密的态度、细腻的方式言说自然神秘的风貌"[125]。在笔者看来，平肖和缪尔的田园主义分别是欧洲 18 世纪的两种截然不同的田园主义在美洲新大陆的延续。一种是由瑞典著名植物学家林奈（Carolus Linnaeus, 1707-1778）所开创的对自然所实行的理性帝国统治之梦，其目的是"扩大人类帝国的疆界，尽可能影响一切事物"[126]；另一种是由英国博物学家吉尔伯特·怀特为代表的田园主义理想，它倡导人们过一种简朴和谐的生活，其目的在于重拾人与其他有机体之间的和谐共荣。尽管在怀特后的时代，理性主义似乎大获全胜，但怀特的田园主义并未销声匿迹，一直惨淡地残存下来，在威廉·巴特拉姆（William Bartram, 1739-1823）、大卫·梭罗以及奥尔多·利奥波德身上表现得较为明显[127]，在雷切尔·卡逊身上表现得尤为突出且有紧迫感，甚至有否定理性帝国统治自然的倾向。

但是，从巴特拉姆到梭罗，再到玛丽·奥斯汀以及后来的生态小说家，环境非小说的独特使命是让可见的但被忽视的美洲大陆以独立、完整的方式存在，避免被任何发现者以个人化的、还原的方式处理自然。所以，从某种意义上说，可以将田园主义看成是从人类中心主义向生态中心主义过渡的桥梁。尽

---

124 Lawrence Buell. *The Environmental Imagination: Thoreau, Nature Writing, and the Formation of American Culture*. Cambridge: Harvard University Press, 1995, p.75.

125 Lawrence Buell. *The Environmental Imagination: Thoreau, Nature Writing, and the Formation of American Culture*. Cambridge: Harvard University Press, 1995, p.76.

126 Donald Worster. *Nature's Economy*. Cambridge: Cambridge University Press, 1998, p.31.

127 巴特拉姆，19 世纪美国生态文学家，其主要生态文学作品是《游记》（1791）。

管最初对待田园主义的动机多种多样，但是，对新世界的田园化处理却最终创造了自然向人类社会索取权利的空间。随着环境的退化，美洲作为未被损坏的人间天堂的神化不断地激励人们的生态良知、提升人们的生态情感。当生态中心的理念主导田园主义时，它将会从作为再现人类事件的意识形态工具走向再现自然本身的方向过渡。

3. 田园主义演替的生态启示及新田园主义的建构

通过以上分析，我们可以看出，田园主义曾被殖民者和被殖民者用来作为达到某种政治目的的工具，甚至是一种强大的意识形态工具。直到今天，田园主义中的"自然"还不是真正的自然，自然的权利远未得到完全承认。在全球生态危机此起彼伏，人类的生存受到严峻威胁的年代，我们理所当然应该本着地球的利益，将田园主义作为保护自然，建构生态文化的意识形态工具。

田园主义可作为建构生态中心主义世界观的桥梁。在某种意义上说，田园主义从旧世界到新世界以及它在新世界的演替过程，是非人类世界逐渐向人类索取权利的过程，是自然由"隐"向"显"过渡的过程，也是人类对自然以及人与自然之间的关系的认识逐渐深化的过程。

那么到底怎样建构新的田园主义呢？英国生态批评学者吉福德（Terry Gifford）在分析、批判田园诗和反田园诗（anti-pastoral poetry）的基础上，提出了走向后田园诗（post-pastoral poetry）的文学构想，并设想后田园诗的六个不可或缺的基本特征，即：产生谦卑的敬畏之心；对生死相依、创生与毁灭同在的动态平衡宇宙的认识；对人之内在过程与外在自然相互影响的认识；自然与文化交融的整体观；意识／良知／责任三位一体的生存观；兼容人类与自然，反对压迫自然与人类的博爱情怀[128]。这些特征超越了田园诗与反田园诗在再现、建构自然时非此即彼的二元对立手法，走向一种后田园主义自然观，广泛整合自然与文化一体化建构的环境哲学、当代生态学、伦理学、美学等学科所密切关注的问题，因此，后田园诗有助于人类重新领悟如何确立人类与星球和谐共存的恰当的关系。笔者还认为，不论我们建构何种新的田园诗学，其必须提供我们有助于挑战导致人类与自然走向毁灭的想象空间，在此，当代环境伦理的奠基者利奥波德所提出的"大地伦理"也许可作为新的田园主义的试

---

128 Terry Gifford. "Towards a Post-Pastoral View of British Poetry." In *The Environmental Tradition in English Literature*. Ed. John Parham. Ashgate: Ashgate Publishing Company, 2002, pp.51-63.

金石。"当一个事物有助于保护生物共同体的完整、稳定和美丽的时候，它就是正确的，当它走向反面时，就是错误的"[129]。利奥波德的世界是人参与其中，占据属于自己的位置，并与自然万物共同拥有这个世界，同时还必须认识到自己对这个共同体的义务。只有以这样的方式建构田园主义的意识形态，才是未来田园主义建构的正确方向，才是人与自然和谐、共生、永续的必由之路，才是彻底的超越了人对人的压迫、人对自然的压迫的生态中心主义主导下的人类的可持续发展之路。

简言之，要重新界定新的田园主义，这就要求我们必须认识到，人与自然世界的接触远远不只是短暂的返璞归真，"返璞"绝不是为了长期放弃自然以回到所谓的"真实"世界，而是要求涤除传统田园主义文学及反田园主义文学背后根深蒂固的基于二分、等级、压迫等观念的人类中心主义预设，代之以倡导人与自然之间、人与人之间平等的生态中心主义环境哲学。现在和未来的田园主义的建构需要一个较完备的科学，需要更全面地了解自然的复杂多样性，需要对自然的原始动力、稳定性有个更彻底的认识，也需要多学科、多文化的合作，更需要以生态的尺度对所谓的复杂人类社会的价值体系的重审，只有这样才能建构一个既能尊重自然经济体系的运行规律，又能充分彰显人类价值与尊严、包容多元文化体系的田园主义诗学，让田园主义文学成为重拾与守护人与自然和谐、共存、共荣的、永续的绿色文化力量。

第五节　生态批评对少数族裔文学经典的生态审释

在环境公正议题的强力推动下，种族范畴成了第二波生态批评最为引人注目的亮点，多种族视野成了考察文学与环境关系的基本观察点，包括城市环境在内的各种人工环境也都纳入生态批评的考查范围，少数族裔生态批评也应运而生，并成了生态批评最为活跃、最为丰饶的学术场域。为此，本节将透过黑人文化及印第安文化的视野，生态阐释黑人文学经典《土生子》及印第安文学经典《力量》，以探寻其所蕴含的深沉生态内涵。

一、白色的城市，黑色的丛林——《土生子》的生态重释

作为少数族裔生态批评中颇具影响力的一支，黑人文学生态批评力荐透

---

129 奥尔多·利奥波德：《沙乡年鉴》，侯文蕙译，长春：吉林人民出版社，1997年，第213页。

过黑人文化视野考察黑人文学中所揭示的种族主义与黑人环境退化之间的内在关联及奴隶制、种族隔离法等对黑人看似悖谬的自然观的深刻影响，凸显独特的黑人环境经验，以揭露形形色色的环境种族主义，探寻黑人解放与环境放的共同文化路径，其研究内容庞杂，其中，生态重释黑人文学、构建黑人环境文学经典已成为其重要内容。美国著名黑人作家理查德·赖特的名篇《土生子》（*Native Son*, 1940）自问世以来，一直被学界尊为抗议文学之经典并主要从社会层面加以解读，但它因突出描写了城市环境与小说主人公黑人青年托马斯·比格（Thomas Bigger）悲剧命运之间的内在联系，充分揭露了环境种族主义与黑人生存境遇日益恶化之间的因果关联，因而成了少数族裔生态批评热评的对象。在此，笔者试图透过黑人文化视野主要就《土生子》解读的生态转向、城市社会人文生态的异化、黑人环境审美意识的萎缩、城市的丛林化及城市丛林隐喻的文化内涵等五个方面给予简要分析，发掘其丰富的环境内涵，以期对生态重释美国少数族裔文学提供有益的启示。

1.《土生子》阐释的生态转向：从社会抗议小说走向城市环境小说

黑人的城市化过程极为复杂，在不同作家的笔下城市风貌可能呈现迥然不同的特征，赖特笔下的城市，尤其他经典长篇小说《土生子》中的描写，充分暴露了城市令人生畏的阴暗面。该作一问世即取得巨大成功，广受读者和学界推崇，也因此被誉为美国黑人文学的里程碑，赖特也因该著而享誉美国文坛，正如黑人小说家詹姆斯·鲍德温（James Baldwin, 1924-1987）评价道："该小说是迄今为止美国最有力、最著名的关于黑人处境真实写照的声明"[130]。长期以来该著被学界定格为黑人文学中最有力的社会抗议小说，赖特也被尊为激情四溢的抗议作家。该著以冷峻的现实主义、甚至自然主义的笔触描写比格的悲剧，充分暴露了美国城市种族主义的肆虐和黑人火山般喷发的愤怒。批评家大多认为，比格的"非人道行为实乃那个非人道世界的产物"，是他发泄心中复仇怒火的一种手段，是黑人为争取做人的权利而向现存种族主义体制发起的玩命的挑战。[131]"通过致力于追求非裔美国人种族公正和经济公正的原则，赖特确立了黑人社会抗议小说的标准"，该著"几乎可以作为社会抗议小

130 Philip Bader and Catherine Reef. *African-American Writers*. Rev. New York: Facts on File, 2011, p.305.

131 郭继德、王文彬等编译：《当代美国文学词典》，南京：江苏人民出版社，1987 年，第 312-33 页。

说蓝本，从而影响非裔美国文学叙事方向"。[132]由此可见，批评家们主要从社会层面解读该著，探究比格悲剧的成因及走出悲剧的可能路径。

然而，如果我们透过黑人文学生态批评的视野解读，就会发现该小说也是一部精彩的城市环境小说，因为它将社会公正、环境公正、种族范畴深度融合，揭示种族主义、环境不公、环境退化及黑人环境审美意识等议题之间间的复杂交错，谴责环境种族主义行径，蕴含丰富的环境内涵，对此，生态批评学者布伊尔在生态重释《土生子》时指出，"没有一部自然主义小说能像《土生子》那样将环境桎梏再现得更为真实了"，甚至认为，比格的性格早已由他所处的环境铸就，因此比格的悲剧也注定是环境决定论的悲剧，在此，他指的"环境"实际上就是城市丛林，"环境桎梏"就是地狱般的黑人居住区域。[133]在黑人生态批学者史密斯（Kimberly K.Smith）看来，在《土生子》一著中，"许多激发黑人环境思想的当下熟悉主题在对城市风景的栩栩如生描写中得到充分表现"，[134]由此可见，《土生子》不愧为一部精彩的城市环境小说，甚至可被界定为城市环境抗议小说，因为它充分揭示了环境种族主义与黑人环境退化之间因果交织，并通过比格形象的塑造发起对环境种族主义最为无情、令人恐怖的挑战，对当下黑人文学生态批评具有重要的启示意义。

经济大萧条后的 20 世纪 40 年代，城市黑人街区经济形势更为严峻，黑人文学中的乌托邦主题随之也几乎淹没在冷峻、苍凉、刚劲的城市现实主义之中，这种后哈勒姆文艺复兴文学中又出现了 19 世纪危险可怕、丑陋堕落的城市形象，突出黑人在此地狱般环境中的生存境遇。与此同时，也重拾了 19 世纪黑人文学主题——风景的物理蜕变与种族压迫之间的关联，《土生子》可算作黑人文学环境新转型后的代表作。

乍一看，该著情节似乎颇为简单，主要讲述生活在芝加哥贫民窟的愤怒黑人青年比格因竭力抗击贫困和摆脱种族主义压迫，却落得因谋杀而判处死刑的可悲下场。自始自终该小说都充溢着紧迫感、郁闷感、灾难感，潜藏着一种随时可喷发的火山般的、不可遏制的、极具破坏性的能量——内在的愤恨，这种火山般的能量随时都可喷发，酿成巨大的悲剧，无目的地殃及他人，该小说

132 Philip Bader and Catherine Reef. *African-American Writers*. Rev. New York: Facts on File, 2011, pp.305-06.

133 胡志红：《西方生态批评史》，北京：人民出版社，2015 年，第 249-50 页。

134 Kimberly K.Smith. *African American Environmental Thought Foundations*. Lawrence, Kansas: The University Press of Kansas, 2007, p.182.

也悬挂着一根因绷得太紧而随时可断裂的弦——比格与白人社会之间的关系，既反映了社会底层被压迫民族的内心活动，也烘托出这种生活环境所养成的主人公的残暴性格。

在小说的开头，主人公比格在破落的家追杀老鼠的场景与后来白人警察围攻、追捕他的场景何其相似，老鼠的命运实际上也预示了比格作为杀人者和受害者的命运。这种"相似"揭示人类中心主义与种族中心主义在逻辑关系上的一致性，物种歧视和环境种族主义之间的合谋，"白人世界将非裔美国人与动物相提并论"，将非裔放归城市丛林，旨在明证白人统治黑人的合理性和正当性，从而彰明虐待动物与压迫黑人之间存在内在逻辑关联，因为弱肉强食是自然律之客观要求。然而，赖特试图拆解二者之间的关联，因为"残忍生残忍"，被动物化、饱受凌辱的黑人一旦有机会也会将满腔的愤怒发泄在动物身上，甚至发泄在包括白人在内的他人身上。[135]因而在探寻生态问题的解决时，还必须考量种族问题，进而说明生态中心主义理论必须和环境公正理论结合，方有可能更为全面、更为深刻地阐释生态问题、种族问题。

2. 种族主义与城市社会人文生态的扭曲

城市种族主义导致白人与黑人人性的全面异化，进而造成人与人之间关系疏离紧张，整个社会生态扭曲变形，人人自危，生活在危险敌意的城市环境中。比格可谓是人性异化的典型，他与城市环境，包括社会层面和物理层面，之间的关系也因此被彻底异化。

如果说传统种植园经济将黑人锁定在南方，他们完全被剥夺了做人的基本权利，成了白人奴隶主会说话的牲畜和私产。然而，被解放的黑奴在进入城市以后，却远未充分享受到美国公民的基本权利，形形色色种族主义依然肆虐，其中，奉行种族隔离制度的吉姆·克劳法[136]（Jim Crow laws, 1876-1965）就是最为严重的表现形式，它将黑人圈定在充满暴力的贫民窟之中，不能平等地享用公共教育、服务及设施，平等分享社会与自然福祉，从而使得他们

---

135 Lisa Woolley. "Richard Wright's Dogged Pursuit of His Place in the Natural World." In *Interdisciplinary Studies in Literature and Environment*. Vol 15.1, 2008, pp.175-188.

136 吉姆·克劳法（Jim Crow laws）泛指 1876 年至 1965 年间美国南部各州以及边境各州对有色人种（主要针对非洲裔美国人，但同时也包含其他族群）实行种族隔离制度的法律。这些法律上的种族隔离强制公共设施必须依照种族的不同而隔离使用，且在隔离但平等的原则下，种族隔离被解释为不违反宪法保障的同等保护权，因此得以持续存在。

长期处于弱势地位，沦为城市的游民，他们的环境经验，包括自然审美意识，也因此严重受阻或变异。城市中白／黑生存空间的惊人失衡和物质占有的严重不均导致整个城市社会人文生态的扭曲，人的全面异化，进而导致人与人之间关系的全面扭曲变异。比格全家从南方移居北方城市后，尽管得到白人居高临下的施舍，却依然穷困潦倒，生活在充满暴力的黑人贫民窟之中，到处见到白人冷冰冰的面孔，遭遇白人的白眼，比格也一直无稳定正当职业，成了城市的浪子。

在城市中，种族主义歧视扭曲比格的认知，不仅造成他与白人世界间的敌对关系，而且还导致他与家人之间的疏离，甚至鄙视自己，最后开始怀疑、憎恨整个社会。

生存空间的狭窄与物质的极度贫乏导致比格性格扭曲并与包括家人在内的黑人社群之间的关系疏离。比格一家四口人，包括母亲、妹妹、弟弟，吃喝拉撒睡都被压缩在一间极为狭窄肮脏的小房间里，"就像生活在垃圾堆中"，"过得像猪一样的生活"，与老鼠混居，靠救济度日，比格家还随时面临因停止救济而挨饿的威胁，而他又是全家的主要劳动力，全家的生存境遇可谓在死亡线上挣扎。他家生存空间的狭窄既意味着城市黑人生存机遇之窘迫，更意味着城市黑人自由的匮乏。对他而言，"生活没有多的选择余地，想到这些，他简直要疯了"。比格在家听到最多的是母亲的唠叨与责骂，还有家人之间"无休止的吵闹"，搞得他甚至厌恶家庭生活，讨厌他的家人。"他知道他们都受苦，而又无能为力，一旦深刻体会到家人的处境，他们的凄惨、他们的屈辱，他立刻就会因为恐惧和绝望而感到不知所措，所以在他们面前，他沉默寡言，虽然与他们挤在一起，但总是隔着一堵墙、一副厚重的帘子。对他自己则更为严厉，他深知，一旦让自己认真思考糟糕的生活，他要么想自杀，要么想杀人，这样，他不顾一切，出手要很"。[137]在外要遭到白人的白眼与歧视，在家没有体会到家庭的温暖，活得没尊严，人生没希望，满腔的愤懑无处发泄，一旦有机会就难以压制。在小说开头，全家围打老鼠的场景就是他发泄的一个途径。他残忍地打死那只肥大的老鼠后，还作为战利品在家人面前炫耀，吓得小妹妹惊慌失措。他甚至恨生他养他的、善良的母亲和爱他疼他的女友贝西（Bessie），以至于最终残忍地杀害贝西，贝西于他而言就是满足他情欲和配合他干小偷

---

137 Richard Wright. *Native Son*. London: Vintage Books, 2000, pp.38-42.

小摸勾当的工具，在他的生命受到威胁时，贝西就成了牺牲品。[138]仁慈的母亲试图用基督之爱感化他，感动她，但却引起他的反感，因为他早已怀疑一切，在他看来，母亲的宗教像贝西的威士忌酒一样麻痹人，是黑人自我安慰的一种途径，让人精神颓废，缺乏斗志。[139]在临死之前，他也不愿见他的母亲和弟妹，他甚至对亲情早已经麻木。至于其他黑人，比格也曾有渴望与他们交往沟通的念头，但"当他看看他周围的黑人时，这种想法就瞬间化为乌有，即使他们像他一样黑，他与他们间差异太大，因而难以构筑共同的纽带、共同的生活"。在赖特看来，社群的缺乏对比格的成长来说简直是个大的灾难，种族压迫在黑人贫民窟造就的不是社群温情的产生，而是一个更为原始的有机生命——一种"像石头下生长出来的杂草"一样的生命，它主要通过恐惧、憎恨、犯罪的形式而表现出来，[140]而这种新生命生存的土壤，都由我们所有人的双手犁的地，播的种。他甚至扭曲了对自己的看法，鄙视自己，自暴自弃。"他成了他讨厌的东西，他知道耻辱的标志就附着在他的皮肤上"。有了这样的想法，最终就是破罐破摔，害人害己。

可以这样说，他除了具有害怕、愤恨的能力以外，早已失去了爱与被爱的能力，几乎不能动真情，表真爱，对整个白人社会而言，他除了感到莫名的恐惧和满腔的仇恨，随时都想报复以外，没有别的想法。有一个白色幽灵如影随形地跟着他，有一种白色恐怖像乌云般笼罩着他，让他焦虑不安。即使有少数白人，像雇佣他当家庭司机的百万富翁多尔顿（Dalton）之女玛丽（Mary）和白人男青年共产党员简（Jan），真心诚意地帮助他，平等友善地对待他，他却不能接受，不能相信他们发自内心的友善，对他们依然感到恐惧和仇恨，因为他们都是"白人"。当简告诉比格："不要对我说'先生'，我不喜欢这种称呼，你与我是完全一样的人，我绝不比你强，也许其他白人喜欢，但我不……"，然而，比格却难以接受，甚至不知道"如何学会不对白人说'先生'和'女士'。[141]玛丽的大方热情友善没有换来他的友善，恰恰相反，与白人在一起，他犹如出水之鱼，极不自然，引起他的反感，甚至生恨。正如他说："她让我感觉到像一只狗，我简直要疯了，想哭"[142]，他与整个白人世界之间

138 Richard Wright. *Native Son*. London: Vintage Books, 2000, p.381.
139 Richard Wright. *Native Son*. London: Vintage Books, 2000, p.271.
140 Richard Wright. *Native Son*. London: Vintage Books, 2000, p.419.
141 Richard Wright. *Native Son*. London: Vintage Books, 2000, pp.101-02, 104.
142 Richard Wright. *Native Son*. London: Vintage Books, 2000, p.379.

可谓有不共戴天之恨。

由于他认知扭曲，他眼中的社会就是个混乱无序、充满敌意的丛林，因此为了生存和自卫，他开始怀疑、憎恨、报复整个社会。"他被限制在如此狭小的环境之中，尖酸刻薄的语言或无情的拳打脚踢随时都会掷向他，迫使他行动，在强大的世界面前，他的行动实际于事无补。但他会闭上他的双眼，胡乱反击，不管是人还是物，也不看是什么或何人要还击"。[143]实际上他的心理已被彻底扭曲，甚至变态，走向了反社会，一有机会就报复社会。

由此可见，尽管他生活在城市，然而，他已经与包括黑人社群在内的所有人完全疏离，"独自生活在一个将白人世界与黑人世界隔离开来的恍兮惚兮的无人地带"，完全没有一点家园意识，成了一个十足的漂泊"无情"的浪子，其结果是，疏离逐渐演变变成仇恨，甚至屠杀，这样悲剧在所难免。[144]这种破坏性的力量就像个暂时沉睡的火山，不断积蓄能量，一旦爆发会对整个社会造成毁灭性的打击。对此，黑人不知，黑人认命，白人不知，白人傲慢。所以，在比格眼中，就像盲人多尔顿夫人一样，他们都是睁眼瞎。

造成城市人文生态全面异化的根本原因在于白／黑世界之间在生存空间和财富占有上的惊人差距，这种差距让人瞠目结舌，可谓天壤之别。白人富翁多尔顿（Dalton）不仅拥有整个黑人区的房产，而且还拥有白人区域的房产。彬彬有礼，遥不可及，俨然像神，尽管他热衷于黑人慈善事业，捐资几百万支持黑人教育，但他仅在限定贫民窟区域租房给黑人，这些房屋都是危房。多尔顿一家的热情和他们富丽堂皇的别墅让比格感到恐惧、感到屈辱。多尔顿家与比格家的差异可谓天上人间，多尔顿家窗明几净，应有尽有，并雇佣了多人为他们服务，每个人甚至像他这样的黑人也都有自己的房间，而他家四口人却挤一间破旧的房间里，老鼠成灾，吃喝拉撒睡都在里面，全部家当就是四把破旧的椅子、两间破旧的铁床、一间破旧的衣柜及一张破旧饭桌，家庭成员之间没有任何隐私。[145]这种对环境空间和物质资源占用的巨大反差必然导致他心里进一步失衡，从而进一步加剧了他内心的痛苦和愤恨，一旦有了发泄的对象，他的出手一定是"很、猛、疯狂、残暴、甚至歇斯底里"，这可从他杀人焚尸案中可看出。他因失手使得多尔顿小姐玛丽窒息而死后，而后又砍下她的头在火炉中焚烧，以消除罪证，如此惨无人道、骇人听闻的事件，也许除了他，不

Richard Wright. *Native Son*. London: Vintage Books, 2000, p.271

144 Richard Wright. *Native Son*. London: Vintage Books, 2000, p.98.

145 Richard Wright. *Native Son*. London: Vintage Books, 2000, pp.204, 135.

知谁还能做！他杀害玛丽，看似偶然，实则必然。实际上，"在此以前他已多次杀人，只不过在其他时候没有碰到如此合适、可轻易处置的受害者，以至可强化或放大他杀人的欲望，他的罪似乎自然而然，他感觉到，他的整个生活似乎都在走向干杀人之类的事情……他生命的隐秘意义——其他人无法了解，他也竭力隐藏，已经溢出"[146]。他杀人的行动无非就是他内在恐惧与仇恨的外溢，是客观对应物，是种族主义仇视在他心中长期发酵的结果。在黑人世界中，这种普遍的恐惧与仇恨一直存在，并且在发酵。因为一旦一个黑人犯罪，所有黑人成了罪犯，黑人都要遭殃，都成了猪狗，要生存，黑人必须反击。[147]在布伊尔看来，赖特也借比格塑造"一个美国生活的象征人物"，他体现了任何一个生活在"地球上最富裕的国家"而被剥夺了共享这种富裕权的土生子的凄惨、异化、暴力倾向。《土生子》实际上诊断出了北方城市贫民区黑人男子特有的综合症，当然，这不仅限于黑人。这种症状在任何给定条件下是可以预测的，因为是人为的，因而也是可以重塑的。[148]反过来，我们也可以这样说，如果种族主义偏见得不到有效的缓解或消除，迟早会有更多的不同肤色的比格出现，所以比格的行动会产生振聋发聩之效果，让白人世界反思、检讨自己的言行、自己的文化、自己的体制。

3. 种族主义与黑人环境审美意识的萎缩

种族主义毒化城市人文生态，剥夺了黑人接受环境文化教育、参与环境活动的机会及平等分享环境福祉的权利，扭曲黑人与环境之间的关系，导致了黑人与城市环境间的疏离，进而引发黑人环境审美意识的萎缩、退化甚至泯灭。

对比格而言，生活在城市犹如被羁押在囚笼，根据美国生态批评学者布伊尔的分析，该小说大部分事件发生在封闭狭小的空间，而这些空间与比格对他人所采取的"钢铁般的自控态度"相呼应。这种态度实际上是比格的一种自我保护策略，以防因"恐惧与绝望而失去自我"。[149]这仅是他疏离城市环境的一个方面。比格还面对另外一种疏离，那就是他与城市物理环境之间

---

146 Richard Wright. *Native Son*. London: Vintage Books, 2000, p.136.

147 Richard Wright. *Native Son*. London: Vintage Books, 2000, p.282.

148 Lawrence Buell. *Writing for an Endangered World; Literature, Culture, and Environment in the U.S. and Beyond*. MA: The Belknap Press of Harvard of University, 2001, pp.138-42.

149 Lawrence Buell. *Writing for an Endangered World; Literature, Culture, and Environment in the U.S. and Beyond*. MA: The Belknap Press of Harvard of University, 2001, pp.138-39.

没有融为一体，甚至格格不入，城市对他而言没有一点"在家的感觉"[150]，而这种感觉是欧洲殖民者踏上新大陆后孜孜以求的目标，他们利用枪炮和十字架，克服千难万险，历经血雨腥风，玩尽各种花招，终于建立了一个强大的、令人生畏的强国，实现了自己的家园梦。正如他的辩护律师犹太裔人马克斯（Max）解释道：

仅从物质层面看我们的文明，它是多么撩人心动，真令人眼花缭乱！多么刺激我们的感官！对每个人而言，获得幸福似乎唾手可得！广告、收音机、报纸和电影铺天盖地不断向我们袭来！然而，想想这些黑人，请记住，对他们中的许多人来说，这些简直就是嘲弄的象征。这些五光十色的景色让我们激动不已，但对许多人来说，无异于习以为常的奚落。试想想：一个人行走在这样的景色中，他也是风景的一部分，然而，他知道风景不是为他而存在！[151]

比格就是这样一位黑人，被种族主义及其变体---种族隔离法，排除在风景之外的局外人。史密斯曾说："要确保与物理风景维持一种恰适的审美的、精神的关系，比格得感觉到他自己是有权主导风景的社群一部分"[152]。可悲的是，各种或隐或显的种族隔离和排他的体制已将他从城市的日常生活中排除了出去，对他而言，"善良的白人不是真正的人，他们只不过是一股巨大的自然力，像头上狂风暴雨的天空，或像一条在黑夜中突然展现在他脚下的波涛汹涌的、深深的河流。只要他和他的黑人同胞不逾越某种界线，就没有必要害怕那种白色的力量，然而，无论你是否害怕，每天都要与之相伴，即使文字上没有表达出来，也必须承认它的现实，只要他们生活在被圈定城市角落里，他们内心只能默默地对此表示羡慕"[153]，因为他们面对的似乎是一种不可改变的自然定力，城市被自然化了，成了丛林，在这种危险的、敌意的自然环境的中，比格要么被吞噬，要么被毁灭，生存都成大问题，何谈欣环境赏美？

种族主义扭曲了黑人与环境之间的审美关系。赖特也写实地描写了多姿多彩、令人眼花缭乱的城市风景；这是一座"美轮美奂的城市"、一座"庞大、喧闹、肮脏、吵杂、阴冷、狂暴"的城市。这样的城市对白人简和玛丽来说也许是美丽的，然而对黑人来说则是完全不同的景象。在白人的眼中，城市的夜

150 Richard Wright. *Native Son*. London: Vintage Books, 2000, p.424.
151 Richard Wright. *Native Son*. London: Vintage Books, 2000, pp.421-22.
152 Kimberly K.Smith. *African American Environmental Thought Foundations*. Lawrence, Kansas: The University Press of Kansas, 2007, pp183-84.
153 Richard Wright. *Native Son*. London: Vintage Books, 2000, p.144.

晚灯火辉煌，城市的天空五光十色，城市的河水波光潋滟，美不胜收。[154]然而，这一切对比格来说，就大不一样。为生计发愁的比格对城市美丽的景色却无动于衷，索然无味，视而不见，当然绝非他生性愚钝，而是对"风景"有着完全有不同的理解。他眼中的城市杂乱无章、无情冷酷，是一个"茂密的丛林"，一个"杂草丛生、野性十足的森林"。[155]"街道犹如一条条穿过茂密丛林的长长小路，沿途一双双无形的手高高地举着火把"[156]，黑人被强制生活白人圈定的区域——平贫民窟，大多是危房，"就像关押野兽一样将黑人限定在那里"，黑人不能在黑人居住区之外租用房子，同样的房子，黑人付的房租是白人的两倍，同样的面包，在白人区要便宜很多，黑人区的商业主要由犹太人、意大利人、希腊人操控。[157]更为恶毒的是，白人商人还将所有变质食品运到黑人区并以超高价卖给他们。[158]在这样的地方，黑人实际上并未拥有太多的自由空间，他们被限制，被监视，被规训，犹如印第安人的保留地一样，是个白人世界打造的囚笼，黑人总是被宰割。生活在如此恶劣的种族主义空间中，比格对城市之美的反应被遮蔽了、被阻断了，要么被扭曲了。

史密斯又说："尽管城市风景令人激动，社会不公剥夺了风景之美，比格的审美意识实际上被那压制人的生存环境全然遮蔽了"[159]。为了突出强调黑人环境审美意识受阻或被阻断的残酷现实，赖特特意描写了在押中比格的心理活动。"为了自卫，他将白天黑夜挡在大脑之外，因为假如他再想日出日落、月亮星星、风雨云朵，他或许在被送上电椅之前，要先死去一千次。为了让他心理尽可能适应死亡，他将囚室外边的世界统统变成一片广袤无垠的灰色土地，那里没有白天黑夜，住的全是奇怪陌生的男男女女，他不能理解他们，但是，在临死之前，他渴望与他们相聚一次"[160]。也就说，他不仅对他生活的城市和其中的所有人，包括白人和黑人，完全没有一点感情，而且还对他生活的世界也彻底绝望，在离开这个世界之前，没有一点不舍之情，反而向往一种毫无美感、色调单一的灰色世界并希冀与生活在其中的完全陌生的人交往一次，

154 Richard Wright. *Native Son*. London: Vintage Books, 2000, p.99.

155 Richard Wright. *Native Son*. London: Vintage Books, 2000, pp.78, 169, 456.

156 Richard Wright. *Native Son*. London: Vintage Books, 2000, pp.178-79.

157 Richard Wright. *Native Son*. London: Vintage Books, 2000, pp.279-80.

158 Richard Wright. *Native Son*. London: Vintage Books, 2000, p.373.

159 Kimberly K. Smith. *African American Environmental Thought Foundations*. Lawrence, Kansas: The University Press of Kansas, 2007, p.183.

160 Richard Wright. *Native Son*. London: Vintage Books, 2000, p.442.

这充分说明城市环境不只是导致比格的审美意识的泯灭，简直全面异化。

史密斯进一步阐明比格审美意识被遮蔽的原因："种族压迫阻碍了黑人对日常生活的表达，也即阻断了创生一种比格可参与的象征文化"[161]。关于此议题，非裔美国学者卡罗琳·芬尼（Carolyn Finney）曾做过精彩的评述。在她的《黑色面孔，白色空间》（*Black Faces, White Spaces*, 2014）一著中，她全面深刻探讨了在美国各个历史时期尤其奴隶制时期和种族隔离法时期，美国主流环境话语、环境体制、环境实践、环境文化、大众文化和视觉再现等与种族／族裔范畴之间的复杂纠葛，揭示了美国有色族，尤其非裔一直受排斥、被边缘化、被负面再现的文化机制及其实践，指出"种族化户外休闲身份"隐含着严重种族偏见，因为它将户外环境爱好者界定为强壮年轻的白人，尤其是男性。直到今天，尽管赤露露的环境歧视似乎不复存在，但文化，尤其是大众文化仍然还在延续这种"种族化户外休闲身份"[162]，这样黑人环境意识、环境审美意识必然遭遇遮蔽或阻隔，这就必然导致了一种恶性循环，从未有人向比格有同样经验的黑人阐释风景，因为他不理解它，所以他见到的城市就是一团乱麻，能看见、能体验的就是种族隔阂之墙。用比格的话说，"他们不让我想去的学校，他们却建很大的学校，然后画一条线将它围起来，然后又说，除了生活在线内的人可去，其他的人不能去，这样就把我们这些有色族孩子全都圈在线外……我一个黑娃还有机会干什么呢？我们没有钱、没有矿山，没有铁路，什么都没有，他们不让我们有这些，他们叫我们待在一个小地方"[163]。对黑人而言，生存都是个大问题，又被剥夺参与环境审美和接受审美的教育的机会，甚至被限制走进或融入美丽的自然环境，由此可知，他们的环境审美意识除了萎缩和泯灭，可能就没有别的路径了。如果说南方种植园限制了黑人奴隶的自由，非人的奴隶制摧残他们的身心，扭曲了他们与南方乡村环境之间的审美关系，那么城市种族主义的变体——种族隔离法，则成了阻隔黑人与城市环境审美关系的意识形态工具、社会体制，从而导致黑人环境审美的严重萎缩，这是因为城市种族主义并未让城市变成解放黑人的空间，反而成了腥风血雨的丛林。

---

161 Kimberly K. Smith. *African American Environmental Thought Foundations*. Lawrence, Kansas: The University Press of Kansas, 2007, p.183.

162 Carolyn Finney. *Black Faces. White Spaces: Reimagining the Relationship of African Americans to the Great Outdoors*. Chapel Hill: The University of North Carolina Press, 2014, pp.25-31.

163 Richard Wright. *Native Son*. London: Vintage Books, 2000, p.383.

4. 种族主义与城市的丛林化

环境种族主义导致城市人文生态全面异化，黑人环境审美经验退化甚至泯灭，因而在赖特笔下，城市既非黑人温馨的家园，也非哈勒姆艺术家笔下激情燃烧、灵感四溢的艺术天堂，而一个现代人造丛林，其中，白人是猎手，黑人是猎物，比格被动物化，成了人类进化过程中的过渡性物种。

比格杀害玛丽及其销毁证据的手段简直是惨无人道，绝非正常人所为，这种自然主义式的描写一定程度否定了他的人性，或者说，那是比格人性的倒退，向动物界跨进一大步。比格杀人真相暴露以后，白人世界义愤填膺，失去理智，近乎疯狂，整个城市瞬间蜕变成了一个危机四伏的丛林。白人世界就不再用人化的语言来描述比格了，他彻底被动物化，成了一个恶魔、猛兽。像困兽的比格也千方百计试图逃脱由 5000 千名警察和 3000 多名志愿者组成的强大警力对黑人居住区进行的地毯式的搜捕[164]，孩子们的安全，白人父母代表团要求城市教育主管部门宣布所有学校关门停课，直到黑人强奸犯、凶手被捕为止；多名黑人男子挨打；几百名长得像比格的黑人男青年在南部热点地区被逮捕，正在接受调查；市长要求公众遵守秩序，警惕可能的暴乱；白人为了自身安全解雇了几百名黑人员工，进出芝加哥的所有车辆必须接受检查，所有的公路都被封锁，等等。[165]种族主义的代表性团体三 K 党也在牢房外焚烧种族主义象征的十字架，表达对比格、其他黑人的愤怒和威慑。[166]这些都足以说明黑人的生存困境，也让人想起被奴隶主带着猎犬搜捕逃逸奴隶的可怕情景。比格试图从各种被遗弃的建筑物、房顶及小巷等被白色权力忽视而不被操控的空间逃脱，可惜都未奏效，落得与逃逸奴隶一样的下场。区别在于，南方奴隶生活的是被奴隶主操控的乡村，而比格生活的是被白色权力包围的街区，从某种角度看，城市空间更可怕，更危险，因为"城市环境太稠密，不可能成为一个给人自由的空间，因而他必然逃不脱白色城市的囚笼"。[167]

种族主义话语否定了比格作为人的身份。在比格被捉拿归案后，白人世界既义愤填膺，也欢欣鼓舞。各种媒体对此凶杀案的报道，尤其对比格的报道真

---

164 Richard Wright. *Native Son*. London: Vintage Books, 2000, p.274.

165 Richard Wright. *Native Son*. London: Vintage Books, 2000, pp.274-76.

166 Richard Wright. *Native Son*. London: Vintage Books, 2000, pp.366-67.

167 Kimberly K. Smith. *African American Environmental Thought Foundations*. Lawrence, Kansas: The University Press of Kansas, 2007, p.183.

可谓耸人听闻，白人对比格的骂声也荒诞之至，完全剥夺了他作为"人"的资格。他像个"黑猿、丛林猛兽"、"黑蜥蜴，黑疯狗、亚人类的杀手、黑东西"、"恶魔、响尾蛇、食尸鬼、野人、龙"，等等。[168]这些不同种类残忍动物被白人世界用来指代城市黑人，尤其黑人男子。让他们成为白人灵魂深处罪恶愿望的投射物，内心深处恐惧的客观对应物，黑人成了他们替罪羊，白人世界给自己也构筑了一个个噩梦，构建了一个暴力血腥的城市丛林。

比格被剥夺了作为人的身份，从而将他排除在人之伦理关怀的范围之外。他被抓捕后，群情激愤的白人说得最多的一句话就是"吊死他"、"烧死他"、"杀了他"，[169]"吊死"（lynch）是白人种族主义暴徒们针对所谓"强奸"白人女性的黑人男青年施行的一种最为野蛮的私刑，这种私刑也将黑人男性形象定格为半人半兽的野人凯列班（Caliban）形象[170]，这样拥有"文明、进步"的西方人似乎就占据了道德高地，就有了充分的理由处置他，对此，他们常用路径有两条：要么开化他，要么除掉他。

他们还运用进化论理论将比格置于非人的境地，为他们的种族压迫提供"科学"依据。为了揭露白人至上观念的荒谬，赖特这样描写囚笼中的比格："畜生一样的黑娃似乎对他的命运无动于衷，好像审讯、审判、甚至即将要推上电椅，他也不感到恐怖，他的行为就像早期未进化完成的人，他在白人文明中似乎是多么格格不入"[171]。为此，他被骂为各种可怕的"动物"，无非是说明他完全不受现代文明温情的感染，他的语言和举止缺乏缺乏温顺可爱、与人为善、喜笑颜开的普通南方黑人的魅力，这种黑人对白人毕恭毕敬、逆来顺受，是典型的"汤姆叔叔的形象"[172]（Uncle Tom），因而最受美国人喜爱。

根深蒂固的种族主义像肿瘤般侵蚀美国各大城市，导致数以百万计的有色族，尤其非洲裔美国黑人的生活严重错位失衡，"其程度怵目惊心，完全出乎人之想象，其悲剧性恶果如此严重，积重难返，让人不愿意看、不愿想，以至于我们宁愿将其看成自然秩序，并假惺惺地用不安的良心和虚假的道德热

168 Richard Wright. *Native Son*. London: Vintage Books, 2000, pp.309,434,436-38.

169 Richard Wright. *Native Son*. London: Vintage Books, 2000, pp.310,367, 402.

170 卡力班是英国著名戏剧家莎士比亚名剧《暴风雨》（*Tempest*, 1611）中的主要人物之一。也参见罗意蕴、罗耀真编著：《莎士比亚名剧名篇赏析》，成都：四川教育出版社，2005 年，第 224-225 页。

171 Richard Wright. *Native Son*. London: Vintage Books, 2000, p.310.

172 "汤姆叔叔"是 19 世纪美国女作家（Harriet Beecher Stowe, 1811-96）的小说（*Uncle Tom's Cabin*, 1852）中男主人公黑奴汤姆（Tom）。

情加以粉饰，以维持现状"[173]。种族主义成了铁定的"自然秩序"，无法改变，人类社会成了自然世界，成腥牙利爪、弱肉强食的丛林，照丛林法则运行。比格，作为一个被动物化的存在，也只能照丛林法则行事。正如他的辩护律师马克斯解（Max）释道："这个孩子的罪不是一个受到伤害的人对另一个他认定曾经伤害过他的人所实施的报复行动，如果这样，案件确实就简单多了。然而，这是一个人误将整个人类一族看成是宇宙自然结构中的一部分，并照此行动"[174]。也就是说，他的生存境遇，他所听、所见、所接受的各种象征性文化符号，共同给他构建了一个丛林图景，他也成了自然丛林的野人，为了生存或自卫，受意志力的驱使，不得不本能地行动，实现自己存在的价值，并因此获得一种终极解脱或满足。至于他的丛林图景形成的具体原因，马克斯这样解释："从整体上看，他们（黑人）不只是一千二百万人，事实上，他们已经构成一个独立的民族，一个在我们国度里受压制、受剥夺、被囚禁的民族，一个被剥夺了任何政治、社会、经济和财产权的民族"[175]。在这样的处境下，一种丛林化的社会观自然形成，自然法则顺理成章地成了社会规律，达尔文生物进化论成了社会达尔文理论，并成了种族主义者维护殖民统治它族的理论武器。

有鉴于此，一位白人警察甚至说，"死亡是医治他之类坏蛋的唯一办法"。[176]也就是说，像这位警察之类的白人从未反思、检视自己的行为，更未认定种族主义是一个文化问题、体制问题，比格之类的问题是黑人自身的问题，只能按照美国法律进行惩戒。

在种族压迫下，黑人的身体、智力和精神的成长都严重受阻，被扭曲变形。"从而形成了一种黑人的生存方式，有自己的一套规律和诉求，一种经由无数黑人集体的而又是盲目的意志培植的土壤中成长起来的人构建的存在方式"。如果他们的生存境遇得不到有效的改善，那么，他们严重受阻的生命只能以"恐怖、仇恨及犯罪"的方式表现出来，这也是对丛林法则的遵循。[177]对白人而言，就是践踏人类伦理道德，就是破坏文明成果，可他们奈何不知，白人文化主导下构筑的城市文明实际上是个城市荒野，它一直就靠剑与十字架维护城市文明，其结果已经走到它的对立面，或者说，它所标榜"文明、进步"

---

173 Richard Wright. *Native Son*. London: Vintage Books, 2000, p.416.
174 Richard Wright. *Native Son*. London: Vintage Books, 2000, p.422.
175 Richard Wright. *Native Son*. London: Vintage Books, 2000, p.423.
176 Richard Wright. *Native Son*. London: Vintage Books, 2000, p.310.
177 Richard Wright. *Native Son*. London: Vintage Books, 2000, p.417.

对白人而言是对的，而针对他族群则是统治、剥削与暴力。用马克斯的话说：来自旧世界殖民者的梦想在旧世界被压抑，他们经历千难万险来到美洲新世界，征服了荒野，建成了规模庞大的工厂、富丽堂皇的大厦，繁华的大都市。与此同时，他们也殖民他人，压榨他人生命，"就像旷工用了镐或木匠用了锯一样，强制他人满足自己的需要，其他人的生命对他们而言就是对付危险地理和气候的工具和武器"[178]。黑人被剥夺了基本的人生自由，他们作为人的身份也遭到践踏、甚至否定，作为奴隶从非洲被卖到美洲，他们的梦想彻底夭折，他们生命的表现或展开就不能简单地套用白人社会界定的"好或坏"的尺度来评判，只能用它自己的术语来界定"完成或实现"，诸如暴力、强奸、杀戮等犯罪行为，也是一种生命的展开，一种"存在感"的终极实现，这种生命存在的方式，有它自身展开的逻辑，也只能用它自己的，当然也是扭曲的标准尺度来衡量。白人世界必须明白，要变丛林为社会。他们除了改变自己，别无选择。否则，烧死一个比格，还有千千万万个比格，他们随时都会对许许多多的白人富家小姐"玛丽"下手。"比格的尸体并未死掉！他依然活着！它早已在我们各大都市的荒野森林中，在贫民窟繁茂芜杂、令人窒息的草丛中安营扎寨！它已忘记了我们的语言！为了生存，他已磨尖了他的爪牙！变得冷酷无情！他早已愤恨之极，我们却不能理解！它神出鬼没，不可预测！夜间从窝里爬出，鬼鬼祟祟地来到文明之地！看见善良的面孔，它也不躺下，调皮地踢踢腿，等人搔痒，抚摸，不，它要跳起来杀人"[179]。在此，我们可以看出，赖特笔下的城市图景是多么可怕啊！到底是什么原因造成的呢？解铃还须系铃人，是白人种族主义，要将丛林变成真正文明人的城市，主要责任在于白人主流社会，当然，黑人也需积极配合，也需将恐怖、愤恨为爱之动力。

城市的丛林化实乃种族主义的产儿，对赖特而言，城市成了一个自然有机体，他突出强调城市的自然主义特征是为了说明这都是社会不公的恶果："城市是丛林，因为种族压迫使它如此"[180]。种族主义压制甚至剥夺了黑人创造性行动和创造性表达的能力，由此不让他们成为充分进化的人。白人与黑人之间的关系被还原成了纯粹动物之间的关系，成了猛兽与猎物之间的关系，他们不会像人与人那样交往、沟通，进入彼此的主体现实。白色城市成了腥牙利爪的、

---

178 Richard Wright. *Native Son*. London: Vintage Books, 2000, pp.417-18.

179 Richard Wright. *Native Son*. London: Vintage Books, 2000, p.420.

180 Kimberly K. Smith. *African American Environmental Thought Foundations*. Lawrence, Kansas: The University Press of Kansas, 2007, p.184.

杂乱的、危险的、弱肉强食的争斗与厮杀场所，"生存斗争"、"适者生存'是这里的主导法则，这些既是自然律，也是上帝法。[181]对生活在其中的黑人个体而言，生存斗争是第一要务，由此可见，白色城市不言人之审美和精神内涵，这是社会达尔文主义的自然空间，马基雅维利的自然化社会，也是文学自然主义大显身手的场域，对黑人而言，悲观绝望是主调，铤而走险是无奈。

5. 城市丛林隐喻的文化内涵

关于城市荒野化或丛林化的文化内涵，生态批评学者早已对它进行了较为深入的探讨。1999 年，生态学者迈克尔·贝内特（Michael Bennet）和蒂格（David W.Teague）共同编辑出版了《城市自然：生态批评与城市环境》（*The Nature of Cities: Ecocriticism and Urban Environments*）一著并辟专章《城市荒野》（Urban "Wilderness"）[182]对荒野内涵进行研讨。论文作者们站在环境公正立场，引入种族维度，从多层面、多角度考察了荒野隐喻的内涵，集中探讨了种族、电影、文学、社会公共政策与环境公正运动之间的关系，同时也指出，城市荒野的建构是白人用来为自己丑化城市空间、妖魔化、压榨内城区被野蛮化的居民辩护的幌子，然后再运用文明手段对他们进行压制的暴行进行辩护的借口罢了，由此看来，环境种族主义也深潜于城市环境之中。在《丛林男孩》（Boyz in the Woods）一文中，作者安德鲁·赖特（Andrew Light）认为，内城区的荒野化是古典荒野观的现实转化，再一次实现古典荒野的传统角色——蛮荒之地不同于、低于文明领域。他在对多部当代美国电影中荒野隐喻的内涵进行较为深入的分析后指出，内城区的荒野化隐藏着阴险的目的，这种"贬损内城居民及城市空间的做法与过去妖魔化土著人、自然空间的做法如出一辙"[183]，其目的都是为了剥削与统治。在《创建少数民族贫民区：反城市主义与种族的空间化》（Manufacturing the Ghetto: Anti-urbanism and Spatialization of Race）一文种，贝内特进一步分析指出，种族的空间化是导致城市环境种族主义盛行根本原因。草根环境公正运动也蓬勃兴起，其旨在反对不公平地将有害垃圾场与其他有害物质强加给少数族裔社群。贝内特认为，二者的出现都是种

---

181 Marvin Perry. *An Intellectual History of Modern Europe*. Boston: Houghton Mifflin Company, 1993, pp.253-54.

182 Michael Bennet and David W.Teague, Eds. *The Nature of Cities: Ecocriticism and Urban Environments*. Tucson: University of Arizona Press, 1999.

183 Michael Bennet and David W.Teague, Eds. *The Nature of Cities: Ecocriticism and Urban Environments*. Tucson: University of Arizona Press, 1999, p.141.

族空间化的具体表征——遭受歧视的几乎都是有色族人民居住的城市社区，他们的整个社会与生存环境形势每况愈下，这种糟糕的局面使他们成了"个体道德缺失的表现，而不是体制不平等的表现"[184]，从而将社会责任转嫁到有色族人个体的失败与无能，这样，种族歧视就具有地理象征的内涵，而种族的空间化本身也是种族主义意识形态主导下的公共政策与体制所造成的，但"种族"一词被抹去或被隐去，更准确地说，是被转移了，被挪到少数族裔居住地上，是更阴险、更毒辣的种族主义表现，这种种族空间化形态的少数族裔贫民区实际上是一种"国内殖民地"、甚至是被殖民的"国内第三世界"。在他看来，这种"无种族的种族主义"形式只能在拓展的环境公正运动的框架内得到最好的解决。

根据上文分析可知，透过黑人文化视野对《土生子》的生态重释，可充分揭示种族主义与城市人文生态、黑人命运、黑人环境经验等之间的内在关联，深刻了解城市黑人贫民窟的形成与恶化、人性全面异化、黑人环境审美式微、城市丛林化的环境种族主义根源及其险恶用心，重构了环境经典，进而开辟了阐释传统黑人文学尤其黑人城市文学的新维度，极大拓展、丰富了黑人文学生态批评的内容。

与此同时，对《土生子》的生态重释实际上也与主流白人文学生态批评展开了潜对话。首先，它质疑主流生态批评以深层生态学为主导环境叙事、以人类中心主义／生态中心主义这种非此即彼的二元对立模式阐释文学与环境之间关系及探寻应对环境危机文化对策的简单天真甚至带有乌托邦色彩的做法。其次，它挑战主流生态批评泛化环境危机责任、推卸环境责任的圆滑世故做法。主流生态批评忽视环境议题中的环境不公问题，尤其环境种族主义问题，因而不仅不可能解决环境危机，而且还会恶化环境危机和社会人文生态，甚至借"生态"之美名，干生态殖民主义之实。理性地看，环境问题既是思想意识问题，也是现实生存问题，所以，在赖特看来，人与环境间的关系主要取决于自由和社会平等，因为这是个体有能力参与公共文化的关键。在南方，奴隶制剥夺了黑人做人的基本权利和土地所有权，将黑人排斥在土地管理的社群之外。在城市，黑人似乎享有与白人一样的平等与自由，但种族隔离法事实上又否定了他们公平地享用自然福祉和社会福祉的权利，完全排斥了他们对

---

184 Michael Bennet and David W.Teague, Eds. *The Nature of Cities: Ecocriticism and Urban Environments*. Tucson: University of Arizona Press, 1999, p.174.

城市环境的管理权,而沦落为城市的浪子。事实上,城市黑人的环境经验与南方黑奴的乡村环境遭遇本质上别无二致,正如黑人生态学者史密斯所言:"身无自由、无家可归,无力以创造性的行动回应自然世界"。[185]

二、琳达·霍根小说《力量》中的狮子书写与跨文化生态对话

琳达·霍根(Linda Hogan, 1947-)是当今美国土著作家中最具影响力的女作家之一。她高产多才,兼诗人、小说家、剧作家、散文家及环境主义者于一身,其著广涉文化身份、土著文化保护、社会公正、环境公正、环境救赎、性别及仁爱等议题,其中,对人类/动物之间关系的探究也是其重要议题之一。在其各类著述中,动物都是常客,有时还是主角,因而成了作品关注或再现的中心,她也因此广受生态批评界的关注。可霍根处理动物的方式独特,她对它与人之间的直接接触——无论是冲突对抗还是友善交往——的描写往往着墨不多,即使它是主角也是如此。她这样做的主要原因在于借助对动物或动物与人之间关系的描写来反映美国土著与动物或非人类世界之间的关系,让动物成为反映人类种族间复杂纠葛的一面镜子。通过动物描写,霍根也开启了文化间在针对环境议题上的冲突与对话,彰显土著文化的生态异质性,以敞亮、破解环境困局的土著文化之道,探寻应对环境问题的可行性多元文化路径。甚至可以这样说,动物是种族间、文化间开展对话的纽带、路径。由此看来,霍根的动物书写不仅具有明确的环境公正取向,而且还具有强烈、自觉的跨文化对话意识。

比较而言,就处理动物的方式来看,霍根与19世纪的美国作家梅尔维尔(Herman Melville, 1819-91)或20世纪的美国作家海明威(Ernest Hemingway, 1899-1961)之间存在着明显的区别。在梅尔维尔的名篇《白鲸》(*Moby-Dick*, 1851)或海明威的《老人与海》(*The Old Man and The Sea*, 1952)中,鲸鱼、马林鱼或鲨鱼似乎都成了故事主角,因而梅尔维尔就在其著中通过大量描写主人公亚哈(Ahab)船长与巨鲸之间的直接冲突、对抗来表现作品复杂神秘之主题;海明威在其著中也是通过大量描写老渔夫桑提亚哥(Santiago)与鱼,尤其与鲨鱼之间的殊死搏斗来塑造永不言败的"硬汉"形象。当然,不管有意还是无意,两部作品因对人与动物之间冲突的描写映照了人与自然之间的关

---

185 Smith Kimberly K. *African American Environmental Thought Foundations*. Lawrence, Kansas: The University Press of Kansas, 2007, pp.184-85.

系，一定程度上还反映他们的生态观。然而，他们的小说只是一般地考量"抽象化的"人与动物之间的关系，并不涉及小说主人公的肤色或性别问题。简要地说，他们的动物书写缺乏环境公正维度，强化社会维度，淡化生态维度，更未综合考量二者之间的复杂纠葛，因而从生态多元文化的视角看，他们的作品缺乏当代环境公正取向的生态文学应有的广度与深度。

在此，笔者主要就霍根小说《力量》（*Power*, 1998）中的狮子书写所蕴含的生态文化内涵给予简要的分析，并借杀狮事件开展土著文化与主流文化之间的交锋与对话，深刻揭示环境危机与土著文化生存危机之间的深层关联，谴责主流社会针对美国土著的环境种族主义行径。

1. 杀狮事件悖论之真相：文化异质性

关于"动物"在霍根作品中的重要性问题，在其《力量》中可谓得到了最为充分的说明，因为整部小说故事都围绕一头被土著人猎杀的弗罗里达狮展开，而对它的具体描写则非常少。通过捕杀狮之事件所引起的各种纷争开展印第安文化与主流白人文化之间的对话，进而探讨土著人之生存、文化身份、土著信仰及环境保护、主流自然观及土著自然观等议题间错综复杂的纠葛。

《力量》的故事情节比较简单，背景设置在弗罗里达州，一位名叫奥米什图（Omishto）的 16 岁泰戈部落（Taiga tribe）少女是故事中事件的目击者和叙述人。她目睹了她姑姑土著妇女阿玛·伊顿（Ama Eaton）在暴风雨之夜捕杀一头频危的美洲狮"西萨"（Sisa）而招来两场官司。作为证人，奥米什图也与阿玛一道经历两场审判。一场因违反濒危动物保护法在白人法庭接受审判，因证据不足，阿玛被判无罪；另一场是接受部落法庭审判，她的罪与其说杀了这头狮子，不如说是在杀狮子之前没有经泰戈部落成员共同商议和没有将被猎杀狮子之尸体带给部落长老看，从而展开一系列问题的讨论。表面上看，尽管阿玛遭到本族人的驱逐，似乎了结了这桩案子，但该案实际上并未真正了结，事实上也永远不可能了结，因为在捕杀濒危动物问题上土著文化与主流文化在立场上存在根本的分歧甚至对立，从而不可能找到明确、合理、公正的解决办法。正如霍根在《力量》中写道："根据条约，阿玛可捕杀狮子，可此事激怒了要救它的人，尤其这头狮子已病入膏肓，他们几乎没有救它的可能，我赞同他们。同时，我也认同条约赋予土著人的权利，那么怎么会出现两种真理相互抵触呢？"[186]。由此可见，针对杀狮事件，两种文化的立场犹如两

---

[186] Linda Hogan. *Power*. New York: Norton, 1998, p.138.

根平行线, 没有交叉, 所以找不到契合点, 因而杀狮也就无所谓对与错的问题, 如果真要判定当事人是否有"罪", 完全取决于裁判人站在谁的文化立场上说话。令人啼笑皆非的是, 阿玛无异于陷入"第二十二条军规"的窘境, 因为不论谁在裁判杀狮事件, 她一定会遭到惩罚, 无论这种惩罚来自白人的法庭还是土著部落法庭。

白人法庭与土著法庭对待"杀狮"事件的不同回应揭示了两种文化之间的根本差异。对"杀狮"的审判"并不是关于法律、秩序或对错的问题, 而是涉及在场与不在场、看得见与看不见以及这些范畴在一起运作的机制", 换言之, 在《力量》中, 霍根试图借助"杀狮"开展两种异质文化在思维方式和看待世界方式之间的深度对话。当然, 通过对话, 霍根旨在倡导嵌入神话、自然及人类复杂关系中的传统生活方式和部落文化传统。[187]白人法庭在裁定阿玛是否违法时, 完全未考虑土著民族的文化因素, 只是从濒危动物保护法的立场进行考量, 捕杀狮子是法律问题; 而土著法庭在裁定阿玛是否违法时, 完全不考虑她杀的狮子是否是濒危动物, 只是认定她捕杀的方式不对, 没有事先经过部落的商定, 捕杀狮子是文化问题。文化之间立场差异太大, 可谓南辕北辙。更让人感到意外的是, 阿玛既不认同白人文化, 也不接受部落成规的约束, 擅自作主, 捕杀病狮, 在法庭上还撒谎, 不说出全部真相。由此可见, 她既不属于白人社会, 也不属于部落社区, 因而陷入一种可称之为"终极疏离与孤独"的窘境。然而, 在她的"疏离与孤独"背后既隐藏着狮子成为"濒危"和"病态"动物的历史文化根源, 也存在着当下主流社会动物保护主义话语背后的"终极文化悖论", 这些都值得我们进行深入的探究。为此, 我们就得去了解印第安生态观、其主导下的土著文化实践以及土著文化的生存困境。

2. 印第安生态观: 人与非人类存在物之间的神圣一体构建

美国土著生态观认为, 人与非人类自然万物之间存在一体同构的神圣关系, 都是神圣宇宙中平等的普通成员, 他们不仅相互联系, 而且还生死相依, 共处于一个神圣的生命网中, 作为生命网中掌握科技力量的成员, 他应该做的不是征服"他者", 而是为共同体的命运担当更大责任。简要地说, 针对人与非人类世界的关系, 土著文化传统具有两个基本特征, 即世间万事万物

---

187 Jennifer McClinton-Temple and Alan Velie. *Encyclopedia of American Indian Literature.* New York: Facts on File, Inc., 2007, pp.280-281.

的普遍联系性和生命世界的神圣性[188]。这两个特征一直回响在土著文化传统中，并在霍根的著述中，尤其在《力量》中反复浮现。关于第一个特征，印第安文化研究学者 J.唐纳德·修斯（J.Donald Hughes）就认为，它反映了土著文化生态观与科学生态学之间存在重要契合，因为二者都强调包括人在内的万物之间的相互联系，都是一种整体主义取向的生态观。为此，他这样说：一旦美国印第安人理解生态学基本观点，诸如"一切事物都与别的事物相互联系，我们不是地球的统治者而是与其它生命形态平等的公民"等后，他们一定会认同这些观点，因为他们的哲学早已是生态的了。[189]至于第二个特征，它却是印第安文化独有的世界观。该世界观认为，人的一切自然经验皆具有精神性，只能通过体悟或感悟方能通达天地万物，并与它们自然而然地合为"大一"（Oneness），对此，一个置身于该文化之外的人几乎是无法理解的。为此，作为自然存在的人在自然面前必须保持敬畏之心，常怀感恩之情，对自然的馈赠要回报，决不能忘恩负义。如果一味向自然单向无度索取，或肆无忌惮地对待自然，必遭报应。印度安人的这种自然观构成印第安部落文化本然的一部分，贯穿印第安孩子的教育、甚至每个人的教育的始终，并在各种仪式中不断强化，成为他们性格中一种自觉的意识，影响他们的行动，主导他们生存实践。[190]在笔者看来，印第安文化的生态观与当代激进生态中心主义哲学诸派别，尤其深层生态学之间也存在不少暗合之处。后者试图通过强调大写的"生态自我"（Ecological Self）凸显人与自然的整体合一，但这至多是现代科学精神和牛顿-笛卡尔哲学对"自然神性"摧毁后重建人与自然在物质上、精神上相互联系的一种精神诉求或尝试，乌托邦色彩浓厚，难以产生现实效果。[191]由此可见，印第安生态观是一种比当代生态中心主义哲学更"深"、更"激进"的生态世界观。

在霍根作品中贯穿的一个基本思想："在这个世界里，植物和非人类动物之命运与我们人类的命运交织在一起，因为我们没有了解每样东西如何与其余万物如何联系，所以我们一直糟践它"[192]。从科学的角度看，霍根的这种观点与当代生态学家巴里·康芒纳的观点完全一致。康芒纳在《封闭的循环》一

188 Linda Hogan. *Power*. New York: Norton, 1998, pp.10-22.
189 Linda Hogan. *Power*. New York: Norton, 1998, p.22.
190 Linda Hogan. *Power*. New York: Norton, 1998, pp.18-22.
191 胡志红：《西方生态批评史》，北京：人民出版社，2015 年，第 20-25 页。
192 Lee Schweninger. *Listening to the Land: Native American Literary Responses to the Landscape*. Athens: The University of Georgia Press, 2008, p.185.

著中所指出的生态学的第一条法则中就说："每一事物都与别的事物相关"[193]。对此，霍根在其创作中反复表现、阐释，在《力量》中也不例外。同时，她也像其他经典自然作家一样对当代人已失去曾经与自然世界保持的亲密关系深表惋惜。她在《栖居地》中写道："我们要牢记，一切事物相互联系……这是疗愈与康复之必要组成，是修复我们与其余世界之间已破碎的关系之关键……那些话语也可重续与其他人和动物及土地之间的关系"。对霍根而言，真正失落而又必须复得的实际上是人之自我的一部分，重续人与自然的联系正是意味着重构实在的自我，而回归土著文化传统就是她竭力修复和完善自我的重要路径。[194]换句话说，回到土著美国传统就是重续人与自然间的本然联系，就是修复破碎的自我。难怪当代美国土著小说在探讨疏离、孤独、创伤的主题时，一般都描写迷茫、伤痛的主人公回到自己的故土，再次融入自己的社区，重续与自己文化传统间的联系，找回失落的自我，最终获得新生，这在当代土著作家莫马迪（N.Scott Momaday, 1934-）的《黎明之屋》（*House Made of Dawn*, 1968）、希尔科（Leslie Marmon Silko, 1948-）的《典仪》（*Ceremony*, 1977）等小说中得到较为精彩的诠释。[195]

在《力量》中，霍根的主要兴趣是找准人在自然中的位置和对待自然的责任，而不是对狮子进行科学的或历史的描写，也不是对杀狮事件法律审判过程的记述。正如批评学者卡丽·鲍恩·默瑟（Carrie Bowen-Mercer）在探讨《力量》中关于"生存"的议题时指出：在讨论有关人的话题时，我们会发现土著人与白人在人生观上的对立；还可认识到在对待土地、动物及传统方面，我们的哪些行为模式符合伦理规范；至于何种因素对人之生存和环境更为重要，对此不同族群有不同的认识。[196]借此，霍根挑战西方主流自然书写作家所确立的自我与自然之间二元分离的观点。同时，她也坚决认同阿玛与她周围世界间的"终结疏离"。也就是说，阿玛既拒绝被白人文化同化，也与传统部落文化保持距离。她杀狮事件本身既违主流社会之法，也违部落传统，这就充分表明她

---

193 巴里·康芒纳：《封闭的循环》，侯文蕙译，长春：吉林人民出版社，1997年，第25页。

194 Lee Schweninger. *Listening to the Land: Native American Literary Responses to the Landscape*. Athens: The University of Georgia Press, 2008, p.185.

195 John Elder, Ed. *American Nature Writers*. Vol.2. New York: Charles Scribner's Sons, 1996, pp.1159-1150.

196 Lee Schweninger. *Listening to the Land: Native American Literary Responses to the Landscape*. Athens: The University of Georgia Press, 2008, p.189.

的"终极孤立"。小说的张力就在于阿玛性格的复杂性和对西方文化传统中的二元对立论的解构。霍根在该小说中否定了西方传统文化中生态（eco）与自我（ego）之间的二分。当然，她也接受了自然书写是科学与抒情的融合。她对弗罗里达狮子的叙述更多是一个宏大的隐喻，而不是一个自然历史。这头狮子代表土著民族的生存状况，当它带有抒情或诗意的色彩时，它就是失去了与田野考察报告中描述的现实中的弗罗里达狮之间的关联。其中，最明显的象征描写就是奥米什图认识到作为一个物种的弗罗里达狮的濒危状况与小说中虚构的她的部落泰戈的生存状况相似："它们的数量如此少，简直跟我们一样少。仅剩下 30 头，也许更少"。她感觉到她与阿玛杀的那头狮仿佛"同是天涯沦落人"，因而对它表示极大的认同。她说道："就像这片被切割得支离破碎的土地，我现在明白，我们都有同样的遭遇，我们在这儿的三个，也就是，阿玛、狮子和我"。[197]他们都遭践踏，都面临濒危。

　　奥米什图除了明确这头狮与泰戈部落之间的同一性外，还通过反复提及阿玛与狮子之间的相似性，坚信人与非人类之间的融合。她强调指出："这头狮子就像她，也像我"。小说中对狮子的描写与奥米什图对阿玛的描写非常相似。当读者第一次见到狮子时，小说是这样描写的："它是活力四射的动物身体，肌肉健实"。奥米什图也是这样描写阿玛的："她多么富有女人味，身体强壮，富有曲线美"。在奥米什图看来，阿玛尤其像这头狮，其眼耀就是其证明，还有其声音和话语都是如此，像狮子一样，阿玛被融入自然。阿玛浑身透露出自信，无所畏惧。然而，像狮子一样，有时她似乎也身心疲惫，茫然无措。奥米什图还注意到，"狮子的牙齿坏了，跳蚤和蜱都在从这个毫无生气的身体逃离"。像狮子和她的房屋一样，阿玛随时都可能顷刻坍塌"。简言之，像她捕杀的狮子一样，她时而威猛强健，时而又软弱无力。在法庭上她精神抖擞，态度坚决，可有时她又萎靡不振，说话有气无力。在欧美人面前，阿玛"就像秋天的枯草"。同样，人与非人类世界之间的一致性也延及奥米什图自己。她这样坦言："此刻，我已不全是自己。我是他们。我是老人，我是土地，我是阿玛和狮子。我全是他们，我不再害怕未来或过去"。一句话，奥米什图、阿玛、狮子都融合为一个整体——自然世界，这完全不是漫不经心的比附，阿玛和奥米什图最终"都与狮子共享同一个信条"，遵从相同的自然法则，当然也遭受相同的命运。所以，当阿玛要射杀狮子时，奥米什图告诉她你在杀你自己，

197 Linda Hogan. *Power*. New York: Norton, 1998, p.58, p.69.

阿玛回答："我明白"。杀狮子就是杀自我。显而易见，狮子的遭遇反映了泰戈部落和土地的遭遇："狮子族也饥寒交迫，病魔缠身"。在此，霍根坚信，人与狮，大而言之，人与土地之间的神圣同一性，生态-自我或曰人与自然二分的西方传统观念自然而然就坍塌。通过叙述人奥米什图的讲述，霍根深信，人与狮子之间的同一性，对此自然书写作家往往不予认可。[198]

当然，面对狮子和狮子族的濒危处境，也为了表达人与土地之间的神圣同一性主题，霍根必须揭露导致"濒危"的历史文化根源，以探寻狮子和土著文化救赎的共同文化路径，为此，她被迫担当拯救狮子与部落的神圣使命，大胆"违背"科学事实。

3. 狮子书写：对主流科学精神的神圣背离

霍根与西方自然书写作家之间保持距离的另一举措还表现在她刻意忽视弗罗里达狮健康状况的科学共识，而要借这头濒危的病狮服务于她小说的主旨。小说情节的最大悬念是阿玛一直向她的族群隐瞒这个关键事实——她杀死的是一头浑身跳蚤、奄奄一息的病狮。泰戈族群的信仰和传说都要求这头被命名为"西萨"的狮子永远保持强健的体魄，因为他们是西萨的孩子，在他们语言中西萨的意思是"像神一样，力大无穷"。[199]从"西萨"的内涵及他们与西萨间的关系可看出，他们在狮子身上倾注了多么深厚的感情，寄予多么大的希望，所以他们绝不能接受"病狮"的残酷事实。如果告诉他们真相，或许"它会将他们的世界劈成两半，让他们身心俱毁，甚至将他们在世上拥有的一切都卷走"。[200]关于这头病狮，奥米什图发誓对它的健康状况保持沉默，小说的核心要素，也是土著法庭对阿玛的最高惩罚——阿玛的放逐，也系于此。在生态批评学者李·施文尼格尔（Lee Schweninger）看来，尽管霍根对待关于弗罗里达狮健康状况的科学事实的处置似乎显得随意，但这并不减损该小说的意义。就针对这部小说而言，霍根需要读者关注的不是西方科学事实而是真理本身。正如奥米什图在法庭陈述道："我不能说出真相，我只能说出事实。我不相信这个法庭，但我也不撒谎，当然不是出于对法院或法官们的尊重，而是出于对真理的尊重"。实际上，霍根用不准确的或误导人的科学并不是说该著不符合自然书写一般的标准，而是只是表明她关注的不是弗罗里达狮子个体

198 Linda Hogan. *Power*. New York: Norton, 1998, p.130, p.173, p.192.

199 Linda Hogan. *Power*. New York: Norton, 1998, p.73.

200 Linda Hogan. *Power*. New York: Norton, 1998, p.166.

身体的健康问题。归根结底，正是西方的世界观和有关进步的神话才导致作为一个物种的弗罗里达狮处于现在的危险状态。与此同时，她还传达了土著文化蕴含的巨大力量，一种面临西方气势汹汹的科技力量依然能在大地上持续生存的神秘力量。"霍根关心狮，关心、教育她的读者，与其说用关于狮的事实和科学，不如说告知他们人的罪孽和人应该对自然世界承担的责任"。为了在狮子的世界和狮与人共生的世界教育他们，霍根将大众，也包括读者，都推上法庭，与阿玛站一道站在被告席上进行审判。从广泛的意义上说，我们都在接受审判，这是集体起诉。[201]当然，霍根深知，这头病狮典型的内涵丰富，透过它可揭示"濒危"背后深刻的社会历史及现实根源——病态、残缺的西方文化，但该典型未必具有普遍意义。在小说中，尽管濒危的狮是少数，濒危的人也是少数，但无论是人还是狮，濒危的个体依然是健康坚强的幸存者。从这角度看，她又颠覆了该典型，因为即使是一个遭到贬损的病狮或一个年迈的泰戈族人在自己的地盘上依然保持着巨大、不竭的力量。由此可见，尽管霍根似乎故意"违背"了有关弗罗里达狮子健康状况的局部的科学真理，但她通过对一头病狮的书写，揭露了西方文化有关进步神话的真相，展示了土地本位的部落民族、土著文化强大、持久的生命力。

在《力量》中，霍根的主要目的之一就是要彰显印第安文化蕴藏的巨大"力量"，它包括自然的力量、狮的力量、神秘的力量。她也告诉人们，在极其的生存环境下弗罗里达狮和土著人能幸存下的秘诀靠的就是神秘的力量。"神秘是力量的一种形式"，狮子就是力量的体现，因而个体的狮子就代表现实的生存力量。小说中的这头弗罗里达狮从一出场就体现着神秘。小说中的泰戈族也叫狮族，他们从图腾动物弗罗里达狮中获取不竭的精神力量。狮比他们先到这儿，还教会他们说这个词"生命"。[202]作为自然力象征的狮子一旦与人结合将会产生巨大的力量，这在阿玛身上得到体现。为此，霍根坚持以神秘的力量抵御西方科学真理，对抗冰冷的事实，挑战依靠所谓客观事实的主流美国科学。为此，她告诫人们，"我们必须记住，神灵和神秘之地就其实质来看并不希望让人了解"。[203]然而，好奇的现代人，就像《圣经·创世纪》中因好奇而偷吃禁果的夏娃一样必然给自己、他人甚至世界带去灾难。在《力量》之中，

---

201 Linda Hogan. *Power*. New York: Norton, 1998, p.192.
202 Linda Hogan. *Power*. New York: Norton, 1998, p.85.
203 Linda Hogan. *Power*. New York: Norton, 1998, p.20.

霍根关注确凿的科学事实与事件之间的细微差别并进行了区别，后者的原因依然是难以解释的神秘，但却是真理，就像奥米什图在白人法庭上作证时所揭示的真理——阿玛杀狮事件实际上是一件自然而然的事情，是对西方主流文化强加的人与自然分离的二元观的挑战与否定。

另外，霍根还进一步深刻指出狮子濒危状态的深层原因——栖息地的丧失。由于人的入侵，狮子的一切都被暴露在光天化日之下，失去了神秘，失去了天然保护。奥米什图说："我想到狮子，它们出没在柏树、红树丛林和沼泽地中，那里人是不应该闯入的。可是，自从高速公路开通后，十多头狮被车撞死"。根据生态学家的研究，"弗罗里达狮是风景动物，它的健康和繁育取决于栖息地的质量"。从这个角度看，霍根借奥米什图之口对狮的生存困境作出了正确的评估。安全栖息地的丧失是最大的问题，而不是个别或一群狮的健康问题，当然，土地自身的健康是关键。尽管法官、律师、地产开发商及果农等都完全了解，破坏狮的栖息地无异于猎杀保护动物。然而，毁坏栖息地却不违法，不受法律制裁，这就是奥米什图要告知大家的真理。实际上，公路的开通被赞为"令人愉快的惊奇"，仅存的几块荒野地也难逃一劫，穿过荒野的公路成了历险者的必经之路，这简直是个莫大的讽刺，也是霍根小说价值之所在的"真实"。由此推论，狮子的濒危，其责任不在阿玛或泰戈部落，而在主流白人社会。为此，霍根坚持认为，尽管西方科学成就卓然，但世界依然充满神秘，我们依然被神秘笼罩，神秘依然是人们理解本土的重要方式，遭受浩劫的弗罗里达狮和虚构的泰戈族人要靠生神秘之力量得以康复。在霍根看来，相信神秘、讲故事、靠勇气及深刻洞察本质的能力——洞察不同世界的能力，能给予他们生存的希望，将会带给他们震惊科学界的启示。"生存取决于我们是什么样的人和我们将会变成了什么样的人"。[204]换句话说，生存取决于我们的信仰，取决于我们如何接纳世界。

由此可见，泰戈族及其生存方式蕴藏着一种不可解释的神秘力量，总能呈现给他们的生活一种难以言说的神秘期许，并能确保他们与自然间保持一种可持续的、合乎伦理的、生机勃勃的关系。神秘对整个美国土著民族及其他信奉世界神秘力量的边缘化族群的生存而言依然具有至关重要的作用，祛除世界之神秘或曰"世界的祛魅"无论对人类自身还是非人类世界来说都具有浓郁的悲剧性色彩。

---

204 Linda Hogan. *Power*. New York: Norton, 1998, p.123, p.167.

4. 狮子救赎的根本路径：世界的返魅

实际上，为了服务于效率和产出的最大化，现代西方科学试图运用严格的科学方法，结合精确的计算，操纵自然和人的做法，已毁坏了我们的星球，摧毁了我们的身体，麻木了我们的精神，并引发了严峻的生态和人文危机，导致了巨大的世界灾难。当然，这种世界性大悲剧发生的前提就是让曾经神奇、魔幻的有机世界失去神秘，变得透明，并沦为无生命的客体，任凭客观中立的科学手术刀的随意切割和无情宰制。有鉴于此，霍根在《力量》中通过对一头神秘的病狮、神秘的狮族人及其与狮子间神秘关系的书写，充分揭示了在气势汹汹的工业技术文明进攻下狮子与狮族的强大与坚韧，以彰显神秘之力量。关于神秘的文化价值，社会学家和生态批评家也都给予了诸多论述。

现代德国著名社会学家马克斯·韦伯（Max Weber, 1864-1920）在深刻检视西方文明时就从相反的角度揭示了神秘对于世界的意义。关于这一点，韦伯与霍根之间实际上存在诸多契合。韦伯指出，不像世界其他文明，西方文明实际上从自然和社会的概念中剔除了神话、神秘和巫术，从而导致"世界祛魅"，其集中体现在工具理性主导下的科学技术文化对自然世界和人之精神的宰制，现代工业文明为达到统治自然之目的，将一切不能量化、不能客体化的非物质存在赶出世界或进行压制，让鲜活灵动的自然世界和精神饱满的人都变成无生命的物质资源，任凭技术理性的盘剥。当然，韦伯并不主张通过让世界复魅而走出现代性困境，而倡导借助理性与道德责任迎接现代生活的各种挑战。[205]

美国著名生态批评学者劳伦斯·布伊尔在其《为濒危的世界而写作》一著中依据韦伯关于世界祛魅的逻辑指出，要解决现代性问题，至少要解决最大、最复杂的现代性问题之一——环境问题。为此，就应该扭转现代世界的运行方向，让世界复魅。在他看来，海洋生态危机是现代性一个最大的危机之一，因此让海洋复魅也是解决危机的重要文化策略。由此看来，以布伊尔为代表的生态批评家将生态危机界定为文化危机是合情合理的。"海洋是最大的公有地，如果有公有地的悲剧发生，那么，这个将是最大的悲剧"[206]。

---

205 Marvin Perry. *An Intellectual History of Modern Europe*. Boston: Houghton Mifflin Company, 1993, pp.330-332.

206 Lawrence Buell. *Writing for an Endangered World; Literature, Culture, and Environment in the U.S. and Beyond*. MA: The Belknap Press of Harvard of University, 2001, p.199.

海洋的复魅，就是要将海洋及生活在其中的最大的动物鲸神秘化，将鲸作为海洋环境的偶像，恢复其昔日的神秘地位，让其成为保护海洋生态的守护神。为此，自然书写想象必须转变，不仅要让鲸等动物成为叙事的主角，而且还必须呈现明显的保护主义色彩。

布伊尔主要通过分析蕾切尔·卡逊、梅尔维尔及洛佩斯（Barry Lopez, 1945-）的作品再现自然的方式，以探讨让大熊猫、大象、狮子、老虎及鲸鱼等大型动物成为环境偶像的文化策略，实现跨物种间沟通的可能路径，从而最终让祛魅的自然重新罩上神秘的光环，成为解决环境问题的重要文化策略。

在布伊尔看来，让地球上最大的动物鲸成为海洋的象征，是因为自古以来鲸似乎分享了海洋的神秘、难以言说的"他者性"（otherness），象征神圣的力量，不管这种力量是善意的还是可怕的。海洋被祛魅之后，人的行为失去了文化的约束，而却有了杀伤力很强的现代科学技术的帮助，这样人类就开始大肆向海洋进军，去征服，去掠夺，甚至还将海洋变成垃圾场，进而危及人类的生存，尤其威胁以海洋为生的边缘化族群的生存。可幸的是，人类的无知还没有发展到不可扭转的程度，所以布伊尔疾呼"想象海洋"，重构海洋文化的神秘力量。布伊尔甚至认为，如果梅尔维尔能预见现代的捕鲸者几乎灭绝了全球的鲸，他一定会"重新构思他的结尾以及小说的其他方面"[207]，也许他会撰写一本完全不同的关于鲸的寓言。

顺便一提，霍根于2008年就写了一部关于鲸的小说《鲸人》（*People of the Whale*），该著通过鲸书写着重探讨了美国土著人之生存、其文化传承与捕鲸传统之间的内在关系，深刻揭示了鲸与土著人之精神间本然的神秘联系，并立足环境公正的立场，透过土著文化的视野，广泛、深入地追查环境危机日益恶化的历史与现实根源，探寻应对危机的土著文化路径，深刻揭露了针对土著民族的环境种族主义行径，坚定地捍卫土著文化力量的神秘性、神圣性。

历史永远不会倒流，梅尔维尔也不会复生，我们也不应苛求所有人都像《力量》中泰戈部落那样生活，当然也不可能做到这一点。然而，土著人尊重、敬畏自然的生存方式，让自然永远保留几分神秘的做法，依然值得既陶醉于现代工业技术文明成果之中不能自拔而又饱受生态焦虑困扰的当代人学习、借鉴。

---

207 Lawrence Buell. *Writing for an Endangered World; Literature, Culture, and Environment in the U.S. and Beyond.* MA: The Belknap Press of Harvard of University, 2001, p.222.

值得庆幸的是，部分有见识的生态批评学者和思想家已有所认识，并主动放下昔日高傲的姿态，转向这些曾经被边缘化的土著族群，向他们"讨教"人天沟通、交流的生态智慧。其中，生态文学家蕾切尔·卡森早在其《寂静的春天》一书中已经开始探索拯救海洋的文化途径；生态文学家约翰·缪尔（John Muir,1838-1914）早在《墨西哥湾千里徒步行》(*A Thousand-Mile Walk to the Gulf*, 1916)一著中就记录他从事动物与人之间的沟通与理解的事业，这一切都是为了人与自然之间的沟通理解交流，为了让自然说话。

根据上文分析可知，在《力量》中霍根通过"偏离"主流自然书写传统，"违背"主流科学事实与精神，书写病狮，实则是为了与西方主流文化开展深度"环境"对话，彰显土著文化万物一体的生态异质性，敬畏自然的神秘力量，守护美国土著认知方式。当然，霍根也借狮子书写展开对主张人／天二分的西方主流文化的深刻批判。当然，她对狮的描写真可谓深入自然通达精神，"病狮"的病因不在于狮自身，而在于貌似强大的西方文化压力下日益缩小的栖息地所致，归根结底，"病狮"之病根在病态的西方文化。霍根对"病狮"的关注，真正要传达的信息或真理不是弗罗里达狮子是否健康的问题，而是要揭露"濒危物种"和"濒危族群"面临"濒危窘境"的根本原因——人类中心主义与种族中心主义合谋的西方殖民文化。由此可见，霍根的狮子书写所关注的就不限于濒危的狮子本身，还包括天地万物、甚至人，因而她的狮子书写就自然而然地升华为真正的"自然书写"。

简言之，霍根借助狮子书写以揭示美国土著文化与主流文化之间在生态观、价值观及文化观等方面所存在的根本差异，旨在解构主流文化对生态议题的话语垄断，力荐透过多元文化视野综合考量社会、文化、生态及社会公正议题，开展生态议题的跨文化对话与合作，以建构涵括少数族裔生存和文化议题的多元文化生态话语。

余　论

根据上文分析可知，在人类世话语的强势介入与全球生态形势的严峻催逼之下，生态批评经过 50 来年的发展，如今已成为了一种以跨学科、甚至超学科为基本特征，以跨文化、跨文明为显著特征的国际性多元文学、文化批评运动。新千年以降，蓬勃兴起的欧洲生态批评、加拿大生态批评、澳大利亚生态批评、美国印第安生态批评、黑人生态批评、奇卡诺生态批评为代表的少数族裔生态批评及以中国生态批评、印度生态批评等为代表的南方生态批评除了挖掘各自文学、文化中的生态内涵，还与主流英美生态批评开展多层次、多角度的对话，对其研究方法、基本概念与范畴或矫正、或拓展、或颠覆、或重构，突出跨文化、跨文明环境经验的异质性与丰富性。由此可见，生态批评的国际化延伸必然促使其进行跨文化、跨文明研究。然而，要在"跨越性"的语境下有效地进行生态研究，绝非易事，这就需要与比较文学学科进行多层面、多角度的深度学术合作。实际上，早在 1972 年，具有比较文学学科背景的美国生态批评先驱约瑟夫·米克在生态批评的开山之作《生存的喜剧》中已经明确指出了生态批评与比较文学研究在方法论上存在重要契合，二者可进行学术联姻。中国生态批评学者胡志红教授也曾撰写多篇论文，透过比较文学的理论视野探讨生态批评研究的深刻内涵。[1]具体而言，比较文学中对"求同"与"求异"的理念及方法论能够为跨文化、跨文明生态批评研究提供有益帮助。

---

[1] 详细参见胡志红：《生态批评与跨学科研究——比较文学视域中的西方生态批评》，《四川师范大学学报》（社会科学版）2005 年第 3 期，第 58-62 页；胡志红：《生态批评与跨文化研究——比较文学视野》，《中外文化与文论》第 37 辑，第 284-297 页。

从比较文学学科目标来看，"异质性预设了一个'他者'的存在，而与这个'他者'的比照可以突出自身的特点，有利于更好地反观自身、认识自身。"[2]换言之，当各种异质文明开始观照自身文化之时，也就消解了各种"文化中心论"，尤其是"西方中心论"，进而解构世界文化的均质化与齐一化倾向。所以，在进行跨文化、跨文明生态批评研究时，一方面，西方学者必须跳出西方中心主义的怪圈，转向曾被忽略的非西方文化寻求生态资源，进而发掘或借鉴他种文化别样的生态智慧、生态范式以改造自己的文化，或从其他文化中寻求生态思想武器，以对抗导致生态危机的思想基础，即西方文化中的人类中心主义思想、机械论、二元论和还原论等，透视生态危机产生的复杂文化根源，以便进行综合的文化诊断、文化治疗。通过与他种文化的对话，了解与自己的生活习惯、思维定势完全不同，甚至是截然对立的他种文化，在比照中更深入地了解自己，以便生态重构自己的文化，进而探寻走出生态危机的对策，可谓借"他山之石"，攻自己的"玉"；另一方面，各少数族裔生态批评或非西方世界生态批评阐释文学、文化生态时，应在对话、质疑、颠覆主流白人生态批评过程中展开，在否定抑或拓展其生态中心主义思想基础的过程中构建自己的生态批评理论，并紧紧把握构建自己生态文学传统、阐释自己文学、文化经典的话语权，发掘自己传统文化中独特的生态内涵与智慧。

与此同时，生态批评作为"解读和研究生态文学的理论视野和方法论"[3]，促进了生态文学的进一步发展，使其突破了梭罗的《瓦尔登湖》所开创的非虚构自然取向文学的书写传统，进而使其内容不断丰富，形式更加多样，所涉议题也随之拓宽。本著前文透过跨文化的视野探讨了美国少数族裔作家创作的文学经典文本《土生子》及《力量》，挖掘了其中与西方主流文化迥异的生态内涵。除此之外，中国作家也创作了许多生态意蕴丰富的文学经典，例如藏族作家阿来的"山珍三部曲"——《三只虫草》《蘑菇圈》和《河上柏影》系列中篇小说、姜戎的《狼图腾》、迟子建的《额尔古纳河的右岸》，等等。其中《狼图腾》颠覆了被主流人类文化贬损的刻板狼形象，凸显了草原生态的整体价值，与美国著名生态文学家利奥波德在其著作《沙乡年鉴》中所提出的"像山那样思考"的生态思想有着诸多契合。然而，由于中西文明间文化模子

---

2 曹顺庆：《比较文学教程》（第二版），北京：高等教育出版社，2013 年，第 233 页。

3 胡志红，何新：《将生态批评写在广阔大地上——胡志红教授访谈》，《鄱阳湖学刊》2022 年第 2 期，第 66 页。

在根上具有的异质性，故两本著作中的"狼书写"存在极大差异。《沙乡年鉴》仅关注狼作为生物共同体中一员的物质性；而《狼图腾》中的狼既是保证草原生态系统健康运行的重要主体，更是草原民族的精神祖先、民族图腾，故其不仅具有生态学意义，还具有神圣的文化意蕴。由此可见，生态文学的跨文化、跨文明研究也应借鉴比较文学的方法论，寻求"求同"与"求异"的辩证统一。也即是说，不同生态文学、文化文本在超越了广阔的时空维度之后进行跨文明生态对话时，一方面应打破不同文明的壁垒，探寻各文学、文化文本中与当代生态学相契合的具有广泛意义的生态思想，另一方面，应超越西方主流文化的普适性，将文本置于自身的历史文化语境之中，立足本土文化，充分利用本土文化资源，为解决全球环境问题提供多元的文化路径。

　　由此看来，透过比较文学的视野，生态批评的跨文化、跨文明研究不仅能够深化生态批评、生态文学的内容，彰显不同文化、不同文明别样的生态智慧，而且还能帮助西方生态批评学者克服根深蒂固的西方生态中心主义惯性思维，涤除西方生态批评跨文化、跨文明研究中对待其他文化及文明所采取的或隐或显的生态东方主义态度，与此同时，还能增强非西方学者的文化自信，把握各自文化经典生态阐释的主动权，积极平等的参与全球生态文化的建构。基于此，本著作为"教科书式"的学术专著，将生态批评与比较文学进行学术联姻，旨在较为全面阐述生态批评理论，又恰适地运用这些理论分析来自不同文化、不同文明的文学、文化文本，以期为有志于从事生态学术研究的青年学人提供一些有益的启发。

　　然而，生态批评的内容繁茂芜杂，研究范式丰富多元，在其发展过程中，将"生态"作为前缀的理论与学科不断涌现，例如生态电影研究、生态传播学、生态语言学、生态翻译学、生态心理学、生态符号学及生态艺术学等，让人眼花缭乱。由于受时间、精力、眼界、境界所限，我们并未，也不可能将其内容全部呈现在本著中。当然，我们将立足本土，放眼全球，一以贯之，密切关注世界生态批评的发展及前沿动态，并及时将其最新成果呈现给国内学界。

主要参考文献

一、中文参考文献

1. 阿来《三只虫草》，北京：人民文学出版社，2016 年。

2. 奥尔多·利奥波德《沙乡年鉴》，张富华等译，北京：外语教学与研究出版社，2010 年。

3. 《沙乡年鉴》，侯蕙文译，长春：吉林人民出版社，1997 年。

4. 巴里·康芒纳《封闭的循环》，侯文蕙译，长春：吉林人民出版社，1997 年。

5. 曹顺庆《比较文学论》，成都：四川教育出版社，2002 年。

6. 《比较文学教程》（第 2 版），北京：高等教育出版社，2013 年。

7. 大卫·亨利·梭罗《瓦尔登湖》，徐迟译，上海：上海译文出版社，2006 年。

8. 戴斯·贾丁斯《环境伦理学》，林官明等译，北京：北京大学出版社，2002 年。

9. 郭继德、王文彬等编译《当代美国文学词典》，南京：江苏人民出版社，1987 年。

10. 胡经之主编《西方文艺理论名著教程》（第二版，下册），北京：北京大学出版社，2003 年。

11. 胡志红《西方生态批评研究》，北京：中国社会科学出版社，2006 年。

12. 胡志红《西方生态批评史》，北京：人民出版社，2015 年。

13. 胡志红《生态文学讲读》，北京：北京大学出版社，2021 年。

14. 黄俊杰《传统中华文化与现代价值的激荡》，北京：社会科学文献出版社，2002 年。

15. 卡洛琳·麦茜特《自然之死》，吴国盛译，长春：吉林人民出版社，1997 年。

16. 拉尔夫·瓦尔多·爱默生《论自然》，吴瑞楠译，北京：中译出版社，2016 年。

17. 乐爱国《道教生态学》，北京：社会科学文献出版社，2005 年。

18. 雷毅《深层生态学思想研究》，北京：清华大学出版社，2001 年。

19. 雷切尔·卡逊《寂静的春天》，吕瑞兰、李长生译，长春：吉林人民出版社，1997 年。

20. 李长之《李白传》，北京：新世界出版社，2017 年。

21. 李久昌《中国蜀道·交通线路》（第一卷），西安：三秦出版社，2015 年。

22. 鲁枢元《生态文艺学》，西安：陕西人民教育出版社，2000 年。

23. 《走进大林莽：四十位人文学者的生态话语》，上海：上海文艺出版社，2008 年。

24. 骆英《7+2 登山日记》，北京：北京大学出版社，2011 年。

25. 蒙培元《人与自然：中国哲学生态观》，北京：人民出版社，2004 年。

26. 莫尔特曼《创造中的上帝》，隗仁莲等译，上海：生活·读书·新知三联书店，2002 年。

27. 〔清〕顾祖禹《读史方舆纪要》卷五十六《陕西五》，北京：中华书局，2005 年。

28. 《十三经注疏》（上册），上海：上海古籍出版社，1997 年。

29. 《十三经注疏》（下册），上海：上海古籍出版社，1997 年。

30. 〔宋〕李昉等《太平广记》卷三百九十七《大竹路》引《玉堂闲话》，北京：中华书局，1961 年。

31. 〔宋〕王象之撰，李勇先校点《舆地纪胜》卷一百九十《洋州》，成都：四川大学出版社，2005 年。

32. 〔唐〕李吉甫撰，贺次君点校《元和郡县图志》卷二十二《山南道三》，北京：中华书局，1983 年。

33. 〔唐〕殷璠撰，王克让注《河岳英灵集注》，成都：巴蜀书社，2006 年。

34. 王诺《欧美生态文学》，北京：北京大学出版社，2003 年。

35. 叶维廉《道家美学与西方文化》，北京：北京大学出版社，2002 年。

36. 约翰·缪尔《墨西哥湾千里徒步行》，王知一译，北京：人民文学出版社，2016 年。

37. 郁贤皓《李太白全集校注》，南京：凤凰出版社，2015 年。

38. 曾繁仁《生态存在论美学论稿》，长春：吉林人民出版社，2003 年。

二、英文参考文献

1. Abbey, Edward. *Desert Solitaire: A Season in the Wilderness*. New York: Ballantine Books, 1968.

2. Abrams, M.H., and Geoffrey Galt Harpham, eds. *A Glossary of Literary Terms*. 9th.edition. Boston: Wadsworth Cengage Learning, 2009.

3. Adams, Hazard, and Leroy Searle, eds. *Critical Theory Since Plato*. 3rd edition. London: Thomson Learning, 2006.

4. Adamson, Joni, Mei Mei Evans and Rachel Stein, eds. *The Environmental Justice Reader: Politics, Poetics and Pedagogy*. Tucson: The University of Arizona Press, 2002.

5. Ammons, Elizabeth, and Modhumita Roy, eds. *Sharing the Earth: An International Environmental Justice Reader*. Athens, George: The University of George Press, 2015.

6. Austin, Mary. *The Land of Little Rain*. New York: Dover Publications,1996.

7. Bader, Philip, and Catherine Reef. *African-American Writers*. Rev. New York: Facts on File, 2011.

8. Bate, Jonathan. *The Song of the Earth*. Massachusetts: Harvard University Press, 2000.

9. Baym, Nina, et all, eds. *The Norton Anthology of American Literature*. 6nd ed. Vol.1 New York: W.W.Norton & Company, Inc. 2003.

10. Bear, Luther Standing. *Land of the Spotted Eagle*. New Edition. Lincoln: University of Nebraska Press, 1960.

11. Bennet, Michael, and David W. Teague. *The Nature of Cities: Ecocriticism and Urban Environments*. Tucson: University of Arizona Press, 1999.

12. Berry, Thomas. *The Dream of the Earth*. San Francisco: Sierra Club Books, 1988.

13. Berry, Wendell. *The Unsettling of America*. San Francisco: Sierra Club, 1977.

14. Berry, Wendell. *Collected Poems*. San Francisco: North Point, 1985.

15. Buell, Lawrence. *The Future of Environmental Criticism: Environmental Crisis and Literary Imagination*. MA: Black Well Publishing, 2005.

16. Bynner, Witter, and Kiang Kang-Hu. *The Jade Mountain: A Chinese Anthology Being Three Thousand Poems of the T'ang Dynasty, 618-906*. New York: Alfred A.Knopf, 1967.

17. Capra, F. *The Tao of Physics*. Boulder: Shambhala Publications, 1975.

18. Capra, F. *The Turning Point: Science, Society, and the Rising Culture*. New York: Bantam, 1982.

19. Carson, Rachel. *The Sea around Us*. New York: Oxford University Press, 1989.

20. Cooper, Arthur. *Li Po and Tu Fu*. London: Penguin Classics, 1973.

21. Darwin, Charles, *On the Origin of Species: A Facsimile of the First Edition*. Massachusetts: Harvard University Press, 1964.

22. Devall, Bill, and George Sessions. *Deep Ecology*. Salt Lake City: Peregrine Smith Books, 1985.

23. Diamond, Irene, and Gloria Feman, eds. *Orenstein Reweaving the World: the Emergence of Ecofeminism*. San Francisco: Sierra Club Books, 1990.

24. Dillard, Annie. *Pilgrim at Tinker Creek*. New York: Harper Collins e-Books, 2007.

25. Dowie, Mark. *Losing Ground: American Environmentalism at the Close of the Twentieth Century*. Massachusetts: the MIT Press, 1995.

26. Dungy, Camille T., ed. *Black Nature: Four Centuries of African American Nature Poetry*. Athens: University of George Press, 2009.

27. Eagleton, Terry. *Literary Theory*. 2nd ed. Oxford: Blackwell Publishing, 1996.

28. Elder, John, ed. *American Nature Writers*. Vol.2. New York: Charles Scribner's Sons, 1996.

29. Finney, Carolyn. *Black Faces. White Spaces: Reimagining the Relationship of African Americans to the Great Outdoors*. Chapel Hill: The University of North Carolina Press, 2014.

30. Fisher-Wirth, Ann, and Laura-Gray Street, eds. *Ecopoetry Anthology*. San

Antonio: Trinity University Press, 2013.

31. Foltz, Richard C., ed. *Worldviews, Religion and Environment: A Global Anthology*. Belmont: Thomson Learning, 2003.

32. Ghosh, Amitav. *The Hungry Tide*. London: Harper Collins, 2004.

33. Girardot, J., and James Miller et al., eds. *Daoism and Ecology: Ways within a Cosmic Landscape*. Massachusetts: Harvard University Press, 2001.

34. Glotfelty, Cheryll, and Harold Fromm, eds. *The Ecocriticism Reader: Landmarks in Literary Ecology*. Athens, Georgia: The University of Georgia Press, 1996.

35. Gottlieb, Roger S., ed. *This Sacred Earth: Religion, Nature, Environment*. New York: Routledge, 1996.

36. Harkin, Michael E., and David Rich Lewis, eds. *Native Americans and the Environment: Perspectives on the Ecological Indian*. London: University of Nebraska Press, 2007.

37. Hay, Peter. *Main Currents in Western Environmental Thought*. Bloomington: Indiana University Press, 2002.

38. Hemingway, Ernest. *The Old Man and The Sea*. New York: Scribner's, 1952.

39. Hogan, Linda. *Dwellings: A Spiritual History of the Living World*. New York: Norton, 1995.

40. Hogan, Linda. *Power*. New York: W.W.Norton & Company, 1998.

41. Hogan, Linda. *The Whale of People*. New York: Norton, 2008.

42. *Holy Bible*. King James Version. New York: American Bible Society, 1867.

43. Hughes, Donald. *North American Indian Ecology*. 2nd.edtion. El Pass: Texas Western Press, 1996.

44. Hynes, H. Patricia. *The Recurring Silent Spring*. New York: Pergamon, 1989.

45. Johnson, Samuel. *Lives of the English Poets*. Ed.George Birkbeck Hill. London: Clarendon Press, 1905.

46. Kellert, Stephen R., and Timothy J.Farnham, eds. *The Good in Nature and Humanity: Connecting Science, Religion, and Spirituality with the Natural World*. Washington: Island Press, 2002.

47. Krutch, Joseph Wood, ed. *Walden and Other Writings by Henry David Thoreau*

and with An Introduction. 3rd ed. New York: Bantam Books, 1982.

48. Lembright, Robert L., ed. *Western Civilization*. Vol.2. Guilford: McGraw-Hill/Dushkin, 2003.

49. Leopold, Aldo. *A Sand County Almanac and Sketches Here and There*. New York: Oxford University Press, 1968.

50. Leopold, Aldo. *A Sand County Almanac*. New York: Oxford University Press,1947.

51. Lodge, David, ed. *20th Century Literary Criticism*. London: Longman Group Limited, 1972.

52. Love, Glen A.. *Practical Eco-criticism: Literature, Biology and Environment*. Charlottesville and London: University of Virginia Press, 2003.

53. Lovejoy, Arthur O.. *The Great Chain of Being*. Massachusetts: Harvard University Press, 1936.

54. Lowell, Amy, and Florence Ayscough. *Fir-Flower Tablets: Poems from the Chinese*. Boston: Houghton Mifflin, 1921.

55. Lytle, Mark H.. *The Gentle Subversive*. Oxford: Oxford University Press, 2007.

56. Marsh, George Perkins. *Man and Nature*. Seattle: University of Washington Press, 2003.

57. Marx, Leo. *The Machine in the Garden*. London: Oxford University Press, 1964.

58. Martín-Junquera, Imelda, ed. *Landscapes of Writing in Chicano Literature*. New York: Palgrave Macmillan, 2013.

59. McClinton-Temple, Jennifer, and Alan Velie. *Encyclopedia of American Indian Literature*. New York: Facts on File, Inc., 2007.

60. Meine, Kurt. *Aldo Leopold: His Life and Work*. Madison: University of Wisconsin Press,1988.

61. Merchant, Carolyn, ed. *Ecology: Key Concepts in Critical Theory*. New Jersey: Humanities Press International, Inc., 1994.

62. Merchant, Carolyn. *The Death of Nature: Women, Ecology and the Scientific Revolution*. New York: Harper & Row, 1980.

63. Milton, Kay. *Environmentalism and Cultural Theory*. London: Routledge, 1996.

64. Miller, Robert J.. *Native America, Discovered and Conquered: Thomas Jefferson,*

Lewis & and Clark, and Manifest and Destiny. West Port, Connecticut: Praeger Publishers, 2006.

65. Moldenhauer, Joseph J., ed. *The Maine Woods*. Princeton: Princeton Press,1972.

66. Murphy, Patrick D.. *Farther Afield in the Study of Nature-oriented Literature*. Charlottesville: the University Press of Virginia, 2000.

67. Myers, Jeffrey. *Converging Stories: Race, Ecology, and Environmental Justice in American Literature*. Athens: University of Georgia Press, 2005.

68. Nash, Roderick F.. *The Rights of Nature*. Madison: The University of Wisconsin Press, 1989.

69. Nash, Roderick F.. *The Rights of Nature: A History of Environmental Ethics*. Madison: The University of Wisconsin Press, 1996.

70. Newton, Lisa H., and Catherine K.Dillingham. *Watersheds 3: Ten Cases in Environmental Ethics*. Belmont, CA: Wadsworth, 2002.

71. Nolasco-Bell, Rosario. *Nature and the Environment in Ana Castillo's So Far from God and Elmaz Abinader's Children of the Roojme*. MI: ProQuest LLC, 2013.

72. Obata, Shigeyoshi. *The Works of Li Po: The Chinese Poet*. New York: Paragon Book Reprint Corp, 1965.

73. Outka, Paul. *Race and Nature from Transcendentalism to the Harlem Renaissance*. New York: Palgrave Macmillan, 2008.

74. Patterson, Daniel, ed. *Early American Nature Writers*. Westport: Greenwood Press, 2008.

75. Parham, John, ed. *The Environmental Tradition in English Literature*. Ashgate: Ashgate Publishing Company, 2002.

76. Perry, Marvin. *An Intellectual History of Modern Europe*. Boston: Houghton Mifflin Company, 1993.

77. Philippon, Daniel J.. *Conserving Words: How American Nature Writers Shaped the Environmental Movement*. Athens and Georgia: University of Georgia Press, 2004.

78. Plumwood, Val. *Feminism and the Mastery of Nature*. New York: Routledge, 1993.

79. Rhodes, Edwardo Lao. *Environmental Justice in America: A New Paradigm.* Bloomington: Indiana University Press, 2003.

80. Ruffin, Kimberly N.. *Black on Earth: African American Ecoliterary Traditions.* Athens: the University of Georgia Press, 2010.

81. Schweninger, Lee. *Listening to the Land: Native American Literary Responses to the Landscape.* Athens: The University of Georgia Press, 2008.

82. Seaton, J.P.. *Bright Moon, White Clouds: Selected Poems of Li Po.* London: Shambhala, 2012.

83. Seth, Vikram. *Three Chinese Poets: Translations of Poems by Wang Wei, Li Bai, and Du Fu.* New York: Harper Collins Publishers, 1992.

84. Smith, Kimberly K.. *African American Environmental Thought Foundations.* Lawrence, Kansas: The University Press of Kansas, 2007.

85. Smith, Lindsey Claire. *Indians, Environment, and Identity on the Borders of American Literature: From Faulkner and Morrison to Walker and Silko.* New York: Palgrave Macmillan, 2008.

86. Stein, Rachel, ed. *New Perspectives on Environmental Justice: Gender, Sexuality, and Activism.* New Brunswick: Rutgers UP, 2004.

87. Tucker, Mary Evelyn, and John A., eds. *Grim Worldviews and Ecology: Religion, Philosophy, and the Environment.* New York: Orbis Books,1994.

88. Tucker, Mary Evelyn, and Duncan Ryuken Williams, eds. *Buddhism and Ecology: The Interconnection of Dharma and Deeds.* Cambridge, MI: Harvard UP, 1997.

89. Vanderwerth, W.C., ed. *Indian Oratory: Famous Speeches by Noted Indian Chieftains.* Norman: University of Oklahoma Press: 1971.

90. Waley, Arthur. *The Poet Li Po.* London: East and West, LTD, 1919.

91. Warren, Karen J., ed. *Ecological Feminism.* London: Routledge, 1994.

92. Warren, Karen J., ed. *Ecological Feminist Philosophy.* Bloomington: Indiana University Press, 1996.

93. Wardi, Anissa Janine. *Water and African American Memory: An Ecocritical Perspective.* Gainesville: University Press of Florida, 2011.

94. White, James E., ed. *Contemporary Moral Problems.* New York: West Publishing

Company, 1997.

95. White, Gilbert. *A Natural History of Selbourne*. Ed. Ann Secord. Oxford: Oxford University Press, 2013.

96. Worster, Donald. *Nature's Economy: A History of Ecological Ideas*. 2nd edition. Cambridge: Cambridge University Press, 1998.

97. Wright, Richard. *Uncle Tom's Children*. New York: Harper Perennial, 1993.

98. Yarbrough, Jean M., ed. *The Essential Jefferson*. Cambridge: Hackett Publishing Company, Inc., 2006.

后　记

　　20 世纪 80 年代后期，年少的我就开始阅读被当今西方生态批评学界奉为"绿色圣经"的英文原著《瓦尔登湖》。说真话，当时因为物质匮乏，又天真无知，我最感兴趣的还是作者梭罗在该著中极力倡导的简朴的生活方式，想弄明白：梭罗为什么说简朴的生活也是高尚的生活？真还想效仿梭罗如何把我窘困的生活变得"有品位些"，回想起来，确实有点阿 Q 的精神，挺可笑的！当然，我也对该著中大量的自然描写和梭罗极力阐明的人与自然间关系的论述抱有不少兴趣。多年后才知道，那时我对《瓦尔登湖》的认识是多么片面，理解也何等肤浅，因为梭罗绝不是因为"贫穷"、无能或不得已，才去瓦尔登湖畔尝试他那持续两年多的生活实践。尽管他在瓦尔登湖畔过的是"贴近骨头"的生活，但他从不认为那是"穷"，相反，他认为他很"富"，因为在他看来，"一个人放弃的东西越多，他就越富有"。于我而言，也许是那时生物清苦，为了寻找精神上的平衡，才有点兴趣蜻蜓点水般地品鉴《瓦尔登湖》，以后才歪打正着逐渐踏上漫长的"绿色"之途，"一去三十年"了！这条路曾是少有人问津、甚至遭人瞧不起的"旁门左道"。

　　1994 年下半年，我还是四川大学外国语学院一位二年级硕士研究生，我的研究方向是英美文学专业，此时需要确定硕士论文选题，在酝酿了一阵并与我导师罗义蕴教授商量后，就将目标锁定在"梭罗"，论文题目是《瓦尔登湖的当代意义》（The Modern Significance of Walden）。实事求是地讲，不少人，包括一些教授并不看好这个选题，原因是该选题讨论的主要议题是"生态"，而这与当时"以经济建设为中心"的主流社会风尚并不契合。所幸的是，由于我的倔强和导师的大力支持、鼓励，我依然坚持做这个题目。顺便说一句，也大约在 20 世纪 90 年代中期国内生态批评学术已悄然兴起，只是当时其学术活动非常孱弱，甚至还显得有些另类。由此可见，我的硕士选题还算得上"前卫"。当然，由于当时国内学术交流相对闭塞，获取第一手英美生态批评学术资料困难，故该论文的理论探讨明显偏弱，竟然还没有提到"生态批评"这个术语。

如果从 1994 年算起，近 30 年来，我一直都在与"生态"打交道。一方面伴随国内经济的一路狂奔和国人物质生活水平的节节攀升，另一方面全国环境形势则每况愈下，学界少数学者敏锐地感觉到社会上普遍盛行的"唯发展至上"思想出了问题，开始疾呼保护我们的生存环境，并开始探寻引发这种环境危机的深层文化根源。于我而言，生态焦虑如影随形，似噩梦般纠缠着我，常常以"生年不满百，常怀千岁忧"自嘲。由于生性倔强，我也拿出了唐吉坷德式的天真和勇气，并试图为阻止更大的生态悲剧发生而尽绵薄之力。从 2002 到 2005 年三年期间，承蒙恩师曹顺庆教授全方位的指导、鼓励和提携，完成了 30 多万字的博士论文《西方生态批评研究》，该论文得到了多位国内知名学者的高度评价并顺利通过答辩，尝到"学术甜头"的我，以后又在曹师潜移默化、持续不断的"建构"下才得以以青年学者的身份踏上了生态学术之路，先后主持多项国家社科基金项目，出版了多部生态著作，包括生态学术理论著作、生态批评译著和生态文学教材，这些著述在国内学界产生了广泛、持久的学术反响。

今天，"绿水青山就是金山银山"的理念已深入人心，生态文明建设也早已成为国家的基本国策，"生态"学术，尤其是生态批评研究早已不是旁门左道，更不是歪门邪道，而是热闹非凡的"康庄大道"，并得到了国家体制层面实实在在的大力支持。老中青生态学人们凭借深入的理论探讨、理论建构和扎实的学术业绩不仅赢得了学界的广泛认可而且还重新规划了学术版图，并在主流社会产生了广泛共鸣，甚至影响生态现实。生态学者们的生态学术关注和生态诉求常常不再是个体孤芳自赏或象牙塔里的玄想，往往会在学界产生广泛的共情，并得到跨行业人士或机构，包括出版业的大力支持。有鉴于此，2010年后，尤其是 2012 年以后，国内生态批评研究似乎进入了一个"爆发期"，从事生态批评学术研究的学者人数也迅速增加，生态批评学术著作也不断涌现，"生态+"变成了时髦的前缀，生态学术现状用"欣欣向荣"来形容似乎都还不够，用"热闹非凡"也许更为贴切。但是，实事求是地讲，能称上乘之作的真的还不多，其原因当然是多方面的。在我看来，对生态批评理论的整体把握和实践应用不到位是一个重要原因，为此，作为一名从事多年生态批评的学人早就打算撰写一部具有生态批评教科书式的学术著作，既能较为全面的讲透生态批评理论，又能运用这些理论分析恰适的文学、文化文本，并能推导出富有启示意义的建议或结论，以期对国内生态学界，尤其是对有兴趣从事生态学术研究的青年学人有具体的指导作用，但由于忙于应付名目繁多的"考核"，著书之事一直未落到实处。

2021 年，欣闻导师曹顺庆教授主编"比较文学与世界文学"研究丛书征稿一事，该丛书还受到台湾花木兰文化出版社支持，于是，我和我主持的国家社会科学基金项目《欧美生态批评文献整理与研究》（项目编号：21XWW005）课题组两位成员西南交通大学人文学院博士研究生何新、武汉大学新闻与传播学院博士研究生胡湉湉都表现出极大兴趣，后经大家充分酝酿后，便分工协作，迅速投入《跨文明视野中的生态批评与生态文学研究》一著的撰写之中，一边忙于规整前期研究成果，一边忙于全面梳理世界生态批评 50 来年的发展历程，经过认真系统深入的分析研究，结合其最新发展动向，在人类世语境下将世界生态批评的发展历程划分为三波，即"生态中心主义型生态批评""环境公正生态批评"和"跨越性生态批评"，本著的内容大体就按照"三波"来归类。在撰写过程中，何新博士做了许多工作。她除了撰写"《蜀道难》中的野性自然在英美世界的接受与变异"一节以外，还与我合作共同确定了著作整体框架、各章节内容之间的衔接，并合作撰写"导言""余论"及整理"参考文献"等。至于胡湉湉博士，她除了完成"简析美国黑人文学中水意象的生态文化内涵及其价值"一节以外，还负责收集大量的英文原版资料并对这些资料进行了分类规整，同时还对本著的框架设计和内容的安排做了大量细致的工作，提出了许多宝贵的合理化建议。在撰写本著的过程中，两位博士与我真诚合作，当然，她们也从中受到了多方面的学术训练。作为课题组负责人，我要对她们表示真诚的感谢！

接着，我要感谢我永远的导师曹师顺庆，感谢他总是为我等弟子们提供展示成果的平台，并一如既往地指导和帮助。

最后，我要感谢台湾花木兰文化有限公司的编辑扬嘉乐老师，他为本著的顺利出版付出的智慧和辛劳，他的敬业和专业让我感动，令我敬佩。

全球生态形势持续恶化，气候变化直接威胁人类的生存，人类真的到了最危险的时刻！在此背景下，诡谲多变的人类世话语似乎为世界生态批评学术注入了强大的生命力，生态批评园地可谓繁茂芜杂，万紫千红，令人眼花缭乱。要在这样的园地中梳理出几条清晰的路径来，难度真的不小，无论我们对生态批评理论的理解还是其应用是否真的就"恰适"，作者当然不敢多说，我们就留给读者来评判吧。另外，作为课题组负责人和本著的作者之一，尽管我声称已介入生态批评学术很多年，也持续关注世界生态批评的发展，但由于个人视界和境界局限，尽管已极尽所能，本著只能照我们的理解和思路撰写，也只能算作众多生态批评著作中的"一种"，疏漏、偏颇、不足一定在所难免，作为课题的阶段性成果，就权当抛砖引玉之作吧，还恭请各位专家学者和广大读者批评指正。

胡志红

2022 年 8 月犀湖畔